ET ON DÉVORA LEUR CŒUR

www. lemasque. com

Sylvain Blanchot

ET ON DÉVORA LEUR CŒUR

ÉDITIONS DU MASQUE
17, rue Jacob 75006 Paris

ISBN : 978-2-7024-3487-1

À Anna

« De Washington, le Président fait dire qu'il désire acheter nos terres. Comment peut-on acheter le ciel et la terre ? Cette idée est étrangère à mon peuple. [...] La terre n'appartient pas à l'homme. C'est l'homme qui appartient à la terre. Toutes choses sont liées, comme le sang qui nous unit. »

Extrait du discours que prononça
le Chef indien Seattle, 1855.

I

LA FUITE

« Mes jeunes gens ne travailleront jamais.
Les hommes qui travaillent ne peuvent rêver.
Et la sagesse nous vient des rêves. »

Smohalla,
Chef indien Sokulks

1

Penché au-dessus du cabinet de toilette, Samuel Johnson vomissait ses tripes pour la quatrième fois consécutive. Il n'avait pas dormi à l'hôtel la nuit précédente, et toujours rien avalé de la matinée.

Dans la pièce adjacente, de la cervelle sur les murs…

Un cadavre : celui de Daniel Patterson, le petit gars avec qui il avait projeté de déjeuner.

Évidemment, ça, c'était avant de le retrouver là, adossé à la paroi de la chambre, les jambes baignant dans une mare de sang que la carpette, blanche à l'origine, avait tenté d'absorber.

Par terre et sur le couvre-lit, des morceaux de cartilage répandus par la puissance de feu du revolver qui avait pulvérisé le haut de son crâne. De quoi passer l'envie à beaucoup de monde d'ingurgiter quoi que ce soit, y compris à Samuel Johnson. Maintenant qu'il y pensait, d'ailleurs, même le mot « manger » lui donnait la nausée.

Pendant une fraction de seconde, il imagina un œuf crevé, le jaune se mélangeant à la dose de ketchup qui ornait habituellement le bord de son assiette.

Image furtive, simple éclair blanc dans les ténèbres de ses pensées.

Puis nouvelle contraction.

Son estomac se souleva et il dut se plier en deux, sauf que cette fois il ne lui restait même plus assez de bile pour dégobiller quelque chose.

Tandis qu'une petite voix lui murmurait qu'il devait foutre le camp d'ici, Sam ne parvenait pas à détacher ses yeux du long filet de bave resté suspendu à sa mâchoire. Il avait l'impression d'évoluer dans un mauvais rêve, qui contrastait salement avec la nuit précédente, et qui donnait au fric qu'ils avaient gagné une désagréable odeur de charogne.

Ils vont avoir ta peau à toi aussi. Ce n'est qu'une question de temps, Sam. Ce n'est qu'une question de temps avant qu'ils te retrouvent.

« Ils », c'étaient les frères Manchester : deux tueurs sans pitié que Miguel Beaufort, son ancien employeur, avait lancé à ses trousses plus de trois mois auparavant.

Un malheureux concours de circonstances, dut-il admettre. Sa vie entière n'était qu'un malheureux concours de circonstances…

Samuel Johnson n'était pas vraiment un escroc. On aurait davantage pu le qualifier de joueur, de ce type de personne qui passe le plus clair de son temps à miser, espérant récupérer une main plus chanceuse que son voisin de table. Mais à l'inverse des vrais joueurs, et notamment de son père, qui lui avait fait partager sa passion du poker, en long, en large et en travers, Sam, lui, avait fini par comprendre que s'il désirait gagner de l'argent – beaucoup d'argent –, il était bien plus facile de tricher. Mais les derniers mois n'avaient pas été fameux. Sa reconversion en fugitif en était la principale raison. Et les choses ne s'amélioreraient pas. Il suffisait pour s'en convaincre de jeter un œil au macchabée qui se trouvait à moins de trois mètres derrière lui.

Daniel Patterson, un gosse qui n'avait même pas soufflé ses vingt et une bougies…

Quand on est en fuite, ce qui était loin d'être son habitude, on ne peut faire confiance à personne. Pas plus que l'on aime s'afficher en public. La paranoïa vous guette, elle vous prend par surprise. Elle devient votre seconde nature. Sans cesse, vous soupçonnez une présence derrière vous. Vous vivez avec la crainte que quelqu'un vous observe, ou que quelque part, au coin d'une rue, un canon de revolver attende que vous changiez de trottoir, prêt à vous souffler la cervelle.

Néanmoins, il fallait bien gagner sa vie. Et durant les deux mois précédant sa rencontre avec le gosse, Samuel avait vécu en solitaire, un peu comme une ombre, un oiseau de nuit qui ne sortait qu'à la tombée du jour, s'efforçant de se faire passer pour quelqu'un d'autre à grand renfort de pseudonymes idiots dont il changeait aussi souvent que de paires de chaussettes. Il ne fréquentait plus que les casinos minables et les salles de jeux clandestines. On y gagnait des sommes dérisoires, mais à défaut d'autre chose, la sécurité y était moindre, la magouille plus aisée. Et puis il n'avait guère le choix. Les grands casinos étaient devenus trop dangereux. Quand on est poursuivi par des tueurs, la règle absolue, c'est de savoir rester discret.

Certes. Le seul problème, c'est que discret, il ne l'avait pas été assez. Et pour le coup, c'est Danny qui avait trinqué.

C'était ce qui se produisait avec les types bien. Les types bien crèvent toujours avant les autres. C'est la violence du monde qui veut ça. Un monde pourri jusqu'à la moelle où ils ne possèdent pas les armes pour se battre. Il n'y a pas de place pour les rêveurs dans une société qui ne fait que prôner la loi du plus fort, autrement dit le pouvoir de l'argent. Car c'était toujours une histoire de thunes, cette saloperie de vie tournait autour de ce putain de fric.

Depuis longtemps nous étions dominés par un système d'esclavage modernisé, une dictature économique appuyée par les gouvernements et occultée par les médias, ceux qui forgeaient l'opinion. Une société du spectacle, où l'on cherchait à nous faire croire à cette liberté qu'on nous volait à chaque instant. Pour notre bien. Alors que les gens de la plèbe continuaient d'engraisser les autres. Il en avait toujours été ainsi. Il suffisait de regarder l'itinéraire de son père pour le comprendre : la redistribution des richesses, c'était ça le vrai souci. Elle favorisait les intérêts privés d'une minorité d'individus, une élite dont le pouvoir grandissant n'avait fait qu'engendrer la corruption. La surconsommation à outrance, les impôts et les taxes… C'est avec ça qu'on nous maintenait la tête sous l'eau. Et le pire, c'est que la majorité s'y pliait.

Sam ne prétendait pas appartenir au peloton de tête. Mais il ne voulait pas non plus appartenir à l'autre. La seule chose qu'il désirait, c'était vivre en marge de notre monde, trouver son coin de paradis et profiter de la vie. Un lieu où la société actuelle n'aurait pas fondé tous ses principes, étendu tout son pouvoir. Ce lieu, Samuel savait qu'il existait. Il l'avait découvert un jour, en feuilletant un magazine de voyages.

Kadihiri : une île paradisiaque perdue dans l'archipel des Togians.

Un jour, Sam irait là-bas. Il foulerait ses plages de sable blanc. Aveuglé par un soleil étincelant, il marcherait le long d'une mer turquoise avec pour seul horizon l'océan. Une étendue vaste, dégagée, où il pourrait enfin bâtir ses rêves, changer de vie. Enfin peut-être. Car il n'est jamais trop tard pour changer de vie, aussi loin que celle-ci veuille bien nous mener. Jusqu'à présent, la chance l'avait soigneusement épargné, mais un jour elle lui sourirait. Il pourrait l'attraper au vol, la retenir pour ne pas qu'elle s'échappe. C'était inscrit là, dans son sang, et ce sang coulait dans ses veines comme une drogue qui lui donnait la force d'avancer : oublier sa vie pour exister, fuir ce monde pour enfin trouver le sien. C'était là sa seule raison de vivre. Il ne finirait pas comme son vieux, à bosser dans une usine de pièces détachées, enchaîné aux dettes et aux crédits. Tout ça avant de passer l'arme à gauche sans avoir jamais pu en profiter, en amassant à peine de quoi payer les planches de son cercueil. Et la poignée de clous qui va avec.

Non, Sam aurait une destinée hors norme. Il en était convaincu. Il lui fallait quelques milliers de dollars. Ensuite, il pourrait s'envoler vers les eaux claires de Kadihiri, de l'autre côté de la planète.

Alors qu'il était sur le point de se relever, ses doigts glissèrent sur la faïence. Il n'en trouva pas la force. Ainsi, il resta sur le carrelage, se cramponnant au cabinet de toilette comme à une bouée de sauvetage, plus très sûr de la direction dans laquelle le courant l'entraînerait. Au moins, en restant là, il aurait cessé de dériver. Car c'était exactement la tournure que prenait son existence : il dérivait, lentement mais sûrement. Et au final, ses chances de s'en sortir n'étaient peut-être pas aussi grandes qu'il l'avait espéré.

Sa deuxième tentative eut plus de succès. Il se raccrocha au lavabo de la salle de bains et parvint à se mettre debout. Devant lui, le miroir lui renvoyait une sale image. Il avait le teint blême, presque gris. Ses yeux étaient rouges. Rien de surprenant après avoir vomi ses tripes pendant près de dix minutes. Il ouvrit le robinet pour s'asperger la figure d'eau froide. Geste simple, mais qui l'aiderait peut-être à sortir de sa torpeur. Alors il but comme s'il n'avait jamais bu de sa vie, comme s'il venait d'engloutir des pains de sel par dizaines. Son estomac le brûlait, sa gorge le serrait.

Les mains rivées au lavabo, il regarda la perspective de la chambre se refléter dans le miroir. Il n'avait pas envie de traverser la pièce une seconde fois, et encore moins de croiser le regard du gosse.

Vingt minutes plus tôt, il était arrivé en trouvant la porte entrouverte, ce qui ne l'avait pas empêché de frapper. Puis, constatant que personne ne répondait, il s'était faufilé dans la chambre en pensant que le gosse était sorti faire une course. Seulement voilà, le gosse n'était pas sorti. Il n'avait pas mis longtemps à apercevoir sa dépouille, et dès qu'il l'avait vue, Sam avait pensé à un pantin désarticulé. À un sac d'os et de chair sans vie, aussi mort que l'on peut l'être.

L'instant d'après, un sentiment de froid l'engourdissait, aussitôt suivi d'une sensation de chaleur.

La marque des frères Manchester, il l'avait compris en un éclair. Ron, le plus jeune, devait nourrir le regret d'avoir raté ses études de chirurgie. Il se promenait toujours avec une trousse en cuir plus longue que large dans laquelle il gardait précieusement ses instruments de torture. Autant dire qu'il la sortait avec un grand sourire aux lèvres quand il s'agissait de faire parler quelqu'un.

Le gosse avait-il parlé ? Sans aucun doute. N'importe qui aurait parlé à sa place, ce n'est pas Sam qui l'en aurait blâmé. Le problème, c'est que s'il avait parlé, ça signifiait que les frères Manchester l'attendaient déjà à son hôtel.

Il avait eu de la chance… S'il n'avait pas passé la nuit dernière avec cette prostituée, une fille à laquelle il avait offert une ribambelle de verres, il se serait certainement réveillé avec le canon d'un revolver posé au milieu du front, ou glissé entre les dents.

Le vent tournait. Il allait devoir prendre ses cliques et ses claques et se barrer d'ici vite fait.

La veille au soir, le gosse et lui s'étaient bien débrouillés au poker, ils avaient empoché pas loin de trois mille dollars à tous les deux. Après avoir sifflé quelques verres ensemble, Daniel Patterson était rentré se coucher. Sam, lui, n'avait pas sommeil. Enfin pas tout à fait. Il en avait donc profité pour écumer les bars jusqu'à ce qu'il tombe sur cette fille, une certaine Dorothy qui n'attendait qu'une chose : qu'on lui glisse quelques billets dans le décolleté ou sous la jarretelle. Ayant pas mal arrosé la soirée, Sam ne s'était pas senti en état de conduire pour la ramener à son hôtel. Quand ils trichaient, le gosse et lui prenaient toujours une chambre dans deux endroits séparés. C'était une règle d'or, un truc pour éviter qu'on les voie traîner ensemble. Et puis sa vieille Ford avait des ratés ces derniers temps. Ce devait être à cause du gel. En hiver, elle avait toujours du mal à démarrer. Le modèle n'était pas tout jeune. Il datait de 1993. Sam l'avait acheté pour une bouchée de pain chez un petit revendeur de Park Avenue, le long de la 114e Rue.

Toujours est-il que la belle Dorothy l'avait accompagné jusqu'à une chambre à proximité du rade où il l'avait rencontrée. Une chambre propre et tranquille, tout ce qu'il y a de correct. À part peut-être le prix. Évidemment, c'est lui qui avait dû payer la facture, de même qu'une bouteille de champagne au goût douteux dont le contenu lui était resté en travers de l'estomac.

Au petit matin, Sam s'était éveillé seul. Du papillon de nuit avec lequel il avait butiné quelques heures, il ne restait qu'un lointain parfum de fleurs. La chaleur des draps froissés et les fragments d'une nuit insaisissable. Et surtout, le début d'un mal de tête carabiné.

La première chose qu'il avait faite, ce matin-là, hormis chercher l'une de ses chaussettes pendant un bon quart d'heure, avait été de venir voir le gosse. Il voulait changer de ville. S'attarder au même endroit n'était jamais bon. Mais il était arrivé trop tard. Ou *suffisamment* tard. Tout est une question de point de vue dans ce bas monde. S'il était arrivé plus tôt, sa cervelle serait sans doute déjà répandue sur le plancher de la pièce, au même titre que celle de Daniel Patterson.

Tout ça ne durerait pas. Il ne pouvait pas se permettre de passer le restant de sa vie ainsi.

Une fois prêt à traverser la chambre, il prit une profonde inspiration et sortit sans se retourner. Il aurait pourtant aimé avoir le courage de refermer les yeux du gosse mais il ne s'en sentait pas le cran. Les morts lui avaient toujours fait peur. Ils le mettaient face à sa propre mort, au jour où il finirait lui aussi au fond d'un trou, dévoré par les vers.

Un jour qui lui paraissait de plus en plus proche.

En arrivant sur le palier, la lumière fut telle qu'il dut plisser les yeux. Devant lui, la neige recouvrait tout. Les rayons du soleil se réverbéraient à sa surface, sorte de miroir géant qui ne renvoyait aucune image de lui. Ni de quoi que ce soit d'autre. Un miroir semblable à son avenir, vierge de tout. Il n'avait qu'à poser le pied dans la neige et à marcher droit devant lui. Il y dessinerait son lendemain. Aucune idée de l'endroit où aller. La seule chose qu'il savait, c'est que son temps ici était compté. Miguel Beaufort n'abandonnerait pas. Surtout avec l'argent qu'il lui devait. S'il voulait avoir une petite chance de s'en tirer, il lui faudrait se procurer un nouveau passeport, sous un autre nom.

Il descendit l'escalier puis traversa le parking à grands pas. Une brise glaciale vint lui fouetter le visage, agitant ses longues mèches de cheveux frisés au-dessus de son crâne. Il boutonna son manteau.

La Ford Mustang l'attendait au bout de l'aire de stationnement. Il s'agissait d'un modèle Cobra avec deux bandes blanches peintes sur le capot, dans le sens de la marche. Sam dut forcer sur la portière pour l'ouvrir. Une demi-heure avait suffi au gel pour la souder au reste de l'habitacle.

Sous ses fesses, le cuir était froid. Il tira le starter et jeta un œil à la liasse de billets qui dépassait de sa poche, de peur qu'elle se soit envolée. S'il considérait les dépenses de la soirée d'hier, tout en ajoutant le montant de ses gains à ce qui restait de l'argent volé à Beaufort, il possédait encore quinze mille dollars. Plus qu'il n'en fallait pour mettre les voiles et rejoindre une autre ville. Il redescendrait d'ailleurs probablement vers le sud, tout ce froid et cette neige le déprimaient.

Il tourna la clé de contact et pompa sur l'accélérateur. Le moteur toussota un peu puis s'étouffa. Il avait déjà eu du mal à la faire partir, le matin même.

Allez ma cocotte. Un peu de bonne volonté…

Rester sur ce parking à découvert ne présageait rien de bon. Si les frères Manchester repassaient par là, ils le repéreraient. Une Ford Mustang de 93, bleue, ne passait pas inaperçue de nos jours. Sans compter que Ron et Clarence la connaissaient plutôt bien.

Il allait devoir changer de caisse. Une perspective qui n'avait rien d'encourageant. L'opération lui coûterait de l'argent et il adorait sa vieille Ford. Il l'aimait comme son premier amour.

Au bout de la troisième tentative, la Mustang finit par démarrer. Sam la gratifia de quelques rapides coups d'accélérateur. Ce n'était pas le moment de la laisser caler. Puis il souffla dans le creux de ses mains, alluma le chauffage et poussa une cassette dans l'autoradio. Derrière lui, une épaisse fumée blanche sortait du pot d'échappement.

Pendant que la voix de Ken Boothe s'élevait en fredonnant le premier couplet de *Because I'm Black*, il passa la marche arrière, alla effectuer son demi-tour devant l'accueil du motel.

En apercevant la porte de la chambre qu'il avait laissée entrouverte, à l'étage supérieur, il eut une dernière pensée pour le gosse.

C'était un type bien, le gosse. Un type vraiment bien.

2

Clarence Manchester, au volant de sa BMW série 7.

Impatient, il fixait l'entrée de l'hôtel. Les sourcils froncés, ses arcades soulignant la profondeur de ses orbites. Un regard de prédateur guettant l'arrivée de sa future proie.

Johnson n'était pas rentré de la nuit. Il avait peut-être déjà décampé. Le type de la réception auprès duquel il s'était renseigné, non sans lui faire comprendre qu'il risquait de passer un sale quart d'heure s'il refusait de coopérer, avait fini par cracher le morceau : Johnson était arrivé il y a trois jours, sans donner de date de départ, avec pour habitude de payer sa chambre chaque matin avant 10 heures. Concernant ses bagages, Clarence n'ignorait pas qu'ils se résumaient au strict nécessaire : un baluchon rempli de vêtements et quelques affaires de toilette qui quittaient rarement le coffre de sa voiture. Ça lui permettait d'évacuer dare-dare les environs en cas de pépin.

Il poussa un soupir et releva sa manche : 9 h 45. Si Johnson ne se pointait pas dans les quinze prochaines minutes, il allait devoir en informer Beaufort. Et le patron n'apprécierait pas beaucoup la nouvelle. Ça, c'était une certitude.

— Il a chûrement fichu le camp, déclara Ron en engloutissant un manchon de poulet enrobé de ketchup.

Clarence regarda son frère. Le voir manger dans sa voiture l'insupportait.

— Tu pourrais pas bouffer tes cochonneries ailleurs ? Ça empeste la bagnole, ton truc !

Ron avala son morceau de poulet en grimaçant, à deux doigts de s'étrangler. Il prit le temps de se sucer l'extrémité du pouce avant de répondre :

— Où veux-tu que je les mange ? T'as vu le froid qu'il fait ?

Clarence contracta la mâchoire. Si du ketchup venait à tomber sur l'un de ses sièges, il allait le lui faire regretter.

Ronald Manchester était plus jeune que son frère. Un peu plus petit aussi. Mais Clarence était beaucoup plus costaud. Carré des épaules, il semblait avoir été taillé dans un roc, le visage façonné à coups de burin. Ron, de son côté, mesurait près d'un mètre quatre-vingts. Plutôt mince, il portait le costume avec élégance. Un costume noir et simple assorti à leurs cheveux gominés et peignés vers l'arrière. Depuis qu'ils travaillaient pour Beaufort, ce costume était devenu leur uniforme. Ron trouvait d'ailleurs que ça leur donnait un air chic. Un air de truand aussi, mais un air chic tout de même.

— Y viendra pas, fit Clarence en pianotant sur son volant. Quelqu'un a dû le prévenir de notre arrivée…

— Quelqu'un ? releva Ron.

Il trempa un nouveau morceau de poulet dans son ketchup.

— Samuel Johnson n'a plus vraiment d'amis, ajouta-t-il.

Clarence détourna les yeux. Leur informateur s'était trompé. Alors qu'ils s'étaient attendus à tomber sur Johnson, l'adresse qu'on leur avait fournie les avait en réalité éloignés de leur cible, jusqu'à un motel où résidait un type du nom de Daniel Patterson, son camarade de jeu. Sur place, le gosse leur avait au moins dit la vérité – tout le monde finissait par dire la vérité lorsque Ron utilisait ses instruments. Quand il les avait sortis de sa trousse en cuir,

Clarence avait vu les yeux de Patterson s'agrandir. Puis le gosse s'était mis à hurler. Pas longtemps. Avec le sang qui lui coulait dans la bouche, il avait vite compris que s'il ne parlait pas, son sourire allait en prendre un sacré coup.

Résultat des courses, Patterson avait vendu la mèche au bout de la deuxième molaire, quelques minutes après le début des opérations. Clarence avait beau préférer la manière forte, il reconnaissait tout de même que la méthode de son frère présentait des avantages. Plaquer le canon d'un revolver contre une tempe ne produisait pas toujours l'effet escompté, en particulier lorsqu'on est sensible de la gâchette. S'il avait préféré descendre le gosse, c'était par précaution. Il craignait qu'il ne tente d'entrer en contact avec Johnson avant qu'ils ne lui mettent le grappin dessus. Et puis Clarence ne laissait jamais de témoins en vie. Une mesure qui jusqu'alors lui avait toujours permis d'échapper aux tribunaux.

Il sentit son téléphone vibrer et passa une main sous sa veste. C'était un appel du patron.

— Oui, monsieur. Clarence à l'appareil.

La réception était mauvaise. Ce devait être à cause de la tempête de neige qui sévissait plus au sud. La radio n'annonçait rien de bon pour cette fin de matinée. La majorité des routes risquaient même d'être barrée.

— Johnson s'est fait la malle, déclara Beaufort. Il aurait été vu à la sortie de la ville. Il s'est arrêté faire le plein dans une station-service.

Clarence remua à peine les lèvres. Il se contentait d'écouter. Le fait que le patron ait des contacts partout, même dans ce coin reculé, l'impressionnait.

— Où êtes-vous ? demanda Beaufort. Toujours en ville ?

— Oui. On a eu de mauvaises informations ce matin. Mais on a fini par dénicher l'hôtel où il est descendu. On est garés tout près, à une vingtaine de mètres.

Il ne mentionna pas l'histoire du gosse, inutile de s'attarder sur les détails.

— Eh bien laissez tomber. Il ne repassera pas. Johnson a pris la direction du sud. Mes renseignements sont fiables, croyez-moi. En vous débrouillant bien, vous avez encore une chance de le coincer.

— Il est parti depuis longtemps ? questionna Clarence.

— Une dizaine de minutes.

Beaufort marqua un temps avant d'ajouter :

— Je prends l'avion dans l'heure qui vient. Je tiens à m'occuper personnellement de son cas. Johnson ne s'en tirera pas. J'ai déjà donné son signalement aux hommes que j'ai dans la région, et j'irai jusqu'à poster des patrouilles à chaque coin de rue s'il le faut !

Clarence éloigna le cellulaire de son oreille. Le patron n'avait pas l'air de bonne humeur ; il ne donnait pas cher de la peau de Johnson.

— Très bien, dit-il. On va partir à sa recherche.

— Je vous contacte dès mon arrivée, conclut Beaufort. En attendant, ne lésinez pas sur les moyens. Retrouvez-le !

Il raccrocha.

*

Cette décision, Miguel Beaufort l'avait prise la veille, peu de temps après l'appel d'un certain Craig Hamilton, l'un des rares informateurs qu'il possédait dans la région. Lors de cet entretien, Hamilton l'avait prévenu de la récente réapparition de Johnson. Inespéré. Même si Beaufort savait que les types comme lui finissent toujours par ressurgir. Ils s'imaginent que l'eau a coulé sous les ponts, que le temps a passé, et qu'en quelque sorte il a contribué à effacer leur ardoise.

Mais le temps n'efface rien, pas plus qu'il ne se fige.

Cela faisait trois mois que Johnson avait disparu de la circulation, trois mois pendant lesquels Miguel Beaufort n'avait pas oublié. Et il n'oublierait pas. Tant que l'affaire Johnson serait d'actualité, il ferait tout ce qui était en son pouvoir pour le retrouver. La dernière fois qu'il avait obtenu de ses nouvelles, Johnson avait été aperçu près d'Atlanta, en Géorgie. Pourtant, ils n'avaient pas été assez rapides. Une fois de plus Johnson avait senti le vent tourner, et il n'avait pas tardé à hisser la grande voile. Hier, les frères Manchester se trouvaient déjà sur place lorsque Hamilton l'avait contacté. Le fruit du hasard, sans doute, ou bien la chance. Quoi qu'il en soit, si des affaires urgentes ne l'avaient pas retenu jusqu'en ce début de matinée, Miguel Beaufort serait déjà là-bas à l'heure qu'il est. Et de ce fait, il n'aurait pas tardé à prendre en main la direction des opérations.

Mais ce n'était qu'une question de temps. Une simple question de temps.

Dehors, le ciel libérait la fureur de ses lames. Un martèlement incessant qui frappait la carrosserie comme de la grêle.

Tandis que la Mercedes l'emmenait vers un petit aéroport privé de Chicago, non loin des rives du lac Michigan, Miguel Beaufort se mit à jouer avec sa chevalière en or. Nerveusement, la faisant tourner autour de son annulaire, prêt à lui faire franchir le cap de la première phalange. Puis, au dernier moment, il la repoussait entre ses doigts, contre la partie osseuse qui formait son métacarpe. C'était un tic qu'il avait, et qui lui permettait de se concentrer. Pas aujourd'hui. Depuis le coup de fil d'Hamilton, les choses étaient différentes. Il était en passe de clore le cas Johnson. Une affaire qui, selon lui, aurait dû être réglée il y a des mois.

Entièrement vêtu de noir, et à la différence des frères Manchester qui portaient chacun une chemise claire, Miguel Beaufort approchait la cinquantaine. Le visage grêlé, il mesurait à peine un mètre soixante-cinq. Le nez aquilin, des lèvres épaisses. Une longue cicatrice partait de son menton pour lui descendre dans le cou, jusqu'à hauteur de sa clavicule gauche. Souvenir d'une bagarre qui avait mal tourné, où un tesson de bouteille avait failli lui entailler la carotide.

Né d'une mère mexicaine et d'un père français – celui-ci était arrivé aux États-Unis dans les années 1940 pour faire fortune –, Miguel Beaufort avait repris l'entreprise familiale plus de dix ans auparavant. Une compagnie de transports routiers qu'il avait lui-même rebaptisée *Antipod*.

Durant toutes ces années, il avait touché de près le monde des affaires, et il s'était vite découvert un talent qu'il ne soupçonnait pas : il était doué pour la magouille. Le reste avait été très vite. Les transports routiers constituaient un réseau idéal pour écouler de la marchandise illégale. Drogue, bien sûr, mais aussi des armes. Il s'aperçut aussi que l'argent pouvait tout acheter, y compris la police et certains pouvoirs politiques. En à peine trois ans, il s'était constitué un véritable empire, dont le capital s'élevait à plus de deux cents millions de dollars. Dans un premier temps, Beaufort avait investi dans de nombreux bars, avant de s'offrir de somptueux casinos. C'étaient ces derniers qui constituaient à ce jour sa principale source de revenus. Sans oublier les armes. Elles se monnayaient au prix fort, et les affaires n'avaient jamais été aussi florissantes qu'aujourd'hui.

La première fois qu'il avait entendu parler du nom de Johnson, à l'époque, c'était au *Lost in Paradise*, l'une de ses nombreuses acquisitions. À ce détail près qu'il s'agissait du père : Richard Johnson. Il était connu comme le loup blanc dans le monde du jeu. Une réputation qu'il ne tenait pas de ses talents cachés, s'il en avait, mais des dettes accumulées lors de ses soirées de poker. Montant qui se chiffrait encore à plus de cent trente mille dollars.

Les joueurs étaient des êtres à part. Des types qui ne sont pas attirés par l'appât du gain mais par cette montée d'adrénaline qui leur irrigue les veines jusqu'au cerveau, chaque fois qu'ils se retrouvent autour d'une table de jeu. Combien de personnes avait-il vu perdre des sommes considérables, incapables d'anticiper le moment où elles auraient dû s'arrêter ? Des centaines de fois. Les joueurs – les *vrais* joueurs – étaient incapables de jeter l'éponge. Ils provoquaient la chance, s'en remettaient au hasard. Ils n'étaient pas là pour l'argent mais pour jouer. Après ça, peu importait la quantité de jetons qui passait entre leurs mains. Ils continuaient jusqu'à l'overdose, *l'overdraft* ; jusqu'à ce que cette montée d'adrénaline finisse par disparaître, réalisant une fois de plus qu'ils étaient encore allés trop loin.

Mais le fils Johnson était différent. Ce qui l'intéressait avant tout, c'était l'argent.

Dix mois plus tôt, il était venu trouver Beaufort avec pour objectif de lui proposer un arrangement. Offrir ses services, négocier. Johnson l'avait senti. Il savait que son père se ferait descendre s'il ne remboursait pas. En parvenant à trouver un terrain d'entente, ceux que l'on appelle dans le jargon « les blanchisseurs », des tueurs dont le seul boulot consiste à faire cracher l'argent quoi qu'il en coûte, ne viendraient pas s'en prendre à son vieux. Ainsi la peine de Richard Johnson s'en trouverait suspendue. À condition qu'il n'en profite pas pour creuser son découvert.

Johnson n'avait pas été dur en affaires. Les types comme lui ne sont jamais durs. Désintéressés par la chose, tout simplement. Miguel Beaufort n'avait donc eu aucun mal à tirer profit de leur entretien.

À l'issue de leur négociation, il avait consenti à lui procurer un emploi où il retiendrait quarante à cinquante-cinq pour cent de son salaire, montant qui servirait à alimenter le passif de son père, petit à petit. Un accord qui, sur le coup, lui avait paru tout à fait convenable.

Les premiers temps, Johnson s'était montré conciliant. Il respectait les conditions à la lettre. Sans être un bourreau de travail, il n'en demeurait pas moins qu'il remplissait sa part du job et, en l'occurrence, c'est à peu près tout ce qu'on lui demandait.

Mais tout ça n'avait pas duré longtemps…

Lorsqu'il apprit la maladie de son père, Johnson travaillait comme barman depuis déjà deux mois. Une maladie qui rongeait les os du vieux Richard jusqu'à la moelle, et qu'il avait préféré cacher à son fils : le cancer avec un grand C. Si bien que Johnson Sr. n'avait pas tardé à dégager de la scène.

Il y a certaines personnes qui croient que les dettes s'en vont avec le macchabée auquel elles se rapportent, mais pour Miguel Beaufort, les dettes restent une affaire de succession. Elles suivent rarement le chemin de la tombe, et dans le cas présent, le fils Johnson s'était engagé à rembourser. Il devrait donc le faire, jusqu'au dernier cent. Car c'était là l'héritage que son père lui avait laissé : un solde débiteur de plusieurs milliers de dollars.

Ce n'est qu'après les funérailles que Johnson était revenu voir Beaufort. Il pensait pouvoir renégocier sa peine. Il se trompait. Beaufort était resté intraitable. Il lui avait bien fait comprendre que le compte était loin d'être soldé, et qu'il ne se solderait pas tout seul, d'un simple claquement de doigts. Alors Johnson était reparti la queue entre les jambes, condamné à rembourser une somme qui n'achetait plus le sursis de son père, mais désormais le sien.

On ne sait jamais très bien ce qui se passe dans la tête des gens, et encore moins dans celle d'un type comme Johnson. Un jour ou l'autre, ils finissent par vous péter entre les doigts, tel le bouchon d'une bouteille de champagne qui jaillirait un peu trop vite, au moment précis où vous aviez prévu de le faire sauter.

Quelques jours plus tard, Johnson disparaissait avec la caisse. Une somme qui avoisinait les cinquante-cinq mille dollars. Depuis, il n'avait jamais remis les pieds en ville. Rien d'étonnant. La surveillance que Miguel Beaufort avait fait poster devant son appartement, au moins les premiers temps, était restée sans résultat. D'après ses hommes, Johnson aurait continué à payer son loyer pendant deux mois, en liquide, au moyen d'enveloppes postées de différents endroits. De cette manière, il s'assurait que l'on ne puisse pas remonter jusqu'à lui. Puis il s'était évaporé dans la nature, purement et simplement.

Jusqu'à aujourd'hui.

Ce n'était pas tant une question d'argent au bout du compte. Miguel Beaufort n'était pas à quelques milliers de dollars près. Non, c'était une histoire de convention, de respect. Quand on a le pouvoir, le principal problème auquel on est confronté est de le conserver. Sans ça il nous échappe. Les types comme Johnson, sans représenter un danger immédiat, ne sont bons qu'à une chose : propager les nuages et obscurcir le ciel. Et Miguel Beaufort n'avait aucune envie de voir s'assombrir son empire. Les affaires qui traînent ne sont jamais bonnes. D'abord elles sèment le doute dans les esprits, ensuite elles ont tendance à entacher les réputations. Quand la brèche est ouverte, il est trop tard. D'autres se chargent de prendre le relais et les fissures se multiplient. Puis un beau jour, vous vous apercevez que le rempart qui vous abritait est truffé de vermine. Des serpents prêts à mordre, qui convoitent votre trône.

Oui, Miguel Beaufort avait déjà trop attendu pour clore le cas Johnson. Mais il allait se charger lui-même de l'affaire. Et quand il le tiendrait enfin à sa merci, sa tête irait pourrir au fond d'une cave, peut-être même détachée de son corps, rongée par les rats.

Il interrompit le mouvement de sa chevalière et leva la tête en direction du chauffeur. Il activa le micro de la cabine :

— Dans combien de temps l'aéroport ?

— Une quinzaine de minutes, monsieur. Ça commence à mieux rouler.

Il se laissa basculer au fond de son siège, le regard grave.

Samuel Johnson…, pensa-t-il.

Un nom qui appartiendrait bientôt au passé.

3

Après avoir rempli son réservoir dans une station-service en bordure de la ville, Sam avait bifurqué sur la première autoroute en direction du sud. Inutile de repasser à son hôtel, tout ce dont il avait besoin se trouvait là, dans le coffre de sa voiture. De toute façon, ça aurait été la chose la plus stupide à faire. Les frères Manchester l'attendaient sans doute là-bas – s'ils n'avaient pas commencé à passer la ville au peigne fin. En résumé, la meilleure raison du monde pour précipiter son départ et tailler la route.

Alors qu'il conduisait à une allure plutôt soutenue depuis une vingtaine de minutes, la neige s'était mise à tomber. Rudement. Ce qui l'avait forcé à ralentir. Les vieux essuie-glaces de la Ford grinçaient sous l'effort, essayant de balayer les flocons qui envahissaient le pare-brise. Beaucoup de vent aussi. Chaque bourrasque déchaînée repoussait la voiture vers le bas-côté, et quand le blizzard s'interrompait, jamais longtemps, la Mustang effectuait une brutale embardée vers la gauche. Sam ne cessait de devoir la redresser en donnant de légers coups de volant.

Au fur et à mesure que la route défilait, la circulation devenait plus dense. La visibilité ne s'améliorait pas. Comme lui, les autres conducteurs avaient dû réduire leur vitesse de façon significative. Tout cela l'inquiétait. Il n'avait pas prévu que les conditions climatiques puissent jouer un rôle déterminant dans son projet de fuite, mais il était maintenant convaincu qu'elles n'allaient pas lui faciliter la tâche.

L'envie d'en savoir plus…

Il éjecta la cassette du poste et chercha une station de radio locale. Il tomba sur un flash d'informations qui confirma ses craintes :

« … *rappelons à tous les automobilistes de redoubler de vigilance. La tempête de neige qui sévit plus au sud est en train de remonter vers le nord. Plusieurs routes ont déjà été barrées dans le secteur de Stratton et de West Forks. À présent, c'est au tour de la 201 d'être menacée. Nouveau point dans une quinzaine de minutes. En attendant, nous vous invitons à découvrir…* »

Contrarié, il éteignit l'autoradio.

Il ne manquait plus que ça. Une tempête de neige, en plein sur son chemin. Si même la météo s'y mettait…

Il posa une main sur son ventre et grimaça de douleur. En prime, voilà qu'il commençait à avoir des brûlures d'estomac. Magnifique. C'était sans doute le champagne de la veille, à moins que ce ne soit lié à l'effet du stress, à la mort du gosse, ce qui n'avait rien d'impossible.

Autour, les feux des véhicules lui faisaient penser à de curieuses décorations de Noël, noyées dans un flou artistique, leur luminosité diluée dans l'humidité de la neige qui ruisselait le long des vitres. Il n'y avait guère que le pare-brise avant qui lui permette de distinguer la circulation de manière plus nette. Et encore, vu la vitesse à laquelle ses essuie-glaces effectuaient leurs allers-retours, l'écran avait le temps de se brouiller entre chacun de leur passage.

Un jour funeste. L'illusion que le monde extérieur s'affaissait, dégoulinait, offrant à la réalité environnante une allure d'aquarelle défigurée par la pluie. Pour un peu, Sam se serait cru seul au monde, isolé du reste, les autres véhicules se résumant à de simples images sans consistance, immatérielles. Un rêve éveillé où la seule chose concrète, c'était lui. Et l'intérieur de sa vieille Ford.

Déréalisation…

Ce n'était pas la première fois qu'il éprouvait ce genre de sentiment. Si ce n'est que d'ordinaire, il ne s'accompagnait pas de cette impression d'insécurité qu'il ressentait à l'heure actuelle, convaincu que la carrosserie de sa Ford n'était qu'un amas de papier mâché prêt à se disloquer au moindre dénivellement.

Depuis la chambre du motel, la mort ne l'avait pas quitté. Elle continuait à s'étendre jusqu'à lui, ombre glaciale qui avait à jamais marqué sa mémoire. Ce n'était pas tout à fait ainsi qu'il l'avait vue, auparavant. Hier encore, elle lui paraissait bien plus insignifiante. Une rigolade ! Mais depuis qu'il avait vu le cadavre du gosse…

Il ralluma l'autoradio et poussa une cassette à l'intérieur. Il monta le volume, s'efforçant de penser à autre chose. Mais pendant qu'il essayait de se concentrer sur les paroles – les Black Keys débutaient le premier couplet de *Till I Get My Way* – l'image du gosse n'en revenait pas moins le hanter.

Ils vont finir par t'avoir, Sam. Dans quelque temps, ton corps sera aussi froid que le sien. Ta cervelle répandue sur le tableau de bord de ta voiture. Peut-être pire.

L'esprit perdu dans ses pensées, il parcourut encore deux à trois miles, le flux de ses connexions neuronales sans cesse interrompu par le carnage découvert en ce début de matinée dans la chambre du motel.

Daniel Patterson. Dan, comme il l'appelait, un nom qu'il n'était pas près d'oublier.

Depuis leur rencontre, Sam avait dépensé sans compter. Sans parler du fait qu'ils n'avaient pas eu la main chanceuse au poker, hormis la veille au soir. Et il ne restait plus grand-chose des cinquante-cinq mille dollars volés à Beaufort. En tout cas, c'était insuffisant pour acheter un aller simple et son bungalow en bord de mer. Il ignorait encore comment il allait se remettre à flot, mais il lui faudrait sans doute travailler. Ce qui ne l'enchantait pas. En clair, sa barque commençait sérieusement à prendre l'eau.

Au bout de cinq minutes, il dut de nouveau ralentir. La circulation, de plus en plus difficile. À travers l'abondance de flocons qui s'écrasaient contre le pare-brise, il aperçut des feux de détresse, clignotements brefs et réguliers qui annonçaient surtout la fin de son périple.

À son tour, il enclencha les siens puis alla se ranger à la suite des autres. Au-dessus de la chaussée, un grand panneau d'affichage. Les autorités du coin avaient fini par prendre leur décision : la route était barrée.

Évidemment. Il avait la sensation d'avoir tiré une mauvaise carte à un jeu idiot qui lui disait de retourner au point de départ et d'attendre de se faire souffler la cervelle par Clarence ou par son frère. Pendant un instant, il se demanda combien d'individus avaient des tueurs à leurs trousses, autour de lui. Pas beaucoup, sans doute. Ce qui ne fit qu'accentuer son sentiment d'irréalité.

Peu à peu, les voitures se remirent à avancer, avant de s'arrêter de nouveau, bloquées par le flux inerte de la circulation. Il s'aperçut qu'il allait devoir quitter l'autoroute. Il n'était pas loin de la sortie qui avait été aménagée pour l'occasion, raison pour laquelle la 201 était aussi congestionnée. Il tâcha de se faufiler dans la file de droite, ce qui ne fut pas une partie de plaisir. Les conducteurs étaient énervés, les gens pressés. Enfin, il put reprendre un peu de vitesse. Après une quinzaine de minutes, il bifurqua, direction une station-service.

De l'autre côté de l'amas de flocons qui tourbillonnaient en tous sens, les lettres TEXACO ne tardèrent pas à se détacher, donnant au lieu un air de bâtiment hanté perdu au milieu du blizzard.

Il dépassa les pompes en roulant au pas puis alla se ranger sur le parking, à quelques mètres de la boutique. Il avait dans l'idée de se procurer une carte de la région. Ensuite, il essaierait de s'engager sur les petites routes. Il en profiterait pour s'acheter une bouteille de lait. Il n'y avait qu'une chose capable d'apaiser ses brûlures d'estomac : Sam avait besoin de boire du lait.

Il sortit du véhicule et verrouilla les portières, avant de s'éloigner à grands pas, frappé par les rafales de vent et les flocons virevoltants.

À l'intérieur, une poignée de conducteurs s'étaient réfugiés au coin café. Emmitouflés dans d'épais blousons d'hiver, ils observaient la neige tomber, s'interrogeant sur la durée pendant laquelle l'autoroute resterait barrée. Sur le moment, Sam eut envie de prendre une boisson chaude lui aussi. Mais en apercevant la taille des gobelets, il se ravisa.

Le monde était passé à la mode *king size*. Il fallait constamment faire des pieds et des mains pour ne pas se retrouver en possession d'un café ou d'un Coca de taille standard. C'est-à-dire plutôt un *large* ou un *medium*. La taille standard, quant à elle – enfin celle que Sam connaissait –, était passée au rang de *small* depuis longtemps. Comme s'il avait raté une partie de l'évolution de la chaîne alimentaire, comme si, tout d'un coup, les gens avaient décidé d'adapter leur estomac aux besoins d'une stratégie commerciale. Ça le sidérait de voir que l'on pouvait ingurgiter un litre de Coca entre deux poignées de frites. À croire que la surconsommation était devenue le royaume du bien-être. Le symbole d'une certaine ascension sociale à laquelle chacun pouvait prétendre. Et à défaut d'avoir la qualité, fatalement, on nous servait la quantité.

Il se faufila entre les rayons de confiserie et repéra celui où se trouvaient les bouteilles de lait. Il en attrapa une, la plus grande qu'il trouva, et se dit que pour le coup la taille lui convenait très bien. Puis il partit vers la caisse et tira quelques billets de sa poche.

— Vous savez si la route est fermée pour longtemps ? demanda-t-il au vendeur.

— L'affaire de quelques heures. C'est ce que la radio vient d'annoncer.

Quelques heures… Il n'avait pas envie de s'éterniser. Il demanda à acheter une carte de la région.

— Où est-ce que vous allez ?

— Vers le sud. J'aimerais redescendre vers le sud.

Le vendeur se tourna pour récupérer une carte sur un présentoir.

— Vous avez des chaînes ?

— Pardon ?

— Des chaînes, sur vot' voiture. Parce qu'avec cette neige, ça m'étonnerait que vous puissiez aller bien loin.

— Non. Vous en vendez ?

— Là-bas, fit le type en désignant un rayonnage d'un coup de menton. Section véhicule et entretien.

Sam hésita.

— Il y a quelqu'un qui pourrait me les installer, ici ?

— Parce que vous savez pas faire ? Ben allez voir au garage, à l'extérieur.

Il remercia l'individu et tourna les talons pour aller cueillir l'un des kits. Tout ça avait l'air compliqué. Il y en avait de plusieurs sortes, et il n'avait aucune idée de celles qui conviendraient le mieux à sa Ford. Il était sur le point de faire demi-tour pour aller demander conseil au vendeur mais eut le réflexe de jeter un œil vers l'extérieur. Ce qu'il y vit lui fit l'effet d'une décharge électrique.

Là, au milieu de la neige, une BMW de couleur noire venait de se ranger au pied des pompes, à une quarantaine de mètres de la vitrine. Et à la vue de l'homme qui en descendait, une silhouette grande et massive qui semblait avoir été taillée dans un bloc de marbre, il sentit un long frisson lui remonter l'échine.

Clarence Manchester : l'un des tueurs de Miguel Beaufort.

4

Ébahi, Sam ne parvenait pas à détacher ses yeux de la silhouette qui contournait la BM par l'arrière. Dieu sait comment, Clarence n'avait pas remarqué la Ford. Mais le moment viendrait. Il valait mieux renoncer à cette histoire de chaînes. La présence des frères Manchester dans un rayon de moins de cinquante mètres à la ronde était pour lui plus important. Et puis il ne voyait pas comment il aurait le temps de les monter de toute façon… « Ah, ah ! se dit-il en s'imaginant équiper la Mustang sous le regard médusé des deux tueurs. Vous me laissez un peu d'avance ? Allez les gars, soyez sympas. Vous n'allez pas m'exploser la cervelle ? Pas comme…

Le gosse. »

Rapide demi-tour. Il allongea le pas jusqu'à la caisse et sentit ses brûlures d'estomac empirer. C'était une question de vie ou de mort – la sienne. Clarence allait repérer la Ford. Il devait trouver un moyen de s'échapper d'ici.

— Vous prenez pas de chaînes ? demanda le vendeur en le voyant revenir les mains vides.

— Non. Il y a une autre sortie dans votre boutique ?

Le type ouvrit sa caisse enregistreuse. Il lui lança un regard interrogateur, le sourcil levé.

— Laissez tomber, fit Sam en récupérant sa bouteille de lait et la carte routière. Gardez la monnaie !

Il venait d'apercevoir un panneau.

Direction les toilettes. Il se faufila entre les rayons et gagna l'arrière du magasin. Avant de tourner à l'angle d'un couloir, il jeta un coup d'œil par-dessus son épaule : dehors, une main passée sous le revers de leur veste, probablement sur la crosse d'un revolver, les frères Manchester approchaient à grands pas. Ils avaient dû repérer sa voiture.

Pas de course. Il traversa le couloir et heurta un chariot d'entretien. Près de lui, une borne jaune : ATTENTION SOL GLISSANT. Il continua droit devant lui. Parvenu à la porte des toilettes, il l'ouvrit d'un coup d'épaule. À l'intérieur, une rangée de pissotières faisait face à plusieurs cabines. Mais inutile de se planquer dans l'une d'entre elles, Ron et Clarence vérifieraient. Hormis une lucarne, trop étroite pour s'y glisser, la pièce ne disposait d'aucune issue. En résumé, l'option toilettes ne lui était pas d'un grand secours.

Il décida de ressortir.

Pendant un instant, il regretta de ne pas avoir pris le temps de glisser un billet au type de la caisse. Il aurait peut-être pu le couvrir. Le cacher. Prétexter qu'il était tombé en panne, qu'il avait dû appeler un taxi.

Trop tard. C'était avant qu'il fallait y penser.

Alors quoi ? C'était ici que s'achevait sa course ? Dans une station miteuse du nord des États-Unis, tout ça à cause d'une tempête de neige qui l'avait forcé à interrompre sa route ?

Il ne parvenait pas à s'y résoudre. Il devait y avoir une solution. Il y avait *toujours* une solution !

Cette solution, Sam ne tarda pas à la découvrir. Il l'aperçut à moins d'un mètre sur sa droite. Une idée folle, désespérée… Mais qui pouvait marcher.

Le chariot d'entretien… Suspendues à sa poignée, une veste, une casquette…

Oui, il fallait que ça fonctionne.

De l'autre côté du magasin, Clarence Manchester respirait fort. Johnson était là. Il pouvait presque sentir son odeur. D'un regard circulaire, il parcourut les environs. Le visage des clients, un à un. Mais personne qui ressemble à Johnson. Pourtant, sa Mustang était garée près de l'entrée. C'était la sienne. Il l'aurait reconnue en plein marché de l'automobile.

— Les chiottes, fit Ron qui venait de le rejoindre. Il est sûrement aux chiottes !

Ils se glissèrent entre les rayons. Bousculade : un obèse qui hésitait devant un étalage de paquets de chips.

— Eh dites donc ! Ça va pas non ? Ça vous casserait une côte de demander pardon ?

Clarence s'arrêta net. Il était suffisamment remonté pour ne pas avoir à tolérer ce genre de remarque.

— Quoi ? lança-t-il en se retournant. Y a un problème ?

L'homme hésita, plus très sûr d'avoir envie d'obtenir des excuses…

— Non. Je disais juste que…

— Parce que si tu veux que je t'en casse une de côte, y a qu'à demander !

Clarence s'était approché de lui. Il venait de lui tapoter la poitrine du bout de l'index. Mouvement quasi imperceptible, mais qui avait suffi à faire vaciller l'individu vers l'arrière.

— Laisse tomber, répéta Ron. Viens.

— Je t'ai posé une question, gros lard, reprit Clarence sans se préoccuper de ce que lui disait son frère. T'as un problème ?

Au fond, plusieurs personnes s'étaient tournées dans leur direction.

— Je t'ai dit de laisser tomber, fit Ron.

— Non, murmura le type. Aucun problème.

Clarence ne détournait pas les yeux. Pendant un instant, il pensa à lui enfoncer le canon de son revolver entre les jambes, dans son falzar, pour lui faire bien comprendre qu'il ne plaisantait pas.

Son frère le saisit par le bras. En tournant la tête vers lui, Clarence aperçut le chariot d'entretien resté près de l'entrée. Dehors, tandis que la porte de la boutique n'était pas tout à fait arrivée en bout de course, un homme s'éloignait déjà à grands pas, la tête rentrée dans les épaules.

Un homme dont l'attitude ressemblait à celle de Samuel Johnson.

À l'extérieur, la tempête. Plus que jamais. Le vent soufflait en rafales, érigeant de véritables congères au pied des bâtiments. De chaque côté, la neige. À perte de vue. Un ciel chargé, barbouillé d'un gris de plomb.

Grelottant de froid, Sam se dirigeait vers la Ford. Il n'avait pas pris le temps de remettre son manteau en sortant du magasin. Après s'être débarrassé de la casquette et de la veste qu'il avait empruntées sur le chariot d'entretien, il sortit ses clés de sa poche et déverrouilla la portière. Dieu merci, il n'eut pas à insister longtemps pour l'ouvrir. Il jeta la bouteille de lait et la carte routière sur le siège passager puis s'engouffra dans l'habitacle, sans prendre la peine de boucler sa ceinture.

Lorsqu'il mit le contact, il arriva ce qu'il redoutait le plus : le moteur toussota, mais refusa de démarrer.

— Merde, lâcha-t-il en donnant un nouveau coup de clé, sans succès. Tu vas pas me faire ça, pas maintenant !

Il envoya un grand coup de poing sur le volant. Le klaxon de la Ford se mit à rugir, une trompe enrouée, impossible à stopper. Près des pompes, la plupart des automobilistes venaient de se tourner de son côté, s'interrogeant sur le motif de son impitoyable tintamarre.

Regard sur la droite. L'un des deux frères, et pas le moins costaud. À nouveau la clé de contact. Toujours rien. Et Clarence qui approchait.

— S'il te plaît, implora-t-il. Démarre ! Ce n'est pas le moment de me lâcher. Ce n'est *vraiment* pas le moment !

Mais il y a un Dieu pour les escrocs, ou tout du moins, il y en avait un pour Samuel Johnson. Alors que Clarence Manchester ne se trouvait plus qu'à quelques mètres – il venait de sortir son Magnum .44 de sous sa veste – ses semelles dérapèrent sur la neige et il s'étala de tout son long, les quatre fers en l'air. Dans la même seconde, le ronflement de la Mustang retentit, puissant et saturé.

Sam enclencha la marche arrière. Il recula plein gaz et emboutit la portière d'un véhicule garé derrière lui. L'un des clignotants se brisa, seule la diode demeura, pendante au bout de ses fils. Puis il écrasa la pédale d'accélérateur et faillit rater le virage serré qui permettait de quitter la station. Il freina, donna un brutal coup de volant et la Mustang partit en travers. Il se retrouva aligné dans l'axe de la chaussée…

Dans le rétroviseur, Clarence Manchester venait de se relever. Le poing dressé vers le ciel, il jurait.

Sam mit pied au plancher : une épaisse fumée blanche fut propulsée dans le sillage de la Ford, le pot d'échappement pétaradant comme jamais.

Avant de disparaître à l'horizon, il adressa à l'homme de Beaufort un ultime doigt d'honneur. Un doigt d'honneur audacieux, couronné d'un puissant cri de triomphe.

5

Durant les premières minutes qui suivirent son départ de la station-service, Sam ne cessa de donner de rapides coups d'œil dans les rétroviseurs de la Ford. Il roulait vite, beaucoup trop. Et le temps ne s'améliorait pas. Il ignorait si les frères Manchester s'étaient lancés à sa poursuite, mais il croisait les doigts pour que ce ne soit pas le cas. Avec un peu de chance, ils remonteraient vers le nord, pensant qu'il s'était enfui de ce côté. En réalité, Sam avait pris une autre direction. Il s'était empressé de bifurquer sur la première nationale venue. Une bonne idée. Il se demandait encore comment il avait eu cette présence d'esprit. Enfin, peu importait. Si son stratagème avait fonctionné, il lui permettrait de creuser l'écart entre les tueurs et lui. Sur l'autoroute, sa vieille Ford n'aurait eu aucune chance face à la BMW de Clarence.

Il décida de ralentir après deux ou trois miles. Si la BM avait voulu se montrer, elle l'aurait déjà fait.

Bon sang, il avait bien cru que la Mustang allait le lâcher sur le parking de la station…

— Le temps est venu de nous séparer, dit-il au bolide qui lui permettait de se traîner depuis près de deux ans. Pour le meilleur comme pour le pire.

Au bout d'un moment, il parvint à se détendre. Le stress

lui avait engourdi tout le bassin. Il repéra la devanture d'un restoroute et braqua pour accéder à l'aire de stationnement. Il se rangea un peu plus loin, à l'abri des regards, et laissa tourner le moteur. Il avait eu sa dose de sueurs froides pour la matinée, merci bien.

Sous ses yeux – l'avant de la Ford était orienté de trois quarts par rapport à la route – le trafic s'intensifiait. Il n'était pas le seul à avoir choisi l'option nationale. En tout cas, s'il voulait redescendre vers le sud, peut-être même légèrement vers l'est, il allait devoir emprunter les petites routes. Et il se fichait pas mal du temps que ça prendrait. À part contourner la tempête, il ne voyait pas ce qu'il pouvait faire.

Ayant déplié la carte sur ses genoux, il examina le tracé, reportant de temps à autre sa vue sur la chaussée. Ce n'était pas le moment de se laisser surprendre. Si les frères Manchester finissaient malgré tout par rappliquer, il tenait à en être le premier informé.

Au bout de quelques minutes, il trouva ce qu'il cherchait : une petite départementale qui filait droit vers le sud-est, et qui en prime lui permettrait de rejoindre un axe plus important. Seul ennui, la route grimpait à travers la montagne, avant de redescendre sur le versant opposé. Il y avait de fortes chances d'y trouver de la neige en quantité. Tant pis. Il tenterait le coup. C'était le trajet le plus court de toute façon. Il savait aussi qu'il minimiserait les risques de croiser les tueurs en empruntant ce genre d'itinéraire. Et puis, si l'envie lui prenait de faire monter des chaînes neige, il pourrait toujours s'arrêter en chemin. Il devait bien y avoir un garage dans les environs.

Il replia la carte et fit craquer les articulations de ses doigts. Il était à peine 11 heures à l'horloge de la Ford.

Avant de quitter le parking, il avala une gorgée de lait. Les premiers bienfaits furent quasi immédiats. Et à mesure qu'il s'éloignait du restoroute, il put enfin relâcher la pression, satisfait de voir ses brûlures d'estomac s'estomper.

Bien que Sam pensait parfois à se ranger, tailler la route était de loin ce qu'il préférait. De toute façon, tant que Miguel Beaufort en aurait après lui, il n'avait pas le choix. Peut-être serait-il plus sage de partir en Europe. Au moins pour un temps. Plus il s'éloignerait de Beaufort et de ses hommes, mieux ça vaudrait. Et puis il avait envie de soleil. Pourquoi ne pas tenter le sud de l'Espagne ?

Par moments, il lui semblait avoir raté un coche dans la vie. Où, il l'ignorait. Mais ça n'avait pas d'importance. Qu'est-ce que ça aurait changé ? L'important était qu'il ne se voyait pas comme la plupart des gens, à passer la majeure partie de son temps au boulot et le reste à la maison, à essayer de fonder une famille qui ne l'aurait probablement pas rendu plus heureux. Les relations à long terme n'étaient pas faites pour lui. Il n'y croyait pas et n'y avait jamais cru. Et ce n'était pas la seule personne avec qui il avait tenté l'expérience, une certaine Patsy Parker, qui allait le faire changer d'avis sur la question.

Sam avait rencontré Patsy quelques années auparavant, à une époque où il croyait encore que son existence avait un sens. Mais sous l'emballage clinquant d'une blonde à hauts talons, la belle Patsy s'était révélée un brin amère. Un peu comme un bonbon que l'on suce dont on n'apprécie pas vraiment le goût, et qui, par-dessus le marché, va jusqu'à vous picoter la langue.

Les deux problèmes de Patsy avaient été la drogue et l'alcool. Chaque fois qu'elle avait un verre dans le nez (quand ce n'était pas un billet de cinq dollars à l'effigie d'Abraham Lincoln), Patsy changeait du tout au tout. C'était d'ailleurs tellement dur de s'entretenir avec elle que Sam l'avait surnommée « Repetitor » en référence à ce fameux film des années 1980 où Arnold Schwarzenegger tentait d'exécuter Sarah Connor avant qu'elle ne donne naissance au futur sauveur de l'humanité. Un surnom qu'il n'avait pas choisi par hasard. Lorsque Patsy était bourrée, elle passait son temps à répéter les mêmes mots, les mêmes phrases, se contrefichant pas mal de ce que l'on pouvait lui répondre. Ça n'aurait peut-être pas été si problématique s'il n'y avait pas eu toutes ces soirées de beuverie entre copines. D'autant plus que ces dernières avaient une fâcheuse tendance à prendre Sam pour un idiot. Combien de fois était-il tombé au téléphone avec Patsy, alors qu'il les entendait dans son dos lui chuchoter ce qu'elle devait lui répondre ? Non. Quand Patsy Parker avait un verre en trop, elle n'avait pas l'ombre d'une cervelle. C'était même une catastrophe ambulante, un vrai cauchemar. Conclusion, ils avaient rompu après deux ans et trois mois de vie commune, montre en main. Il en avait plein le dos de perdre son temps avec elle. Et il ne s'était pas senti en état de rivaliser avec une bouteille de rhum arrangé et autres joyeusetés d'ivrognes.

Il trouva la départementale qu'il cherchait un peu plus loin, près d'un vieux hangar de tôle ondulée couplé à une moissonneuse-batteuse. La chance lui souriait enfin. Un chasse-neige était passé par là depuis peu, et la chaussée s'enfonçait entre deux monticules d'un bon mètre de hauteur.

Il mit son clignotant, tout en se demandant s'il fonctionnait, et s'y engagea. En dépit des flocons qui continuaient à virevolter, la visibilité n'était pas si mauvaise. Le vent s'était calmé.

Il avala une nouvelle gorgée de lait et monta le volume du poste. Depuis qu'il était en fuite, Sam se déplaçait toujours avec une quantité de cassettes dans sa voiture. C'était le minimum lorsqu'on prenait la route sur de longues distances. Il en prit une en lorgnant l'étiquette : Lou Reed, l'album *Berlin*. Il la poussa dans l'autoradio et prit un peu de vitesse, de quoi atteindre une allure de croisière raisonnable. Il lui fallait rester sur ses gardes. D'après la carte, la route qui grimpait dans la montagne ne devait plus se trouver très loin.

De toute sa vie, hormis Patsy Parker – il aurait d'ailleurs mieux fait de s'abstenir sur ce coup-là –, Sam n'avait jamais cherché de relation sérieuse avec une fille. C'était à cause de sa mère, Molly. Elle avait quitté son père en raison de sa dépendance aux cartes, de ses dettes. C'était en tout cas l'argument qu'elle avait avancé. Parce que dans la réalité, il ne fallait pas être bien malin pour voir clair dans son jeu.

La véritable origine de cette rupture, Sam la devait à Robert Johnson, le frère de son père. C'était de lui que sa mère était tombée amoureuse. Enfin, de son argent. Bien que sa fortune fût loin d'être mirobolante – il tenait un petit restaurant sur la côte ouest qui marchait plutôt bien –, son oncle était l'un des rares de la famille à s'être sorti les doigts du cul, comme on dit. Tout ça avait été dur pour Sam. Presque aussi dur que pour son père. Dès lors, Samuel n'avait jamais cherché à revoir sa mère. Il avait coupé les ponts, de même qu'avec son oncle et le restant de sa famille. Non, il y avait longtemps que Sam ne faisait plus confiance aux femmes. On était seul dans la vie. Seul et bien seul. Et le couple n'était qu'une illusion de sécurité articulée autour de ce putain de fric. Tout comme le reste.

Il leva soudain le pied de l'accélérateur. Il avait cru voir un embranchement sur sa gauche. Il freina avec prudence et immobilisa la Ford un peu plus loin, à une trentaine de mètres. Puis il recula. Son petit doigt lui disait que c'était la route qu'il cherchait…

Dubitatif, il observa la chaussée. Il y avait bien une route. Mais le chasse-neige n'était pas passé sur cette portion de bitume. Il avait filé droit devant lui sans se préoccuper des voies secondaires qu'il laissait dans son sillage. Il décida quand même de vérifier sur la carte… Oui, c'était bien là.

Le ralenti du moteur de la Ford marqua une baisse de régime et il dut redonner plusieurs coups d'accélérateur. Tans pis, il allait essayer. Il avait parcouru bien trop de chemin, ç'aurait été stupide de faire demi-tour. Et puis s'il voyait que ça devenait problématique, il pourrait toujours changer d'avis.

Il s'engagea sur la route et commença à monter en direction de la montagne, entre deux rangées de sapins noirs aux branches lourdes de neige.

Au bout de quelques minutes, la cassette émit un bruit suspect. Il tâtonna l'autoradio et poussa le bouton EJECT.

L'album de Lou Reed n'avait pas apprécié son court séjour dans l'appareil. La cassette était en partie débobinée.

Tout fichait le camp dans cette voiture.

Restait la radio. Il ne captait pas grand-chose, mais à force de jouer avec le potentiomètre, il trouva une station à peu près potable. Louis Armstrong chantait *What a Wonderful World* et sa voix donnait au paysage une dimension envoûtante, presque féerique. Sam ne put s'empêcher de monter le volume.

La route grimpait maintenant de plus en plus. Une pente qui lui donnait l'impression de se trouver en bas d'un toboggan à sensations. Il lui serait sans doute impossible de repartir en côte si l'envie lui prenait de s'arrêter. Hypothèse qu'il ne tenait pas à vérifier. Il était convaincu que les pneus se mettraient à patiner.

Passé une série de lacets, la chaussée lui parut plus étroite. Du reste, à bien y réfléchir, ça faisait un bon moment qu'il n'avait pas croisé de véhicule. La circulation devait être rare par ici, et à plus forte raison par un temps pareil. Mis à part ses propres traces de pneus, la neige était vierge. Pour l'instant, le parcours restait praticable, mais il espérait que ça ne se compliquerait pas.

La voix de Louis Armstrong, soudain hachée de crachotements…

Allons bon. S'il ne pouvait même plus avoir un peu de musique.

Il quitta le trajet des yeux un instant et tourna le bouton du poste, essayant de se débarrasser des parasites qui semblaient résolus à lui gâcher la fin du morceau.

Quand il redressa la tête, il vit une forme surgir du sous-bois.

Brutal coup de volant pour l'éviter. La Ford Mustang partit en travers et le paysage prit des allures de carrousel. Une toupie géante dans laquelle il viendrait d'embarquer. Puis le fossé. Il sut qu'il allait le percuter. Il ferma les yeux et se cramponna aux commandes. La Ford Mustang acheva son tour en cabriole, heurta le bas-côté en propulsant un nuage de poudreuse au-dessus de l'habitacle.

Puis le silence, qui devait valoir celui que l'on éprouve lors d'une plongée dans les grands fonds.

Pendant un certain temps, Sam demeura immobile, hébété, essayant vainement de repasser le film des événements qui venaient de se produire dans sa tête.

La première chose qu'il réalisa, quand il eut repris ses esprits, est que le moteur tournait encore. Dieu merci. Il avait quelques ratés mais il tournait. En revanche, c'est l'inclinaison de la voiture qui était inquiétante…

Il déboucla sa ceinture et se faufila sur le siège passager. De son côté, l'accès était obstrué par le talus qui délimitait le sous-bois. Après s'être extirpé du véhicule, il évalua les dégâts. Plutôt importants. Le flanc de la Ford était accolé au relèvement de terrain. Les deux roues enfouies dans la neige d'une bonne vingtaine de centimètres. Impossible de sortir de là tout seul.

Désabusé, il porta un grand coup de pied au niveau du pare-chocs. Un soubresaut agita la Mustang et elle émit son dernier râle.

Le visage décomposé, il observa la voiture.

— C'est pas vrai, maugréa-t-il. Je dois être maudit !

Il se passa une main dans les cheveux, tâchant de réfléchir. Il se sentait à deux doigts de céder à la panique. Puis, poussé par un dernier espoir – ou par le désespoir, il ne savait pas –, il remonta dans la Mustang et tourna la clé de contact. Il n'obtint même pas un toussotement de moteur.

Cette fois c'était fini. Elle avait choisi son moment pour le lâcher. Il abattit son poing sur le volant et se laissa basculer au fond de son siège…

Du côté du sous-bois, une pancarte qu'il n'avait d'abord pas remarquée. Elle se trouvait dissimulée derrière un épais foisonnement de branches et indiquait la direction de MURTON CAVES. Peut-être un village. Impossible qu'il puisse s'agir d'une ville. Pas perdue en pleine montagne. À en juger par l'aspect du panneau – la peinture était grise et défraîchie –, il doutait que l'endroit fût encore habité. En résumé, il venait de se fourrer dans un drôle de pétrin.

Il sortit son téléphone de sa poche pour examiner l'écran. L'indicateur de réseau était faible mais c'était peut-être suffisant pour passer un coup de fil. Il se munit de la facture de la station-service, la première, où il s'était arrêté faire le plein, et composa le numéro. La station se trouvait à une trentaine de miles plus au nord, à l'opposé de l'endroit où il était. Mais peut-être pourrait-on lui indiquer un autre garage, plus proche, en croisant les doigts pour qu'il en existe un. De toute façon, il ne voyait pas qui appeler. Avec le contrat que Miguel Beaufort avait mis sur sa tête, ses dernières relations s'étaient envolées depuis longtemps.

Il fallut cinq ou six sonneries avant que quelqu'un ne décroche. Enfin, une voix lui répondit, qui semblait provenir d'une galaxie lointaine, comme si son cellulaire lui permettait maintenant de communiquer avec un univers parallèle.

— Allô ? Allô, vous m'entendez ? Je… Je viens d'avoir un accident !

Il dut répéter, la ligne était mauvaise. On aurait pu croire que son interlocuteur faisait griller des côtes de porc à l'autre bout du fil.

— … ccident ? … ous entends mal, m'sieur. Où est-ce que… ous êtes ?

Déstabilisé par la question, Sam regarda autour de lui. Pendant un instant il eut envie de répondre : « Nulle part, je suis nulle part ! Je suis complètement paumé ! »

Et il n'était pas très loin de la vérité.

— Au sud-est, répondit-il. Près d'un endroit du nom

de… Murton Caves. Je crois que c'est un village. Ça n'existe sûrement plus mais c'est à peu près le seul repère que je peux vous donner… Ah, si. Attendez, j'ai une carte.

— Murton… aves ? fit la voix… amais entendu parler. Qu'est-ce que… ous avez… omme voiture ?

— Une Ford Mustang 93. Elle refuse de partir. J'ai fait un tête-à-queue. Impossible de me sortir de là tout seul. Dans tous les cas, j'ai besoin d'une dépanneuse !

À l'autre bout, toujours ce même bruit de friture.

— On va venir… ous chercher, m'sieur. Faut juste patienter un peu. On a beaucoup d'monde en… moment, à cause de la temp…

— Attendre ? Mais combien de temps ? Vous ne pouvez même pas m'indiquer un autre –

Brusquement, il perdit la communication.

— Allô ? Allô ?

Il éloigna le téléphone de son oreille. À l'écran, la dernière barre du réseau venait de s'éteindre.

Consterné, il laissa tomber son cellulaire sur le siège passager. Il ne restait plus qu'à espérer qu'il n'ait pas à patienter jusqu'au lendemain. À moins qu'il n'essaie de rappeler dans quelques minutes… Maintenant qu'il y pensait, il aurait dû contacter le 911. C'était un cas d'urgence après tout.

Il eut alors l'idée de sortir de la voiture. Avec un peu de chance, la réception serait meilleure à l'extérieur.

Quand il se glissa sur le siège passager, il reporta son regard sur le rétroviseur. Là, dans le reflet, quelque chose qui lui avait totalement échappé…

Un corps, recroquevillé de l'autre côté de la chaussée.

II

MURTON CAVES

« Je suis né dans la prairie, là où le vent soufflait, libre, là où rien ne pouvait briser la lumière du soleil. Je suis né sur cette terre sans clôtures où chacun respirait librement. »

Parra-Wa-Samen, dit Ten Bears,
Chef comanche

6

Craig Hamilton reposa le combiné. Âgé de trente-sept ans, c'était un grand type assez sec, le cheveu noir et très raide, ce qui ne lui simplifiait pas la tâche pour se coiffer. Il avait du reste une paire de guibolles tellement longues qu'elles lui donnaient un air de mante religieuse. Ses déplacements avaient quelque chose de maladroit, ceux d'un type qui pour la première fois de sa vie serait monté sur une paire d'échasses.

Il récupéra le morceau de papier sur lequel il avait griffonné le nom de Murton Caves les mots Ford Mustang et le numéro 93, regarda par la vitre du bureau puis s'éloigna vers la porte. Il y donna un tour de clé. Un coup de fil urgent à passer et il ne tenait pas à ce que les autres gars de l'atelier viennent le déranger. Si la personne qui venait de l'appeler était celle qui s'était arrêtée prendre de l'essence en ce début de matinée – et il avait l'intime conviction que c'était le cas –, alors il pourrait emmener Gloria passer quelques jours de vacances sur les côtes californiennes. De quoi se prélasser au soleil en rêvassant au bruit des vagues. Ce qui changerait de toute cette neige. Le froid était glacial par ici.

Il fouilla dans son bleu de travail et en tira un petit calepin gris qui contenait la plupart de ses contacts, ainsi que toutes sortes de choses plus ou moins importantes. Son pense-bête plus exactement, qu'il refermait toujours de la même manière, en faisant claquer l'élastique contre la couverture.

Se rendant aux pages du répertoire téléphonique, il trouva le numéro de Miguel Beaufort, un homme qu'il n'avait jamais rencontré mais pour qui il effectuait diverses besognes. Dans l'information. Ça le faisait sourire de savoir qu'il travaillait dans le renseignement. Pas de manière officielle, bien sûr, mais au moins officieusement. Une sorte de collaboration où il intervenait selon la demande, en fonction de laquelle il était rémunéré par des primes. Une compensation financière dont le montant variait par rapport à l'information qu'il faisait circuler. Dans tous les cas, cette activité lui permettait d'arrondir ses fins de mois. Et puis ça le changeait du cambouis et des émanations d'essence auxquels il était désormais habitué.

Il se tourna dos à l'atelier et laissa sonner plusieurs fois. Il tomba sur un répondeur. Qu'à cela ne tienne, il allait essayer un autre numéro.

Le second numéro était une sorte d'appel d'urgence qu'il ne devait utiliser qu'en cas de nécessité absolue. Mais d'après ce qu'il en avait compris, le renseignement qu'il se préparait à livrer correspondait parfaitement à ce cas de figure.

Il n'eut pas à attendre longtemps pour qu'on décroche :

— Beaufort à l'appareil. Qu'est-ce qui se passe ?

— Monsieur Beaufort, je… Pardon de vous déranger. J'ai pensé que vous seriez intéressé par ce que j'ai à vous dire… Ça concerne l'homme que vous recherchez, celui qui est passé ce matin prendre de l'essence.

— J'écoute, fit Beaufort. Vous savez où il est ?

— Je pense que oui. Je n'en suis pas sûr mais… Je me suis dit que le hasard serait trop grand pour qu'il ne s'agisse pas de la même personne.

Un silence tomba. Hamilton s'empressa de poursuivre :

— Un homme vient de m'appeler. Il aurait eu un accident. Une sorte de tête-à-queue à ce qu'il m'a dit. Il serait coincé en pleine montagne. Une Ford Mustang de 93. Il m'a demandé de lui envoyer une dépanneuse.

— C'est lui, trancha Beaufort. Ça ne peut être que lui ! Qu'est-ce que vous lui avez répondu ?

— Eh bien, je lui ai dit d'attendre, qu'on allait lui envoyer quelqu'un. Le seul problème, c'est que je ne sais pas trop où il se trouve. Il m'a juste communiqué un nom : Murton Caves. Mais en toute franchise, je n'en ai jamais entendu parler. Enfin j'peux essayer de me renseigner. Ça fait que six mois que j'suis là.

— Bon. Faites ce que vous avez à faire. De mon côté, je vous envoie les hommes que j'ai sur place. Vous leur indiquerez le chemin.

Hamilton ne put cacher son émotion. Il resta un moment sans voix. Son rythme cardiaque s'accéléra et sa bouche devint sèche. Il n'avait jamais eu de contact direct avec Beaufort, et avoir à rencontrer ses hommes le rendait nerveux.

— Une dernière chose, ajouta Beaufort en rompant le silence qui venait de s'installer. S'il rappelle, dites-lui bien de ne pas bouger. Il faut gagner du temps. Faites le poireauter tant que vous pouvez. C'est bien compris ?

— Oui, monsieur. Bien compris.

— Vous faites du bon travail, Hamilton. Et je veillerai à ce que vous soyez récompensé. En mains propres.

— M-merci, monsieur Beaufort. Merci beaucoup !

Beaufort raccrocha.

Pendant quelques secondes, Hamilton demeura immobile, le combiné entre les mains, son regard dérivant lentement en direction de l'atelier… L'une des dépanneuses venait de ramener une Camaro gris métallisé au flanc droit défoncé. Ils allaient avoir du boulot avec cette tempête. Mais pour l'heure, il y avait plus important. Il lui fallait découvrir où se trouvait Murton Caves. Ensuite, et ensuite seulement, il pourrait vaquer à ses occupations.

Il referma son calepin comme toujours, en faisant claquer l'élastique contre la couverture.

7

Les doigts rivés à la poignée de la portière, Sam regardait la forme qui se reflétait dans le rétroviseur de la Ford.

D'abord obnubilé par le fait d'être coincé ici à cause de sa Mustang qui refusait de démarrer, ce corps recroquevillé sur le bas-côté lui renvoyait à présent la véritable raison de sa sortie de route.

Le choc. C'était dû au choc. Les gens ont parfois de curieuses réactions après un accident. Rien d'étonnant, donc, à ce que son cerveau ait occulté une partie de ce qui s'était réellement produit. Mais il y voyait plus clair désormais. Il se rappelait le coup de volant qu'il avait dû donner pour éviter la « chose ». Sur le moment, il n'était pas parvenu à voir de quoi il s'agissait. Juste une ombre, surgie du sous-bois. Mais maintenant que cette silhouette se trouvait devant ses yeux…

Bordel de merde. L'avait-il heurtée ? Il n'en avait pas l'impression. Il s'en serait rendu compte si ça avait été le cas. D'un autre côté, le corps ne s'était pas retrouvé dans cette position par hasard. Et il n'avait pas l'air de bouger.

Il sortit du véhicule… Cinq ou six pas et une terrible sensation l'envahit : celle d'avoir perdu tous ses repères, de s'être détaché de ce qui l'ancrait à la réalité. Il vit les flocons tourbillonner autour de lui venir s'écraser sur sa poitrine, son pantalon et ses mains. Son cerveau fonctionnait au ralenti, incapable de donner une signification à ce ballet insensé. Il remarqua le silence aussi : absolu. Il se serait cru à l'intérieur d'une cathédrale, dont les parois de sapins l'oppresseraient de toute leur hauteur, sa voûte immense n'étant que l'infini du blanc du ciel.

Puis, au loin, une longue traînée vermeille…

Il s'arrêta, surpris de se sentir à bout de souffle.

Du sang. Ça ne pouvait être que du sang.

Il suivit la trace du regard et constata qu'elle provenait du sous-bois. Cela prouvait au moins une chose : qu'il l'ait heurté ou non – et Sam était de plus en plus convaincu du contraire – ce type était blessé *avant* de surgir devant ses roues. Cette trace en était la preuve formelle, indiscutable. Une empreinte que l'homme avait laissée dans son sillage, tel un serpent abandonnant sa mue poisseuse derrière lui.

En s'approchant du corps, il découvrit que le type vivait encore. Il pouvait voir sa cage thoracique se soulever, sorte de va-et-vient spasmodique qui évoquait tant bien que mal un mouvement respiratoire.

Sauf que, d'après lui, il n'en avait plus pour très longtemps…

Il pêcha son cellulaire au fond de sa poche et vérifia l'écran. Toujours rien. Ce qui signifiait que ce type allait lui claquer entre les doigts d'une minute à l'autre, sans qu'il puisse lui venir en aide.

Une main lui agrippa soudain le bas du pantalon et Sam sursauta. L'homme venait de lever les yeux vers lui : des yeux blancs globuleux qui semblaient le supplier. Son visage était couvert de sang.

Il le vit ouvrir la bouche et l'entendit murmurer quelque chose :

— Fu... Fuu… Fu…

Sam voulut s'approcher. L'un des bras du mourant glissa le long de son corps et il put entrevoir sa blessure. Il eut un mouvement de répulsion. C'était un trou béant, à quelques centimètres de son cœur, au niveau du thorax. Une déchirure qui semblait avoir été causée par la mâchoire d'un animal.

Pris de vertige, il recula d'un pas. Il crut qu'il allait de nouveau vomir, même si après l'épisode du gosse, son estomac était sans doute aussi vide qu'un réfrigérateur à la veille d'un départ en vacances. À ses pieds, l'homme s'efforçait d'articuler cette même syllabe, « FU », qui rappela à Sam les heures de gloire de Patsy Parker, son ex-petite amie.

Il plaqua une main devant sa bouche et essaya de contenir la nausée qui était en train de l'envahir… Il distingua alors un ronronnement, dans le lointain.

De l'autre côté de la route, un sentier s'enfonçait en pleine forêt, entre deux rangées de sapins. Le chemin mesurait moins de trois mètres de large et ne devait pas être très fréquenté, surtout par ce temps.

Il continua à tendre l'oreille. C'était un bruit de moteur. Bon sang, il avait du mal à y croire.

Autour de lui, les nuées de flocons virevoltaient, parfois portées par de brutales rafales de vent qui venaient fouetter les pans de son manteau. Il traversa la chaussée et scruta l'horizon. Au bout de quelques secondes, il commença à entrevoir quelque chose : quatre phares. Ceux d'un 4×4. Le chemin était trop enneigé pour qu'il s'agisse d'un autre véhicule.

Il s'avança en agitant les bras au-dessus de sa tête. Le véhicule approchait. Il s'agissait d'un pick-up. Un Dodge couleur bleu nuit. Le véhicule s'arrêta à cinq ou six mètres et Sam marcha jusqu'à lui.

La portière s'ouvrit côté conducteur, dévoilant une botte en caoutchouc qui alla se poser sur le marchepied. Un homme d'une cinquantaine d'années fit son apparition. Il portait une veste en daim avec un col en fourrure blanche et un chapeau de style western incliné vers l'arrière. Un Stetson. Plantée sous une épaisse moustache poivre et sel, de la même couleur que ses cheveux, une allumette, qu'il mastiquait. Ses yeux étaient réduits à de simples fentes, comme s'il était ébloui par un soleil invisible.

Il se présenta sous le nom de Jeffrey Marlowe et Sam lui serra la main.

— Samuel Johnson. Je suis content de vous voir. Il y a un type en train de rendre l'âme, là-bas. Il a perdu beaucoup de sang. Je ne suis pas sûr qu'il va s'en tirer.

Il parlait vite, sa voix chevrotait.

À l'arrière, un second individu posa les pieds à terre. Il venait de sauter de la remorque. Plutôt grand, il s'avançait d'un pas lourd. Affublé d'une veste de treillis et d'une casquette militaire, les yeux légèrement plissés lui aussi, il avait les cheveux très noirs et ne s'était pas rasé depuis plusieurs jours. Son regard était méfiant et, chose curieuse, il ne portait qu'un seul gant. À la main droite.

Sam avala sa salive.

— Ce type a surgi devant moi, expliqua-t-il. J'ai dû donner un coup de volant pour l'éviter mais je me suis retrouvé dans le fossé, et… il a une blessure à la poitrine. Il faudrait une ambulance, il…

— T'inquiète pas, fit le dénommé Marlowe. On va s'en occuper.

Il se tourna vers son compagnon :

— James, t'attends quoi ? Le dégel ?

L'homme à la veste de treillis répondit par un signe de tête. Puis il cogna à la vitre du véhicule et un troisième individu descendit du côté passager. Beaucoup plus jeune que les deux autres : vingt-quatre ou vingt-cinq ans selon Sam. Un bec-de-lièvre lui fendait la lèvre supérieure.

Tous deux partirent en direction du corps et Sam resta près de Jeffrey Marlowe. Pendant une fraction de seconde, le regard de l'homme au Stetson se porta un peu plus loin, du côté de sa vieille Ford. Sam n'eut pas l'occasion de pouvoir interpréter l'expression de son visage.

— T'es tout seul ? lui demanda Marlowe.

Il acquiesça. Puis, se demandant ce que fabriquaient les deux autres, il se décala pour voir la route.

— On devrait peut-être aller les aider, suggéra-t-il. Vous avez un téléphone ?

Marlowe l'évalua du regard.

— Pour appeler une ambulance. On ne peut pas le laisser comme ça, il…

— Avant qu'une ambulance arrive jusque-là, le coupa Marlowe, ce type aura le temps de nous claquer entre les mains une bonne dizaine de fois. Non, mon gars. Il vaut mieux l'emmener au village. On a un docteur là-bas. Il pourra peut-être faire quelque chose.

L'homme au treillis était en train de revenir.

— C'est trop tard, dit-il. Il est mort… C'est le fils Willington.

Sam se tourna vers Marlowe. Il ne pouvait cacher son étonnement.

— Vous le connaissez ?

— Il était avec nous, répondit l'homme au Stetson. On était partis à la chasse. On l'a perdu de vue dans le sous-bois. On a bien entendu crier, mais on savait guère où il était passé…

Sam l'observa. Les chasseurs étaient des gens bizarres. Avec cette neige, il ne lui serait jamais venu à l'idée de partir à la chasse.

Le type au treillis marcha jusqu'à l'arrière du pick-up et s'empara d'une bâche. Puis il repartit en direction du corps.

Et voilà. Avec Daniel Patterson, c'était le deuxième cadavre de la journée. Il regrettait son périple à travers la montagne. Quel idiot il avait été.

— Et ta voiture ? demanda l'homme au Stetson. Elle roule encore ?

Il en avait presque oublié sa vieille Ford.

— Aucune idée. Impossible de démarrer. J'ai bien essayé

de contacter un garage mais on a été coupés. Plus de réseau.

Il ressortit quand même son téléphone de sa poche pour vérifier… Rien. Le néant total.

Jeffrey Marlowe médita quelques instants.

— Ce qu'on va faire, proposa-t-il, c'est qu'on va la sortir d'où elle est. On peut pas la laisser dans le fossé. C'est pas une place pour y laisser sa voiture.

— Vous pensez pouvoir y arriver ?

— On a un treuil sur le Dodge, fit Marlowe. Ça devrait pas poser de problème. Ensuite, on la remorquera jusqu'au village. Il y a un type qui pourra y jeter un œil, là-bas. C'est pas un garagiste, mais le vieux Chuck est un bon mécano. Sans doute le meilleur de la région.

En l'entendant à nouveau faire mention d'un village, Sam se demanda s'il ne faisait pas allusion à Murton Caves, le nom qu'il avait vu inscrit sur la pancarte. Il était d'ailleurs surpris d'apprendre que des gens habitaient par ici, au milieu de nulle part. Quant à la dépanneuse, il avait de sérieux doutes sur la question. Malgré ce qu'on lui avait répondu au téléphone, il ne croyait pas une seule seconde qu'on viendrait le chercher.

— Le village n'est pas bien loin, reprit Marlowe. Il est au pied de la montagne, à environ deux miles d'ici. En tout cas, c'est tout ce que je peux te proposer.

— Ça me va très bien, assura Sam. Je n'en espérais pas autant.

Ils restèrent un moment silencieux. Les deux hommes avaient enveloppé le cadavre dans la bâche et le transportaient maintenant à bout de bras, tel un gros cocon sans vie… Sam regarda passer l'étrange cortège. Une main pendait de sous la toile, inerte, qui quelques minutes plus tôt avait eu assez de force pour lui saisir le bas du pantalon.

Deux morts en aussi peu de temps, ce n'était pas de très bon augure.

— Vous savez de quoi il est mort ? demanda-t-il.

Jeffrey Marlowe eut un étrange rictus. Il regardait droit devant lui, comme perdu dans ses pensées.

— Y a pas mal d'animaux sauvages qui rôdent dans le secteur, expliqua-t-il. Tantôt ce sont des loups, tantôt des coyotes des montagnes. Il arrive parfois que ce soient des ours… C'est pas tant qu'ils attaquent souvent, mais l'hiver ça peut arriver. La saison est rude par ici. En tout cas, c'est tout ce que je peux t'en dire. C'est pas un temps à mettre un chien dehors, voilà tout. Qu'est-ce que t'en penses, toi, mon vieux James ?

L'individu à la veste de treillis tourna la tête vers eux.

— C'est ça, dit-il. Ça m'a tout l'air d'être une morsure de loup. Ça m'étonnerait pas que le docteur le confirme. J'en mettrais même ma main à couper.

Sam échangea un bref regard avec lui, avant de baisser les yeux sur sa main gantée. Lui n'était pas expert en la matière, mais que cette blessure ait été causée par un loup, aussi gros fût-il, lui semblait difficile à croire.

— On verra bien, fit Marlowe pour clore la discussion. En attendant, il faut sortir ta voiture de là. James, viens donc m'aider. On va l'accrocher au treuil.

Malgré ce que Sam s'était imaginé, la Ford fut dégagée avec une étonnante facilité. En à peine un quart d'heure, elle se retrouva sur la route, les quatre pneus sur la chaussée. Si bien qu'il crut pouvoir repartir. Il insista pour remonter à bord et donna quelques tours de clé. En vain.

— Elle est morte, ta voiture, lança Marlowe. Regarde, t'as une fuite d'huile juste en dessous. Moi j'y connais rien, mais le vieux Chuck pourra t'aider.

Près du capot, le type au bec-de-lièvre lui adressa un sourire aux dents grisâtres, leurs interstices aussi noirs que du cambouis. Sam baissa les yeux. Il n'avait pas remarqué cette fuite d'huile avant. C'était sans doute son expédition dans le décor. Le choc, qui avait dû percer quelque chose. Lui non plus n'y connaissait rien en mécanique, et soulever le capot ne lui servirait pas à grand-chose, sinon à lui procurer un sentiment d'impuissance. Tant pis, il irait traîner ses guêtres à Murton Caves. C'était toujours mieux que de rester là à attendre l'arrivée hypothétique d'une dépanneuse.

— J'imagine que vous avez le téléphone au village ? s'enquit-il en montant à bord du Dodge.

Le type au bec-de-lièvre lui avait cédé sa place, il était allé retrouver son collègue dans la remorque, en compagnie du cadavre. Sam ne s'en portait pas plus mal. Il n'avait aucune envie d'effectuer le trajet à l'arrière, à côté du macchabée.

— Le téléphone ? fit Marlowe. Non, mon gars. Faut pas compter trouver un téléphone par ici. Les employés de la compagnie sont jamais montés jusque-là. On est bien plus tranquilles sans cette saloperie. Au moins, personne ne nous dérange.

Sur le moment, Sam crut qu'il plaisantait. Mais non, il était tout ce qu'il y a de sérieux.

— Même pas un portable, rien ?

— Qu'est-ce qu'on en ferait ? fit l'homme au Stetson en haussant les épaules. On se connaît tous par ici. C'est plus simple de passer chez l'un et chez l'autre. Et puis la zone est même pas couverte par le réseau. Pourquoi, t'as quelqu'un à appeler ? T'es attendu quelque part ?

— Non. C'était une question. Une simple question…

Marlowe détourna le regard. Puis il desserra le frein à main et le véhicule s'engagea sur le chemin, en direction de Murton Caves. Derrière, la Ford cahotait doucement. Ils l'avaient fixée à une barre de remorquage.

Au bout d'un moment, Sam demanda :

— Quel âge avait-il ?

— Tu veux parler du fils Willington ?

Il acquiesça.

— Il devait aller sur ses dix-neuf ans, répondit Marlowe en adoptant une moue songeuse. Sûr que ça va pas plaire à son père. Il avait qu'un fils, et c'est lui qui est parti le premier. Ça devrait pas arriver des trucs pareils. Mais comme on dit, si c'est le Seigneur qui l'a voulu…

Dix-neuf ans. Bon sang, il ne lui avait pas semblé aussi jeune. Mais il est vrai que son visage était couvert de sang, il lui avait été difficile de le voir en détail. Et puis ce qui avait attiré son attention, surtout, c'était cette blessure béante, au milieu de la poitrine.

Il regarda les arbres défiler. Jamais il n'aurait cru un loup capable d'infliger une telle blessure. Après tout, peut-être le fils Willington était-il tombé sur une meute ? Il n'était pas impossible qu'il ait d'autres entailles, ce qui pourrait très bien expliquer la présence de sang sur sa figure.

En songeant à cela, Sam eut la chair de poule. Se faire dévorer par une bande d'animaux affamés lui paraissait monstrueux.

Lui revint alors en mémoire la syllabe que l'homme avait prononcée avant sa mort : « FU », deux lettres qui ne signifiaient pas grand-chose.

Des mots en FU, il y en avait des tonnes : FUtile, FUribond, FUji-Yama… Mais en début de phrase… Cela dit, il avait peut-être mal compris. Ou alors le type n'avait rien essayé de lui dire, tout simplement. Il ne fallait pas oublier qu'il avait poussé cette syllabe dans un râle.

Pourtant, à l'issue d'une réflexion à peine plus approfondie, il en trouva un qui s'adaptait parfaitement à la situation…

F – U – Y – E – Z : un mot dont le sens avait le mérite d'être clair, et qui se mit à résonner dans un coin de sa tête sans qu'il parvienne à le faire taire.

8

Miguel Beaufort se trouvait déjà à bord du Fairchild Merlin lorsqu'il avait reçu l'appel d'Hamilton. Et il n'était pas mécontent du petit renseignement qu'il venait d'obtenir…

Si Johnson avait eu un accident, et s'il était de surcroît dans l'attente que quelqu'un vienne le chercher, la situation n'était pas à son avantage. Sans voiture, il ne pourrait pas aller loin. Il devait d'ailleurs se trouver dans un coin peu fréquenté, sinon il n'aurait jamais appelé une dépanneuse.

Il ne restait plus qu'à espérer que les frères Manchester le retrouvent. Alors ils pourraient passer aux choses sérieuses.

Tout en pianotant sur les touches de son téléphone embarqué, il adressa un court regard aux jambes de la belle Samantha. Une hôtesse qu'il avait fraîchement engagée et dont il ne se lassait pas d'admirer les formes.

Pour sa part, Beaufort n'était pas encore rendu. Le pilote du Fairchild lui avait annoncé qu'ils devraient effectuer un léger détour pour se poser plus à l'est, à une quarantaine de miles de leur destination d'origine. C'était à cause de la tempête, qui n'était pas près de se calmer. Leur arrivée était prévue pour 12 h 45, dans une quarantaine de minutes. D'ici là, il avait besoin d'un remontant. Un double scotch ferait l'affaire. À moins que la belle Samantha ne soit partante pour une promotion en plein vol. De quoi se changer les idées et oublier le cas Johnson. Momentanément.

Il porta le combiné à son oreille et attendit que l'on décroche. Clarence répondit avant même que la seconde sonnerie ait fini de retentir.

En cet instant, Miguel Beaufort se dit que c'était à ça que tenait la vie de Samuel Johnson : à ce simple coup de fil.

9

Ils roulaient maintenant depuis une quinzaine de minutes, et autour d'eux la neige tombait plus épaisse. Les flocons ressemblaient à de gros morceaux de coton, à des plumes, comme si une entité céleste venait d'éventrer un oreiller géant.

À l'exception de ces flocons, le paysage semblait figé. On aurait presque pu penser que le temps venait de s'arrêter.

Sam avait finalement laissé tomber cette histoire de « FU ». Il se faisait des idées, un point c'est tout. Le type qui se trouvait enveloppé dans la bâche – le fils Willington – n'avait sans doute rien essayé de lui dire. Et lui s'était empressé d'y accorder une quelconque importance, sombrant une fois de plus dans la paranoïa, comme il avait l'habitude de le faire, en particulier ces derniers mois.

Levant une main devant sa bouche, il poussa un long bâillement. Puis il se tourna vers Marlowe. Il voulait savoir s'il était possible de se restaurer au village.

— Manger un bout ? fit l'homme au Stetson (il mastiquait toujours son allumette au coin de sa bouche). Chez la vieille Martha. Je t'y déposerai dès qu'on sera passés voir le vieux. L'auberge qu'elle tient est plus vraiment ouverte mais elle pourra te préparer quelque chose. Elle aime rendre service. Elle a plus toute sa tête, mais bon, elle est plus toute jeune comme on dit…

Le sentier s'élargit et ils débouchèrent au sommet d'une haute colline surplombant une vaste cuvette naturelle. En été, la vue devait être grandiose. Elle offrait un magnifique panorama sur une montagne aux flancs recouverts de neige. Pour Sam, il était évident que le point de vue avait été aménagé. De grosses souches dépassaient du sol, ici et là. De chaque côté, une épaisse forêt, en partie constituée de conifères centenaires, bordait le paysage.

Le véhicule piqua du nez et, à travers le rideau de neige qui continuait à tomber, Sam distingua une masse grisâtre : Murton Caves. C'était du moins ce qu'il présumait. Le village se trouvait au fond de la vallée, au pied de la montagne. À mi-chemin, il y avait quelque chose qui l'entourait aussi. Et il dut attendre plusieurs secondes avant de voir de quoi il s'agissait…

Pour une raison qu'il ignorait, la bourgade était entourée d'une clôture de près de trois mètres de hauteur. Rehaussée par des fils barbelés, elle avait été fortifiée à l'aide de grands poteaux en bois au faîte desquels clignotaient des diodes. En l'observant, Sam s'interrogea sur la raison de sa présence. Il ne comprenait pas pourquoi l'accès au village avait été délimité de la sorte. On se serait cru aux abords d'une base militaire.

Le Dodge ralentit puis prit la direction d'un grand portail ajouré formé de deux battants identiques, presque aussi élevé que la clôture qui l'encadrait. De l'autre côté du grillage, garé près d'une cabane en bois, un pick-up terre de Sienne. Un homme se trouvait appuyé à sa carrosserie. En les voyant arriver, il quitta son poste d'observation et marcha jusqu'au portail. Il tenait un fusil, et quand Sam s'en aperçut, un malaise s'empara de lui. Il avait toujours détesté les armes à feu.

Marlowe arrêta le Dodge devant l'entrée et laissa tourner

le moteur. L'individu au fusil se dirigeait vers eux. De par son attitude un peu gauche, il sembla à Sam qu'il avait bu.

— On l'a retrouvé, déclara Marlowe après avoir descendu sa vitre. Il est dans la remorque. Mort.

Dehors, l'inconnu baissa la tête, assez pour apercevoir Sam.

— Monsieur Johnson, fit Marlowe afin de le présenter. On ramène sa voiture. Un petit ennui mécanique. Elle refuse de démarrer.

— Ah, fit le type…

Il avait une voix de rogomme, le visage rubicond et d'épais sourcils châtains. Bien que sa gorge et son menton fussent parsemés de poils argentés, ses cheveux avaient en majeure partie conservé leur couleur. En tout cas, maintenant qu'il le voyait d'un peu plus près, Sam était convaincu qu'il avait bien bu de l'alcool. Il pouvait sentir son haleine de là où il était.

— Pas de chance…, marmonna l'homme.

— Non, reconnut Marlowe. Pas de chance. Je vais devoir l'emmener voir le vieux Charles. Rien de neuf depuis notre départ ?

L'inconnu secoua la tête. Il glissa soudain et dut se rattraper à la portière du Dodge pour ne pas tomber. Il avait entre quarante et cinquante ans.

— Non, dit-il après s'être redressé. Plutôt calme. J'ai bien aperçu le vieux Hap mais il a pas pris la peine de monter jusque-là. Nul doute qu'il est en train de chercher son fils.

— Mmh, fit Marlowe. T'as qu'à les aider à descendre le corps. Ensuite on avisera.

Le type s'éloigna. Dans le rétroviseur, Sam vit les trois hommes descendre le mort…

— Mes gars vont s'en charger, expliqua Marlowe en lui adressant un regard. Ça sert à rien de l'emmener avec nous. Ils s'en occuperont pendant qu'on sera en bas.

Une fois le corps déchargé, les deux individus qui avaient effectué le trajet avec eux allèrent ouvrir le portail. Marlowe desserra le frein à main puis fit passer le Dodge par l'ouverture. Au loin, Sam distingua les premières habitations. Elles se trouvaient à deux ou trois cents mètres de là, en bas de la colline. À vue de nez, il dénombra une trentaine de maisons, la plupart rassemblées au centre de la vallée.

Il s'éclaircit la voix. Il y avait quand même une question qui le turlupinait.

— Cette clôture, demanda-t-il, à quoi est-ce qu'elle vous sert ?

L'homme au Stetson grimaça, comme s'il venait d'absorber une boisson trop acide. Il continua de mastiquer son allumette.

— C'est pour empêcher les bêtes de venir rôder, répondit-il. On n'a pas envie de les voir s'attaquer aux habitants. Encore moins à nos enfants.

Sam fut surpris de sa réponse.

— Parce qu'il y en a tant que ça ?

— Quelques-unes, fit Marlowe. Assez pour que ça nous pose problème…

Sam se demanda si c'était pour cette raison qu'ils étaient partis à la chasse. Il n'était pas impossible que son hypothèse tienne debout finalement. Le fils Willington avait peut-être été attaqué par plusieurs de ces bestioles, par une meute, ce qui pouvait très bien expliquer la sauvagerie et la violence de sa blessure.

Il détourna les yeux et préféra focaliser son attention sur Murton Caves.

D'ici, le village avait l'allure d'une ville fantôme, une cité minière qui aurait abrité les pionniers d'un autre siècle, comme si la neige l'avait emprisonné dans une époque lointaine. À l'arrière-plan, dressée de toute sa hauteur, la montagne semblait les observer en silence, son sommet immaculé étincelant sous les neiges éternelles, comme si, d'une certaine façon, c'est elle qui veillait sur le bourg.

En l'observant, Sam eut la conviction que cette montagne recelait quelque chose de mystérieux. Une présence énigmatique, qu'il ressentait de la même manière que si elle avait été en vie…

Oui, à bien y réfléchir, c'était exactement la sensation qu'elle lui donnait : celle d'être vivante.

10

À une trentaine de miles de Murton Caves, Clarence Manchester était adossé à une voiture. Il se faisait les ongles. Ça le déconcentrait de les avoir longs, en particulier lorsqu'il avait à se servir d'une arme.

D'abord furieux d'avoir perdu la trace de Johnson, il se sentait à peu près calme à présent. Lorsque ce moins que rien s'était enfui de la station-service, environ deux heures plus tôt, il avait d'abord pensé qu'il avait repris l'autoroute en direction du nord. Mais il s'était trompé. Johnson avait été plus malin que lui et c'était précisément ce qui l'avait mis en rogne. Se laisser berner par un escroc de bas étage lui était resté en travers de la gorge. Johnson avait la chance de son côté, mais ça ne durerait pas. Il avait la certitude que ça ne durerait pas.

Alors qu'ils avaient tiré un trait sur la possibilité de le retrouver, le patron les avait de nouveau contactés : Johnson était en carafe près d'un endroit du nom de Murton Caves. Il avait eu un accident. Sans doute pas très grave, mais assez pour qu'il se décide à appeler une dépanneuse. Par conséquent, ils s'étaient immédiatement mis en route pour rejoindre un garage situé à l'extrémité de la ville, où les attendait un certain Craig Hamilton, le contact qui devait leur permettre d'en apprendre davantage.

Hamilton ne travaillait pour Beaufort que depuis quelques mois, mais force était de reconnaître que, pour l'instant, il leur avait fait plutôt bonne impression. Un type bien, cet Hamilton. Et, désormais, Clarence n'était pas loin de lui accorder toute sa confiance.

D'après leur contact, Murton Caves était un village perdu en pleine montagne, mais pour le localiser avec précision, Clarence avait envoyé son frère acheter une carte de la région. Dieu seul sait où, car il était maintenant parti depuis une quinzaine de minutes. En attendant, Hamilton s'était proposé de lui faire monter une série de quatre pneus-neige. Clarence avait tout de suite accepté. Il n'ignorait pas que conduire une traction arrière sur la neige revenait à essayer de contrôler une savonnette. Et puis, d'après Hamilton, s'ils devaient tirer du côté des montagnes, mieux valait prendre ses précautions. Il n'était pas impossible que les routes soient toujours enneigées par là-bas.

Clarence passa en revue l'extrémité de ses ongles et jugea que c'était beaucoup mieux ainsi. Il rangea la lime au fond de sa poche puis, relevant les yeux, il vit son frère revenir du magasin.

— Alors ? T'en as trouvé une ?

— Une quoi ?

— Une carte !

Ronald opina du chef.

— Ouais. Mais il va falloir demander à quelqu'un de nous aider, parce qu'il n'y a aucun patelin de ce nom-là. Le village doit être trop petit pour être mentionné.

Clarence contracta la mâchoire. Le contraire l'aurait étonné. Il regarda autour de lui et repéra Hamilton, le buste passé sous un capot. Il s'avança de quelques pas.

— Murton Caves, dit-il. Vous êtes sûr du nom ?

Hamilton redressa la tête, l'air à moitié hébété.

— Oui, je crois. Pourquoi ?

— Ben parce qu'il n'y a aucun village de ce nom-là sur la carte. Vous êtes sûr que c'est un village au moins ?

Hamilton se gratta l'arrière du crâne. Il avait les mains pleines de cambouis.

— On va demander à Bobby, décréta-t-il. C'est lui qui m'a dit que ça se trouvait près des montagnes. En ce qui me concerne, j'y suis jamais allé. Je ne suis pas là depuis longtemps. Seulement depuis quelques mois.

Bobby était le type qui venait de finir de monter les pneus-neige sous la BM…

— Tu pourrais nous indiquer où se trouve Murton Caves ? demanda Hamilton. Apparemment c'est pas sur la carte.

— Ah ben y a rien d'étonnant, répliqua le dénommé Bobby en s'essuyant les mains dans un chiffon. Y a pas beaucoup de monde qui connaît. Enfin, je peux vous indiquer le chemin. Pourquoi vous voulez aller vous perdre dans ces montagnes ? Y a rien là-haut. En plus, par ce temps.

— C'est personnel, rétorqua Clarence.

Le type en bleu n'insista pas. Ronald voulut déplier la carte sur le capot de la BM mais Clarence lui fit signe de le faire ailleurs. Il ne tenait pas à retrouver des traces sur sa peinture. Quand la carte fut déroulée sur un établi, Bobby se pencha au-dessus d'elle. Il trouva la route qui grimpait à travers la montagne du premier coup d'œil.

— Voyez ? dit-il en dessinant des petits ronds avec son index au-dessus d'un massif montagneux. C'est ce coin-là qu'on appelle Murton Caves.

Perplexe, Clarence examinait l'endroit qu'on lui montrait. Tout ça lui paraissait vague, extrêmement vague.

— Et c'est tout ce que vous pouvez nous dire ? Je croyais que c'était le nom d'un village, Murton Caves ?

— Non, m'sieur. Murton Caves c'est un lieu-dit. Après ça, c'est pas impossible qu'un village porte le même nom, mais moi j'en sais rien.

Clarence considéra de nouveau la carte. Il ne savait plus quoi penser.

— C'est moi qui me suis dit que ça devait être un village,

avoua Hamilton. Il me semble bien que c'est ce que ce type a prétendu au téléphone.

— Bon, fit Clarence. On va essayer de trouver.

— Vous pouvez pas vous tromper, reprit le dénommé Bobby. Voyez, y a qu'une route. Alors si y a un village à proximité, il est forcément autour. C'est pas très connu vous savez. Et l'unique raison pour laquelle j'en ai entendu parler, c'est à cause de certains on-dit. Une histoire de prospecteurs d'or d'après ce que je crois me souvenir… Enfin je sais plus très bien. Sorti de là, je peux guère vous en dire plus.

— Ça ira comme ça, répondit Clarence. Merci quand même.

Il replia la carte.

— Une dernière chose, ajouta-t-il avant de tourner les talons. Si quelqu'un tombait en panne dans ces montagnes, est-ce qu'il aurait une chance de trouver du secours facilement ?

Le type du garage plongea ses mains dans ses poches.

— Ah ben sûr que c'est pas un endroit pour tomber en panne. Surtout par ce temps. C'est plutôt désert par là-bas. Et je pense pas qu'une dépanneuse se déplace pour venir vous chercher. Si vous tombez en panne, la seule chose à faire, c'est de mettre en marche le chauffage de votre voiture. Si vous pouvez encore. Et de prier. Y a bien des camions qui prennent cette route au printemps. Mais jamais en hiver. L'hiver, y a personne qui s'aventure par là.

Clarence ne put retenir un sourire. Johnson était coincé.

Hamilton les raccompagna jusqu'à leur voiture.

— Si vous voulez, je peux venir avec vous, proposa-t-il. Je pourrais peut-être vous être utile. Qu'est-ce que vous en dites ?

Clarence l'observa. Ce type avait beau se montrer conciliant, au bout du compte, il n'était pas très loin de penser qu'il l'était un peu trop. Et puis il n'avait aucune envie de le trimballer dans sa voiture, surtout avec ses mains couvertes de cambouis.

— Merci, dit-il. Mais on préfère travailler seuls.

Il se prépara à monter dans la BM.

— Ah, j'oubliais. Un acompte. De la part de qui vous savez...

Hamilton regarda autour de lui. Puis il prit l'enveloppe qu'on lui tendait et la glissa dans sa poche. Il remercia Clarence avec chaleur.

— Si vous avez besoin de quoi que ce soit, ajouta-t-il, n'hésitez pas. Vous pouvez me joindre à tout moment : Craig Hamilton. Demandez bien Craig Hamilton.

Clarence approuva d'un signe de tête. Puis il s'installa au volant et boucla sa ceinture. Quant à Ron, il oubliait neuf fois sur dix de la mettre.

— Ta ceinture, fit-il remarquer.

Ronald parut tomber des nues. Clarence se demanda à quoi il pouvait bien rêvasser. C'était le grand défaut de son frère. Il avait beaucoup trop d'imagination pour garder les pieds sur terre plus de dix minutes d'affilée. Et un jour, tout ça finirait par lui jouer des tours.

Il sentit son téléphone vibrer et passa une main sous sa veste pour le prendre. C'était un appel du patron.

— Beaufort, fit la voix dès qu'il eut relevé le clapet de l'appareil. Nous venons d'atterrir. Où est-ce que vous en êtes ?

— On était sur le point de partir, répondit Clarence. On vient de localiser Johnson... Enfin plus ou moins. Ce n'est plus qu'une question de temps.

— Bien, approuva Beaufort. J'aimerais que l'on se retrouve quelque part. Nous partirons à sa recherche ensemble. Vous connaissez un endroit ?

Clarence réfléchit. Il ouvrit sa portière pour demander conseil à Hamilton. Celui-ci lui suggéra un restoroute : le Lorry's Burger, situé à une dizaine de miles plus au sud, juste sur leur chemin. Un ami à lui, s'empressa-t-il de préciser. Clarence en indiqua la position à Beaufort et ils décidèrent de se retrouver là-bas.

Il referma son téléphone.

— On a rendez-vous dans une heure, dit-il à Ron. On y sera sans doute avant l'arrivée du patron. On devra l'attendre.

Ronald venait d'accrocher sa ceinture.

— Ça tombe bien, répondit-il. Ça va nous laisser le temps de manger un morceau. C'est jamais bon de travailler le ventre creux.

En définitive, Clarence se dit que le plus gros défaut de son frère n'était peut-être pas tant de rêvasser à tout-va. C'était plutôt son appétit. La raison pour laquelle Ron était capable de manger ou de grignoter en permanence, le tout sans prendre un seul kilo, restait pour lui un mystère. À croire qu'il était né avec un triple estomac et un système digestif hors du commun.

Il mit le contact et aperçut Craig Hamilton leur adresser un dernier signe de main, auquel il ne répondit pas. Au fond de lui, il était déjà passé dans un autre mode : il se préparait à foncer du côté des montagnes et à exécuter le contrat pour lequel il était payé.

Pendant un instant, il vit le visage de Johnson. Il s'imagina lui appliquer le canon froid du Magnum contre le front. Alors il pourrait contempler cette lueur brûlante et glacée comme une fièvre qu'il voyait briller dans le regard de ses victimes. La mort à l'état pur, qui venait agiter la surface du grand lac de l'existence.

Beaufort avait décidé d'en faire baver à Johnson, Clarence ne l'ignorait pas. Et il était clairement défini qu'il ne se contenterait pas d'une simple balle. Surtout pas. Il était même prêt à parier que ce serait Johnson lui-même qui tomberait à genoux pour le supplier d'appuyer sur la détente.

Il posa son pied sur l'accélérateur et fit ronfler le moteur…

Oui, il en était tout à fait conscient. Comme le lui avait souvent répété le patron, la mort de Samuel Johnson devait être lente. Et douloureuse.

La BMW quitta le garage en rugissant. Avant de s'éloigner, telle une flèche noire dans la tourmente.

11

En dépit de ce que Sam avait envisagé, ils ne pénétrèrent pas tout de suite dans Murton Caves. Jeffrey Marlowe bifurqua une quarantaine de mètres avant l'entrée du village et le Dodge se mit à suivre une piste enneigée qui contournait l'agglomération. La piste ressemblait à l'un de ces chemins usés jusqu'à la corde, tracé par le passage de plusieurs véhicules.

Le bourg n'était pas très étendu, mais tout de même plus que Sam ne l'avait imaginé. Sur sa droite, les bâtiments se résumaient à des habitations en bois sur un ou deux étages qui rappelaient celles d'une petite ville du Far West. Un genre d'architecture qui n'avait pas vraiment sa place ici. En dehors de ça, personne dans les rues. À croire que cette neige n'en finirait jamais. Il en avait rarement vu tomber autant au cours de son existence.

En reportant son regard sur le rétroviseur, il aperçut sa vieille Ford cahotante, qui lui fit penser à un fantôme de métal, à la carrosserie hantée par les années.

La demeure où le conduisait Jeffrey Marlowe – celle où habitait le vieux Chuck, de son vrai nom Charles Mac Farrell – était une maison en forme de L qui ne disposait que d'un rez-de-chaussée. Elle se trouvait au nord-ouest du village, à moins d'une centaine de mètres de la montagne.

De l'autre côté d'une grande cour se dressait un immense hangar en bois dont la hauteur surpassait celle du bâtiment d'habitat.

Jeffrey Marlowe arrêta le Dodge entre les deux constructions puis coupa le moteur. Devant eux, un vaste champ faisait office de décharge. On y trouvait un tas de vieilleries à peine reconnaissables, deux ou trois meubles fracturés et une ribambelle d'épaves qui croupissaient sous la neige. Des véhicules désossés qui devaient être là depuis une bonne éternité. Sam y aperçut une vieille caravane, elle aussi en piteux état.

Jeffrey Marlowe ôta la clé du démarreur et descendit du véhicule. Il s'éloigna vers la maison, une main posée sur son chapeau qui menaçait de s'envoler.

Sam le regarda frapper au carreau. Il espérait que le type qui vivait là pourrait se décarcasser pour sa vieille Ford, sinon il ne voyait pas comment il ferait pour repartir. Il profita de son attente pour examiner l'écran de son portable et constata qu'il ne captait toujours rien. Se trouver au fond d'une dépression ne devait pas favoriser la réception.

La porte de la maison s'ouvrit et un homme bedonnant au front dégarni, dont le visage était en partie couvert d'une épaisse barbe blanche foisonnante, fit son apparition. Le vieux Chuck : la salopette crasseuse qu'il portait ne laissait aucune place au doute.

Après avoir chaussé une paire de bottes, l'homme enfila un vieux paletot et emboîta le pas de Marlowe. En les voyant s'approcher, Sam descendit à son tour. Il se dirigea vers eux en boutonnant son manteau. Le froid était polaire.

— T'as de quoi payer ? fit le vieux Chuck sans prendre la peine de se présenter. On fait pas crédit ici. On n'accepte pas les chèques non plus. Encore moins les cartes.

Son ton était cassant et il avait le blanc des yeux injecté de sang. Ses cheveux étaient ébouriffés et, autour de sa bouche, des poils de barbe jaunis témoignaient d'une consommation régulière de tabac.

— Oui, répondit Sam. J'ai un peu de liquide.

— Un peu ?

Le vieillard haussa les épaules. Il s'éloigna vers la Ford et la considéra un long moment, les mains plongées au fond des poches…

— Eh ben, elle est pas toute jeune ta voiture. Ça roule encore, ça ?

— Quand elle veut, répondit Sam. Elle date de 93. Vous pensez pouvoir la réparer ?

— Qu'est-ce qu'elle a ? s'enquit le vieux.

— Elle ne démarre plus. Ça fait longtemps que ça me pendait au nez. Beaucoup de ratés ces derniers temps. Elle a une fuite d'huile aussi.

— Ah ça, quand ça commence à faire des siennes une voiture, y vaut mieux pas trop tarder. Sans quoi, on se retrouve rapidement les pieds dans l'eau.

Le bassin en avant, les mains glissées au fond des poches, le vieux Chuck réfléchissait.

— Faudra patienter un peu avant que je te donne mon avis. Mais je pourrai sans doute y faire quelque chose. Assez pour qu'elle tienne le coup jusqu'en ville. Après, faudra l'emmener dans un garage. C'est pas de la réparation définitive que je te propose là. Juste de quoi quitter ce trou à rats.

— Ça me va très bien, approuva Sam.

Le vieil homme lui décocha un regard en biais.

— T'es de la ville, pas vrai ?

— De Chicago.

— Une vraie ville de gangsters à ce qu'on raconte. Je me méfie des gens de la ville. Ils ont tendance à croire qu'on travaille pour rien, ici. Mais je suppose que t'es différent des autres, toi, pas vrai ?

Il approcha son visage du sien.

— Ce que le vieux Chuck essaye de te dire, intervint Marlowe, c'est qu'il aimerait bien que tu lui verses une petite avance. Il fait rarement confiance aux étrangers.

— Pour sûr, approuva le vieux. Une petite avance ! C'est toujours mieux de travailler avec quelques billets en poche. Ça motive comme on dit !

Son visage se fendit d'un large sourire, révélant deux rangées de dents très grises. Sam remarqua les mêmes espacements noirâtres qu'il avait déjà aperçus entre celles du type au bec-de-lièvre.

— D'accord, répondit-il. Combien est-ce que vous voulez ?

Le vieillard se remit à considérer la Ford. Il s'efforçait de chiffrer le montant de la facture.

— Huit cents dollars, finit-il par dire. Ouais, huit cents dollars. Ça devrait faire l'affaire.

Sur le moment, Sam crut avoir mal compris.

— Pardon ? Vous voulez un acompte de *huit cents dollars* ?

— Non, objecta le vieux. Huit cents dollars c'est pour la totalité. Y a plus d'acompte. C'est à payer comptant.

— Mais… C'est le prix d'une réparation en ville. Et encore !

— Et alors ? rétorqua le vieux. Tu crois que ta voiture a moins de valeur ici qu'en ville ? Ou tu penses peut-être que c'est plus facile pour moi de la réparer ? Que j'y passe moins de temps ?

À nouveau, il avança son visage près du sien :

— À moins que tu me prennes pour un plouc ?

— Non. Ça n'a rien à voir, ce…

— Alors envoie la monnaie ! conclut le vieux.

— T'inquiète pas, avisa Marlowe. Le vieux Charles est réglo. S'il y passe moins de temps que prévu, il te rendra la différence.

— Parbleu ! approuva le vieil homme. Pour sûr que je suis réglo ! Pas comme ces gars de la ville !

Il tourna la tête et mollarda dans la neige. Un crachat si noir qu'on aurait dit un caillot de sang.

Sam tergiversa. Bordel de merde, huit cents dollars !

— Je peux vous donner quatre cents, proposa-t-il.

— Quatre cents c'est pas assez. Je vais quand même pas m'emmerder à passer du temps sur cette caisse si elle en vaut pas la peine.

— Cinq cents ?

— Six cent cinquante. À prendre ou à laisser.

Il y eut une lourde attente.

Et merde. Il était coincé de toute manière. Il n'avait pas les armes pour négocier. Ce type était le seul qui puisse faire quelque chose pour sa vieille Ford. Sans lui, il était condamné à trouver une autre solution pour repartir. À abandonner sa voiture. Elle irait sans doute rejoindre le tas d'épaves dans le fond de sa cour, et il n'avait aucune envie de la voir terminer ainsi.

Il finit par accepter et sortit quelques billets de sa poche, plus qu'il ne voulut en prendre. Satisfait, le vieux Chuck le regarda faire circuler les billets entre ses mains pour les compter.

— Voilà, fit Sam en tendant la liasse qu'il venait de rassembler. Le compte y est : six cent cinquante dollars.

Le vieux prit la liasse et, sans aucune gêne, décida de recompter.

Au fur et à mesure, son sourire s'élargissait.

— Tope-la bonhomme. Les bons comptes font les bons amis.

Ils se serrèrent la main. Au même moment, une image traversa l'esprit de Sam : il se vit lui enfoncer les billets au fond de la bouche, espérant le voir s'étouffer avec son fric. Un fantasme qu'il aurait bien voulu assouvir.

— Bon, enchaîna Marlowe. La nuit tombe vite par ici. La réparation va prendre un peu d'temps. Il va falloir trouver un endroit où dormir. C'est pas un temps pour prendre la route.

Sam acquiesça. Il avait tiré le gros lot.

— Vous savez quand elle sera prête ? demanda-t-il en se tournant vers le vieux Chuck.

L'homme se gratta l'arrière du crâne.

— Je vais essayer de te faire ça pour demain. T'auras qu'à passer en fin d'après-midi. En attendant, on va la mettre à l'abri.

Il s'éloigna vers la maison et en ressortit moins d'une minute plus tard, une manivelle à la main. Sam se demanda ce qu'il comptait en faire. Puis il le vit prendre la direction du hangar et en introduire l'extrémité dans une fente. Après avoir donné quelques tours, le vieux Chuck alla ouvrir les portes.

— Une petite précaution, confia Marlowe à Sam. Le vieux Chuck est parano. Il a pas envie qu'on aille fouiner dans son atelier.

Dès que la Ford fut rentrée, Sam aida Marlowe à la détacher de l'arrière du Dodge…

— Où est-ce qu'il travaillait, avant ? demanda-t-il quand le vieux Chuck eut tourné les talons. En ville ?

— Hein ? Oh non, soupira Marlowe. Le vieux Charles a jamais travaillé dans un garage. Mais la mécanique ça le connaît. Il a toujours exercé là, à Murton Caves.

Génial. Ce n'était pas le nombre de clients qui devait l'étouffer, pensa Sam. Il espérait que les épaves qui rouillaient dans le fond de sa cour n'étaient pas le résultat de son travail, auquel cas il avait de quoi s'inquiéter.

Il laissa Jeffrey Marlowe ranger la barre de remorquage et fit quelques pas dans le hangar…

L'endroit était peuplé d'un bric-à-brac sans nom qui avait malgré tout quelque chose d'ordonné. Ça sentait l'huile et l'essence. Des pièces mécaniques étaient amassées çà et là, au pied d'un grand établi en bois. Tout près d'un empilement de pneus et de bidons piqués de rouille, il aperçut un grand congélateur qui n'était raccordé à aucune prise. Un bloc moteur traînait dans son coin, aux côtés d'un carburateur et d'autres joyeusetés qui auraient fait le bonheur de pas mal de mécanos. De quoi remonter un certain nombre d'automobiles selon lui. Enfin, sur sa gauche, une grande bâche de couleur verte recouvrait un engin assez gros. Peut-être une camionnette, il ne savait pas. Le véhicule était garé au fond, à une quinzaine de mètres. Il décida de s'en approcher mais son œil fut attiré par autre chose : un vieux four en pierre, à moitié dissimulé par un poteau de soutènement.

Le four était de fabrication artisanale. Sa base était munie d'un creuset. D'après l'épaisse couche de suie qui recouvrait l'ensemble, le dispositif n'avait pas servi depuis des années. Sam reporta son attention sur de petits rectangles métalliques de dimension identique. Ils se trouvaient entassés dans le four, les uns au faîte des autres. Il en prit un et le fit tourner entre ses doigts.

De la fonte. La pièce ressemblait à une brique évidée. Sur le dessus, le métal portait trois lettres gravées : CMF, ainsi qu'un numéro à huit chiffres. Le tout était encrassé d'une pellicule brun orangé qui se fendillait par endroits. Elle n'était pas très résistante, car elle s'écailla facilement lorsqu'il essaya de la gratter du bout de son ongle.

— Il ne vaut mieux pas toucher à ça, intervint Marlowe en lui ôtant l'objet des mains. On veut bien aider les étrangers, ici, mais il faut qu'ils y mettent un peu du leur.

Ce qui signifiait : « Mêle-toi de ce qui te regarde. »

Sam n'insista pas. Il revint auprès du Dodge et lança un dernier regard à sa vieille Ford.

— Vous êtes sûr qu'il pourra la réparer ? s'enquit-il en montant à bord du pick-up.

— T'en fais pas, le rassura Marlowe. Comme je te l'ai dit, des mécanos comme lui, y en a pas deux dans la région. Et puis s'il peut rien faire, il te rendra ton argent. T'as pas à t'inquiéter.

Mais ce n'étaient pas les six cent cinquante dollars qui préoccupaient Sam. Plus maintenant. Il avait déjà fait une croix dessus. Ce qui le tracassait, c'était de devoir passer la nuit au village. Sans parler du fait que le vieux Chuck lui avait demandé de repasser le jour suivant, en fin de journée.

Et à supposer que sa Ford soit prête, il lui faudrait alors repartir en pleine nuit. À moins qu'il ne décide d'attendre le surlendemain, ce qui ne l'emballait pas.

En reculant pour sortir du hangar, ils passèrent près du vieil homme. Il se tenait à quelques mètres de l'entrée, sa manivelle toujours à la main, il attendait de pouvoir refermer les portes. Il y avait quelque chose de curieux dans ses yeux, releva Sam. Même l'expression de son visage lui parut différente. Un visage sinistre, comme s'il venait d'enfouir sa figure derrière un masque. Il n'aurait su dire de quoi cela provenait (un changement de luminosité peut-être ?) mais ce visage lui fit soudain une sale impression. Impossible à définir.

12

— Je vais t'emmener voir la vieille Martha, dit Marlowe après avoir rejoint le chemin qui jouxtait la cour du vieux Chuck. Elle te fera une chambre à l'œil. C'est pas la première fois qu'elle dépanne un étranger, mais qu'est-ce que tu veux, elle aime faire plaisir. Ça doit être inscrit dans ses gènes comme on dit.

Sam fut ravi de l'apprendre. Enfin une bonne nouvelle. Après l'épisode des six cent cinquante dollars, il se réjouissait de pouvoir bénéficier d'une telle offre.

Ils prirent la direction opposée à celle de leur arrivée et contournèrent le bourg en passant près de la montagne. Sur leur gauche, la clôture qui délimitait le village longeait un grand dénivellement. Il y avait peut-être une rivière en contrebas, ou une excavation creusée par la fonte des glaces, lorsque le soleil de printemps daignait poser ses rayons sur la petite ville.

Au-dessus de l'agglomération, le ciel était chargé d'un gris cendré. De gros cumulo-nimbus s'amassaient, laissant penser que le jour était déjà en train de décliner.

Sam en avait plus qu'assez de devoir supporter cette neige. Il se demandait s'il allait revoir la lumière du jour, la vraie. Et le soleil.

Après avoir roulé sur deux ou trois cents mètres, ils bifurquèrent devant un corps de bâtiment où il ne restait que quelques murs branlants et une toiture à moitié effondrée. L'aspect noirci des parois laissait supposer qu'un incendie avait ravagé l'ensemble.

Ils s'enfoncèrent alors dans l'artère principale de Murton Caves…

Dans le bourg, aucun trottoir. Les habitations se regroupaient autour de deux axes principaux séparés par de petites ruelles qui n'excédaient guère la largeur d'un véhicule, parfois moins. Les bâtiments montraient une façade décrépie. Certaines fenêtres avaient été condamnées par des planches, indiquant que les pièces qu'elles dissimulaient n'étaient plus en activité. Bien que la majorité des maisons aient été construites en bois, on y trouvait à l'occasion de la pierre et à une ou deux reprises des toits assemblés à l'aide de grandes plaques de tôle ondulée. Hormis ce dernier point, cependant, l'impression qui avait d'abord frappé Sam restait la même : Murton Caves avait l'allure d'une petite ville du Far West. Une cité minière de la fin du XIXe siècle.

Quand ils eurent traversé l'agglomération – l'auberge où le conduisait Marlowe se trouvait à l'opposé de la demeure du vieux Chuck –, ils s'arrêtèrent devant une imposante bâtisse qui bordait l'est du village. L'architecture tranchait avec ce qu'il avait pu voir jusque-là. D'aspect récent, il s'agissait d'une sorte de chalet qui comprenait un rez-de-chaussée et deux étages, sans doute la plus grande construction du village. Ils descendirent du véhicule et Sam aperçut un groupe d'éoliennes, à environ deux ou trois cents mètres de là, au milieu d'une vaste étendue blanche.

Marlowe lui indiqua l'endroit d'un signe du menton.

— Ce sont les hélices qui alimentent le village en électricité, expliqua-t-il. Il y a toujours un peu de vent par ici. Et quoi qu'on en dise, elles subviennent largement à nos besoins.

Sam resta silencieux. Se retrouver dans un patelin qui

ne possédait ni le téléphone ni l'électricité, en tout cas pas au sens où il l'entendait, le sidérait complètement. Il avait vraiment atterri dans le trou du cul du monde.

Il accompagna Jeffrey Marlowe jusqu'en bas d'un escalier et tous deux grimpèrent les marches jusqu'à l'entrée.

L'intérieur de l'auberge ressemblait à celui d'un gîte rural. Les parois, le plafond et le plancher étaient entièrement en sapin. Aucun comptoir ni de registre à signer. La décoration était sobre, dépouillée : elle se bornait à d'anciennes photos encadrées et jaunies par les années. Une collection de bois de cerfs était accrochée aux murs où de petites paires d'appliques éclairaient le tout. Par moments, d'imperceptibles baisses de courant arrachaient des grésillements aux ampoules, sorte de crépitement convulsif qui se superposait au murmure du vent.

Pour le reste, la vieille Martha se montra nettement plus courtoise que le vieux Chuck, ce qui n'avait rien de désagréable. Et puis, comme le lui avait laissé entendre Marlowe, elle n'essaya pas de lui extorquer le moindre cent.

Dès que ce dernier eut fini d'exposer le pourquoi de l'arrivée de Sam, en expliquant qu'il allait devoir passer la nuit ici, elle se contenta d'opiner du chef.

Sam constata qu'elle n'entendait pas très bien. Mais il lui semblait aussi qu'elle possédait la faculté de lire sur les lèvres, ce qui lui avait permis de comprendre ce que Marlowe venait de dire. Son visage exprimait quelque chose d'assez indéfinissable, que Sam interpréta comme de la mélancolie teintée d'amertume. Était-ce lié au récent décès du fils Willington, dont la nouvelle avait fini par faire le tour du village ? Il l'ignorait. Mais il avait remarqué une chose : elle faisait tout pour ne pas avoir à croiser son regard.

— Bien, conclut Marlowe. Je te laisse entre de bonnes mains. En attendant, vous m'excuserez, mais j'ai encore pas mal d'affaires à régler.

Avant de le voir tourner les talons, Sam lui demanda s'il

lui devait quelque chose. Même s'il ne tenait pas à se faire arnaquer une seconde fois.

— Laisse tomber, répondit Marlowe. Ça nous a pas coûté grand-chose de toute façon.

Il le remercia d'une poignée de main et l'homme au Stetson prit congé. Sam resta au côté de la vieille Martha.

Celle-ci ressemblait en tout point à l'image que Sam se faisait d'une bonne grand-mère, douce et gentille. Elle lui rappelait la mère de son père – du côté de sa mère, il y avait belle lurette qu'il avait tiré un trait sur sa famille. Ses cheveux étaient blancs comme neige, coiffés en chignon. Elle était vêtue d'une robe noire et portait une paire de lunettes aux verres épais qui donnaient à Sam l'impression de regarder ses yeux à travers l'eau trouble d'un aquarium.

Après un long silence, que Sam trouva embarrassant, elle lui adressa la parole :

— Je vais vous montrer où est votre chambre. Vous n'avez qu'à me suivre, c'est à l'étage.

Ils longèrent un premier couloir et empruntèrent un escalier.

— J'espère que je ne vous cause pas trop de travail ? demanda Sam.

Il n'eut pas de réponse, et pour cause, la vieille Martha ne l'avait pas entendu.

Dans la cage d'escalier, une multitude de photos en noir et blanc la montraient au côté d'un homme. Leur âge indiquait que les clichés avaient été pris plusieurs années auparavant.

— C'était mon mari, expliqua la vieille en désignant les cadres d'un mouvement de tête. Il est mort depuis pas loin de dix ans.

Elle s'arrêta. Se tournant vers Sam, elle plongea son regard au fond du sien. C'était la première fois qu'elle osait le considérer de cette façon.

— Il s'appelait Samuel, tout comme vous, et c'était l'homme de ma vie. Autant vous dire que je me sens bien seule depuis qu'il est plus là. Mais j'imagine que tout ça n'a plus beaucoup d'importance à l'heure qu'il est.

Elle reprit sa marche et continua sur le même ton :

— Y en a qui pensent qu'on se fait à tout, mais moi, je m'suis jamais habituée à son absence. Au début, je croyais que les années allaient suffire à me faire oublier, que la blessure allait se refermer. Mais non, y a rien à faire. C'est comme une épine qu'on a dans le pied, vous voyez ? Une épine qui vous fait mal chaque fois que vous marchez. Si ce n'est que cette épine, il n'y a rien qui peut vous l'enlever. Il a passé trop de temps aujourd'hui, et elle s'en ira plus. Notre cerveau est bien moins habile que notre corps quand il s'agit de refermer les plaies. Et c'est pas facile d'oublier quelqu'un avec qui on a passé la majorité de sa vie. Il y a des moments où j'ai l'impression qu'il est encore là, à tourner autour de moi… Il m'arrive même de lui parler.

Elle éclata d'un rire nerveux.

— Vous devez me prendre pour une folle, pas vrai ? En tout cas, c'est ce que M. Marlowe et les autres disent : que j'ai plus toute ma tête.

Ses paroles furent ponctuées d'un nouveau crépitement d'ampoule.

— Tout ce qui me reste, à présent, c'est cette auberge. On ne voit pas beaucoup d'étrangers par ici, mais quand ils arrivent au village, je m'efforce de les recevoir du mieux que je peux. Même si, au fond, je sais très bien que tout ça n'y changera rien…

Elle était sur le point d'ajouter quelque chose mais se ravisa. Sam n'eut pas l'occasion de s'en apercevoir. Les quelques mots qu'elle venait de prononcer lui avaient rappelé la mort de son père, et par extension celle du gosse. Deux personnes qui avaient beaucoup compté au cours de son existence. C'était ça son épine à lui. Et un jour, il se demandait s'il parlerait d'eux avec la même émotion que la vieille Martha. À supposer qu'il vive aussi longtemps.

Enfin, ils arrivèrent à l'étage et marchèrent jusqu'à une

porte. Il y en avait trois autres un peu plus loin. Puis une quatrième, située à l'opposé. Cette dernière était rouge, d'une couleur différente des autres.

La vieille Martha introduisit une clé dans la serrure et s'immobilisa.

— Ah, s'exclama-t-elle, un peu décontenancée. Où est-ce que j'ai la tête ? Je vous le demande !

Elle actionna la poignée et la porte s'ouvrit. Elle n'était pas fermée à clé.

— Voilà, dit-elle en le précédant à l'intérieur de la pièce. C'est pas grand-chose, mais vous aurez moins froid que dans les autres…

La chambre était une sorte de dortoir propre et bien rangé. Elle se composait de deux lits superposés et d'un meuble à tiroirs. Au fond, une fenêtre donnait sur un pignon du bâtiment où l'on pouvait apercevoir la montagne. Sam avait même droit à un lavabo… Dans l'angle, un gros seau en zinc était glissé sous une planche percée d'un trou. Les toilettes. Plutôt rustiques. En y regardant de plus près, il s'aperçut qu'il était possible de les isoler du reste de la pièce, en tirant un rideau de douche.

— Je ne suis pas sûre que le lavabo fonctionne, reprit la vieille. Les canalisations sont souvent gelées en hiver. Mais pour le reste, les matelas sont confortables. Vous dormirez bien.

Il s'approcha des lits. Il venait de remarquer un curieux petit objet accroché à la paroi. De forme ronde, il devait mesurer une quinzaine de centimètres de diamètre. Il était confectionné à l'aide d'une branche enroulée sur elle-même, un rameau qui constituait un cercle d'une parfaite courbure. Tendu au milieu du cercle, un filet aux mailles alvéolées dont le centre était légèrement plus évasé que le reste, comme une toile d'araignée. Une rangée de cinq plumes était fixée à l'ensemble, chacune suspendue à une ficelle de couleur différente.

Il se tourna vers la vieille Martha :

— Qu'est-ce que c'est ?

Il ignorait si elle l'avait entendu mais il la vit ouvrir la bouche pour lui répondre, sans doute plus parce qu'elle l'avait vu observer l'objet que parce qu'elle avait compris sa question.

— Ah, dit-elle en venant le retrouver, c'est un attrape-rêves. Un talisman indien. On le nomme aussi « Asubakatchin ». Les Indiens l'utilisent pour empêcher certains rêves de venir troubler leur sommeil…

À nouveau, il fixa l'objet.

— Il existe plusieurs types de rêves, voyez-vous, reprit la vieille. Il y a les bons, bien sûr, mais il y a aussi les mauvais. Les mauvais rêves sont là pour nous nuire. Ils cherchent à nous égarer, à nous effrayer. Des rêves qu'il vaut mieux éviter si vous voyez ce que je veux dire… Pendant notre sommeil, les mauvais rêves sont emprisonnés dans la toile où ils seront détruits aux premières lueurs du jour. Quant aux bons, ils sont redirigés vers les plumes où ils resteront pour protéger le dormeur. Vous savez, monsieur Johnson, ce n'est pas du folklore ce que je vous raconte là. Les rêves sont bien plus importants qu'ils n'y paraissent. La plupart des gens l'ignorent, mais vous seriez surpris de savoir à quoi ils servent.

— Ah bon ? s'étonna Sam. Et à quoi est-ce qu'ils servent ?

— Eh bien, pour les Indiens, les rêves nous donnent de précieuses informations sur notre vie. Ils servent à nous guider, à mieux comprendre les besoins de notre âme. Car les besoins de l'âme sont aussi importants que ceux du corps. Dans les rêves, il n'y a ni passé ni futur. Les distances se confondent, elles sont abolies. On doit utiliser les rêves comme un journal de bord. Une feuille de route si vous préférez. Aussi, quand j'étais petite, j'avais pris soin de les noter dès mon réveil. Parce que c'est à ça que sert l'attrape-rêves : à mieux comprendre notre vie et à organiser notre avenir.

Méfiant, Sam se pencha pour examiner l'objet. Il détestait ce genre de truc. Et surtout, il était superstitieux.

— Est-ce qu'il est possible de l'enlever ? demanda-t-il.

La vieille Martha le regarda en fronçant les sourcils.

— Vous voulez l'emmener ?

— Non, répondit Sam. Je veux *l'enlever* !

— Oh, surtout pas, fit la vieille, surtout pas ! C'est que mon arrière-grand-père avait du sang indien, voyez-vous ? C'est pour ça que je crois en toutes ces choses. Et puis si j'étais vous…

Elle se pencha alors vers lui, avant de reprendre, à voix basse cette fois :

— Il se passe des choses bizarres dans les environs. Des choses que vous et moi, nous n'aimerions pas savoir…

Les yeux de la petite vieille le fixaient. Ils semblaient avoir triplé de volume derrière les verres de ses lunettes. Un regard un brin étrange qui le mit mal à l'aise.

En détournant les yeux, il aperçut une silhouette plantée dans l'encadrement de la porte. Un homme d'une quarantaine d'années qui avait l'air intéressé par leur petite conversation.

— Oh, fit la vieille Martha.

Elle venait de s'apercevoir de sa présence.

— Monsieur Brown, je ne vous avais pas entendu arriver. Je vous croyais toujours en haut. Je viens de montrer sa chambre à M. Johnson. C'est M. Marlowe qui nous l'a amené. Mais vous devez être au courant ?

Après une brève hésitation, l'inconnu s'avança. Il avait le pantalon rentré à l'intérieur des bottes et des cheveux bruns, courts, presque roux. Légèrement enrobé, il portait une paire de lunettes rondes dont l'un des verres étincelait d'un reflet blanc à la lumière du jour. Son visage était fendu de deux traits verticaux, chacun situé aux commissures de ses lèvres, sorte de longues cicatrices qui lui descendaient jusqu'au menton.

— Oui, répondit-il. On vient de m'en parler.

Il paraissait tendu. Il avança sa main vers celle de Sam et Sam la lui serra. Il avait la peau moite. Glaciale.

— Peter Brown, dit-il. Enchanté.

— Samuel Johnson. Je suis tombé en panne sur la route. Mais j'ai eu de la chance. Des gens du village étaient justement partis à la chasse.

— Oh, marmonna l'homme. Bien sûr. La chasse…

Un silence tomba.

— Bien, enchaîna la vieille Martha pour rompre le calme qui venait de s'installer. Il faut que je redescende. Si vous avez besoin de quoi que ce soit, n'hésitez pas. Je serai en cuisine. En cas de petit creux, je pourrai vous préparer un peu de soupe. Ce n'est pas grand-chose mais ça vous réchauffera.

— Merci, fit Sam. Merci beaucoup. Peut-être un peu plus tard. Pour l'instant, j'ai besoin de me reposer.

Et c'était vrai. Même si son appétit commençait à se réveiller, sa priorité du moment était plutôt d'aller s'allonger. Ce début de journée avait été harassant, épouvantable. Il attendit que l'individu et la vieille Martha aient regagné la sortie puis s'approcha de l'entrée pour refermer la porte. La vieille repassa soudain son nez par l'ouverture.

— Une dernière chose, dit-elle, un peu embarrassée. Il y a aussi un bar au village. Vous devriez aller y faire un tour… On ne sait jamais.

Elle avait prononcé ces mots à mi-voix, comme si elle craignait que l'individu qui venait de sortir ne l'entende. Puis elle adressa à Sam un sourire crispé et disparut sans plus d'explication.

Un bar, inattendu mais réconfortant. C'était toujours ça de gagné, estima-t-il. Il pourrait toujours y passer un peu de temps. De quoi se détendre les neurones et réfléchir à la situation.

Il se débarrassa de son manteau puis alla s'étendre sur le premier lit. Il était vanné et pas mécontent de se retrouver enfin seul.

Les paupières fermées, il songea qu'il lui faudrait changer la Ford à la première occasion, dès qu'il trouverait une ville digne de ce nom. Avec les quelques billets qui lui restaient en poche, ça ne devrait pas poser de problème. Il aurait dû s'en charger un peu plus tôt. Il avait été stupide. À force de vouloir économiser des bouts de chandelle, il avait eu ce qu'il méritait. Il opterait sans doute pour un modèle plus récent, avec son lot de kilomètres en moins au compteur. Les dernières heures qu'il venait de passer l'avaient convaincu d'une chose : il avait besoin d'un nouveau moyen de locomotion, fiable et anonyme.

Tout en essayant de se détendre, les images de Daniel Patterson ne tardèrent pas à revenir le hanter. Des images morbides : il le revoyait adossé près du lit, la cervelle explosée, réduite à l'état de bouillie. Les yeux grands ouverts et la bouche… eh bien la bouche grande ouverte, elle aussi. Les jambes baignant dans un liquide qui rappelait les nuances de la canneberge.

La flicaille du coin avait sans doute déjà trouvé son corps. La femme de ménage l'avait prévenue, c'était évident, au moment même où elle était venue faire la chambre.

Songeant à cela, il ne put empêcher ses pensées de dériver vers le fils Willington. Il revit sa blessure, cette morsure tout près de son cœur, au milieu de la poitrine. De nouveau, il se demanda si le jeune homme avait essayé de lui dire quelque chose. Sauf que cette fois, il fit abstraction du mot qu'il avait associé à son murmure.

Une bien triste matinée, passée à semer des cadavres sur son chemin…

Il se tourna vers la fenêtre et s'efforça de penser à autre chose. Ce fut à ce moment précis qu'il l'entendit pour la première fois. Un bruit curieux, perdu dans le lointain, si incongru qu'il se demanda s'il ne s'était pas endormi sans s'en rendre compte…

Un grondement de tambour, sourd et continu, dont le rythme soutenu mais syncopé ressemblait à celui d'un tambour de guerre. Il lui sembla qu'il provenait des profondeurs du sol… Ou de la montagne.

Il ouvrit les yeux et se redressa aussitôt. Le bruit cessa, aussi brusquement qu'il était apparu.

Se tournant vers l'attrape-rêves, il décida de le décrocher. Il avait horreur de ces saloperies. Le fait de compter sur une quelconque force mystique, qu'elle soit d'ailleurs bonne ou mauvaise, ne l'avait jamais emballé. Il préférait laisser ça aux autres et, surtout, éviter d'y penser.

Il alla enfermer l'objet dans un tiroir du meuble puis revint s'allonger. Il n'avait pas besoin de ce truc pour bien dormir.

Au bout de quelques minutes, il finit par s'assoupir…

Et il rêva.

III

L'IMPASSE

« Il y a de nombreux hivers, nos sages ancêtres ont prédit qu'un grand monstre aux yeux blancs viendrait de l'est, et qu'au fur et à mesure qu'il avancerait il dévorerait la terre. Ce monstre, c'est la race blanche, et la prédiction est proche de son accomplissement. »

O-no'-sa,
Chef indien

13

Bientôt 15 h 45. Le Lorry's Burger, quasi désert. Tandis que son frère venait de commander une nouvelle portion de frites – la troisième –, Clarence ne quittait plus l'horloge des yeux. L'aiguille des minutes semblait tourner à une vitesse excessivement lente. À croire que le mécanisme était rouillé depuis des années, ou que l'aiguille était restée collée au cadran, encrassée par les émanations de graillon qui s'échappaient des cuisines.

Beaufort était en retard. Il aurait dû les retrouver aux alentours de 14 heures, mais une vingtaine de minutes après leur départ du garage, il les avait de nouveau contactés. Il ne serait pas là avant un bon moment. Il y avait du brouillard sur la route, une purée de pois qu'ils avaient trouvée dès leur sortie de l'aéroport. Pourtant, la principale raison de ce retard, ce n'était pas tant cette brouillasse. Il avait aussi fallu qu'un semi-remorque se renverse au milieu de la chaussée, répandant l'essentiel de son chargement derrière lui : des dizaines de réfrigérateurs. Une cargaison qui prêtait plutôt à sourire par ce temps. Quand Clarence en avait informé son frère, Ron avait tout de suite déclaré que c'était un comble pour quelqu'un qui avait fait fortune dans les transports routiers. Le revers de la médaille. Clarence, lui, s'était abstenu de tout commentaire.

Aux dires du patron, il en avait déduit qu'il ne voyageait pas seul. Beaufort le faisait rarement de toute façon. Il était sans doute accompagné d'un chauffeur, au minimum. À bien y réfléchir, Clarence ne l'avait jamais vu au volant d'une voiture. Il se demandait s'il avait son permis. Enfin ce n'était pas son problème. Au cours de son appel, Beaufort lui avait confié s'être procuré un 4×4 : un Nissan Patrol de couleur blanche. En définitive, les pneus-neige que Clarence avait fait monter sur la BMW ne lui seraient pas d'une grande utilité. Une chance qu'il n'ait rien eu à débourser.

Dehors, la neige avait cessé. Une bonne nouvelle, l'une des rares de ce milieu d'après-midi. À peine 16 heures et le jour avait considérablement diminué. Il ne tarderait pas à faire nuit. Ils s'étaient déjà laissé surprendre, la veille, en débarquant en ville dans l'espoir de coincer Johnson.

À ce sujet, Clarence se demandait ce qu'il faisait. Il se posait souvent cette question lorsqu'il traquait quelqu'un. Et si d'ordinaire il se la posait, c'était dû à sa profession de tueur, qui n'était pas sans rappeler la démarche d'un *profiler*, au moins par certains aspects.

Dresser le profil psychologique de sa victime lui permettait d'en déduire son comportement, d'anticiper ses réactions et sa manière d'agir, de connaître les endroits qu'elle fréquentait, ses habitudes. Maintes fois il avait essayé de percer à jour la manière dont Johnson fonctionnait, et maintes fois il s'était trompé. Il fallait reconnaître que l'animal se comportait d'une façon assez énigmatique, atypique, mais aujourd'hui il avait fini par trouver. Du moins le croyait-il.

Johnson faisait partie de ces individus qui se fuient eux-mêmes, qui ne s'en remettent qu'à la chance, à la loi du destin. Des marginaux, comme il se plaisait à les appeler. Des types qui n'ont pas de domicile fixe, pas de femme ni d'enfant, pas d'amis, qui n'ont même pas d'avenir. Ils ne possèdent rien et ne posséderont jamais rien. Sinon la clé des champs. Ils se fient à leurs instincts et à leurs sentiments, à des idéaux bâtis autour d'une poignée de rêves. Quant à la raison dans tout cela, il était inutile d'en chercher une. Car c'était *ça* la logique du cas Johnson : il n'y en avait pas.

En pensant à lui, Clarence se dit qu'il ne devait pas en mener bien large en ce moment, seul, perdu sur cette route de montagne à attendre l'arrivée d'une dépanneuse qui ne viendrait jamais. D'après ses informations, Johnson n'avait pas pris la peine de rappeler Hamilton. Il n'était pas impossible que son téléphone soit en panne lui aussi. Hamilton lui avait expliqué que la ligne avait été coupée lors de son appel. Ce qui mettait un point de leur côté. Sans téléphone, Johnson ne trouverait pas de secours ailleurs. De toute façon, le type qui les avait renseignés au garage… Comment s'appelait-il déjà ? Billy ? Bobby ? Bref, ça n'avait pas d'importance, le type qui les avait renseignés au garage, donc, leur avait clairement spécifié qu'il ne fallait pas s'attendre à ce que quelqu'un aille le chercher, ou à ce qu'une voiture passe dans le coin. Personne ne s'aventurait par là en plein hiver. Enfin, Johnson mis à part, bien entendu.

S'était-il mis à marcher ? Possible. Mais Clarence l'imaginait difficilement parcourir quinze miles à pied dans un sens contre une vingtaine dans l'autre. Et puis Hamilton s'était proposé de contacter les garages alentour afin de s'assurer que personne n'avait demandé de l'aide. En tout cas, pas du côté de Murton Caves. Non, Johnson était toujours en place à l'heure qu'il était, en train d'espérer qu'on vienne le chercher. Et pour le coup, c'est exactement ce qui allait se produire.

Il baissa les yeux et regarda son frère manger. Il y en avait au moins un à qui tout ça ne faisait ni chaud ni froid. À partir du moment où ils étaient arrivés, Ron n'avait cessé de s'empiffrer, poussé par un appétit qui avait quelque chose de démentiel. Clarence se demandait comment son frère était capable d'avaler une telle quantité de nourriture. À le voir engloutir ses frites les unes après les autres, il se sentait repu à sa place.

— Tu vois, fit Ron, la bouche pleine de frites. On avait le temps de manger. T'es chûr que tu veux rien ?

Clarence tiqua un peu. Il aimait bien que l'on prenne le boulot un minimum au sérieux. Il se pencha toutefois pour prendre la carte et décida d'y jeter un œil. Autant se remplir la panse après tout.

Au bout de quelques secondes, il trouva un triple hamburger qui lui fit envie et héla le serveur. Il lui montra son choix du bout de l'index. L'homme se pencha au-dessus de son épaule, dubitatif.

— Ah, désolé, monsieur. Mais je crois qu'on n'en a plus de celui-là.

— Comment ça vous n'en avez plus ? s'étonna Clarence en levant les yeux vers lui. Je croyais qu'ils étaient faits « maison » vos hamburgers ?

— Oui, admit le serveur. Mais les steaks de celui-ci sont différents.

Allons bon. Qu'est-ce que c'était que cette histoire ?

— Et vous ne pouvez pas me faire le même avec d'autres steaks ? demanda-t-il, contrarié.

— Non, je regrette. Ça aurait une répercussion sur le prix. Et puis la maison préfère ne rien préparer de spécifique. Vous imaginez, si tous les clients nous le demandaient ?

Mais Clarence s'en fichait. Lui, ce qu'il voulait, c'était ce fichu hamburger, pas un autre. Déjà qu'il avait eu du mal à se décider… La maison préfère ne rien préparer de spécifique, et puis quoi encore ?

— Faites-m'en tout de même un, conclut-il en claquant le menu sous le nez du serveur. Je me fiche de savoir quel prix il coûte.

L'homme lui adressa un regard perplexe.

— Bon. Je veux bien aller me renseigner… Mais je ne vous promets rien.

— C'est ça, allez vous renseigner. Mais vous avez intérêt

à me ramener mon hamburger, sans ça, ça va très mal se passer !

Cette journée commençait à lui taper sur le système. Pour qui le prenait-on dans cet établissement ?

Il fut sur le point de se lever pour aller aux toilettes quand, au-dehors, il vit passer un véhicule blanc. Un 4×4 de marque Nissan.

Beaufort. Ça ne pouvait être que lui… Il pria son frère de l'attendre et sortit du restoroute.

À l'extérieur, le temps s'était rafraîchi. Il allait sans doute geler pendant la nuit, et le costume noir que portait Clarence, bien que confortable, coupait moyennement du vent. Il fit quelques pas en direction du Nissan et reconnut la silhouette de Beaufort.

— Mais qu'est-ce que c'est que cette région ! s'exclama celui-ci en descendant du véhicule. Il n'y a qu'un imbécile comme Johnson pour venir se perdre dans un endroit pareil ! Sans compter ce fichu camion : une heure pour que les autorités déblaient la route. Une heure ! Tu te rends compte ?

Il fit un effort pour se calmer.

— Enfin, nous voilà arrivés. Je vais congédier mon chauffeur. Ton frère, où est-ce qu'il est ? Il n'est pas avec toi ?

— Il mange, répondit Clarence. On vous attendait. Au chaud.

— Eh bien va le chercher. On a déjà perdu assez de temps comme ça. Je ne suis pas venu ici pour m'amuser !

Clarence tourna les talons.

— On part, dit-il après avoir franchi la porte du restoroute.

Ronald venait de terminer sa portion de frites.

— Déjà ? On n'a pas le temps d'aller pisser ? Je croyais que t'avais commandé un hamburger ?

— Le patron est pressé. On s'arrêtera pisser en chemin.

Le serveur apparut, son triple hamburger sur un plateau.

— Et votre hamburger, qu'est-ce que j'en fais ? Je peux vous l'emballer si vous voulez ?

— Pas le temps, rétorqua Clarence.

Il s'avança et récupéra son sandwich. En s'éloignant, il mordit dedans à pleines dents. Une longue coulée de ketchup s'en échappa, qui lui dégoulina sur la chemise.

Une sale journée... C'était vraiment une sale journée.

Il claqua la porte derrière lui.

14

Sam se réveilla aux environs de 16 heures. Il constata qu'il n'avait pas très bien dormi. Il avait fait un rêve étrange qui n'avait pas cessé de l'agiter.

Il repensa à l'attrape-rêves.

S'étant redressé sur son lit, il se frotta un instant les paupières. Le rêve qu'il avait fait n'avait rien d'un cauchemar. Il ne s'en rappelait même pas avec exactitude. Ce dont il se souvenait, c'était d'y avoir vu les frères Manchester, ici, à Murton Caves. L'un d'eux avait à la jambe une blessure qui semblait avoir été causée par la mâchoire d'un animal. Dans son rêve, Clarence lui parlait, il lui demandait où se trouvait l'or. Car il y avait de l'or ici quelque part. Puis la scène s'était accompagnée de ce mystérieux bruit de tambour qu'il avait cru entendre avant de s'endormir. Un martèlement qui, au cours de ce même rêve, s'était superposé aux battements de son cœur.

En résumé, rien de bien révélateur. Tout ça n'était qu'une bête association d'idées. Le produit des éléments d'une journée bien remplie. L'or devait symboliser l'argent qu'il avait volé à Beaufort ; quant à la blessure, elle devait avoir un lien avec le fils Willington. À moins qu'elle ne soit en rapport avec le gosse. À ce sujet, ce n'étaient pas les références qui manquaient. Ce n'était qu'un rêve, il n'allait quand même pas se mettre à les noter comme la vieille Martha lorsqu'elle était plus jeune.

Il se tourna vers la fenêtre et vit qu'il ne neigeait plus. La montagne flottait dans la grisaille, telle la robe blafarde d'un fantôme. Il se souvenait encore de l'étrange impression qui l'avait saisi la première fois qu'il l'avait vue. Et cette impression ne l'avait toujours pas quitté.

Il se traîna jusqu'au lavabo et nota que l'installation sanitaire était hors-service. De toute façon, il avait oublié sa brosse à dents dans le coffre de la Ford.

Il récupéra son manteau et sortit.

Quand il fut prêt à prendre l'escalier, il crut entendre pleurer… Les sons provenaient de l'étage : un enfant, aurait-on dit.

Sans y accorder plus d'attention, il descendit.

Il trouva la vieille Martha dans la même pièce que celle où il l'avait rencontrée lors de son arrivée. Il voulait lui demander si elle connaissait une épicerie au village. Un endroit où il pourrait se procurer une nouvelle bouteille de lait. Il venait de se souvenir qu'il avait laissé la sienne dans la Ford, avec ses affaires de toilette.

— Une boutique ? fit la vieille quand il eut répété la question. Il y a bien un dépôt, mais on y trouve surtout des conserves. C'est Jim qui les ramène de la ville une fois tous les deux mois. De mon côté, j'ai bien un peu de lait en poudre mais j'ai pas le droit d'en donner. M. Marlowe veille sur les quantités. Et sur le lait, il ne fait aucune concession. Mais si vous avez soif, vous pouvez aller jusqu'au bar. La Jenny se fera un plaisir de vous recevoir. C'est pas bien dur à trouver, il est situé en haut de la rue, sur votre droite.

C'est vrai. Il avait complètement oublié cette histoire de bar.

— En attendant, je vous ai préparé un peu de soupe. Je me suis dit que vous pourriez avoir faim après vous être reposé.

— De la soupe ? Oui, volontiers.

Pour tuer le temps, il avait déjà décidé d'aller s'envoyer quelques bières. Mais avant, manger un morceau lui ferait du bien. Il n'avait rien avalé depuis la veille au soir.

Il alla s'installer à l'une des tables et relâcha sa respiration.

Se retrouver seul, assis sur son banc, lui fit un drôle d'effet. Ces derniers temps, il s'était habitué à la présence du gosse. Aujourd'hui, il ne fallait plus y compter. Dan était parti, et il ne reviendrait pas.

Sam avait fait sa connaissance à Baltimore, un mois plus tôt, au cours d'une partie de poker redoutable où le gosse avait bien failli le plumer. Ça s'était joué à un cheveu avant qu'il réussisse à récupérer sa mise de départ. Puis il avait remporté la main. De justesse : un brelan d'as contre une paire de dames. Le gosse avait tout perdu ce soir-là. Tout du moins, le peu qu'il lui restait à perdre.

Après la partie, Sam s'était proposé de lui offrir un verre. C'était généralement ce qu'il faisait quand il tombait sur un adversaire à sa mesure. Et des types comme le gosse, malgré les nombreuses années qui les séparaient (Sam allait avoir trente-trois ans), il n'avait pas eu l'occasion d'en rencontrer souvent. Dan possédait aussi cette chose en plus que les types de son âge n'ont que très rarement : une certaine maturité d'esprit et une vision plutôt ironique de l'existence.

Après quelques bières, Dan s'était confié : son père avait fait de la taule. Il avait braqué une petite épicerie dans l'Indiana. C'était de là que le gosse était originaire. Puis un beau matin, les matons l'avaient retrouvé recroquevillé sur son lit, le maillot ensanglanté. Il s'était ouvert la gorge avec une lame de rasoir. Quant à sa mère, Danny ne l'avait jamais connue. Elle était morte à sa naissance, peu de temps après l'accouchement. C'était en tout cas ce que son père lui avait toujours raconté.

En entendant son histoire, Sam avait senti sa gorge se

nouer, un peu comme maintenant, assis à la table de la vieille Martha. Tout ça lui avait rappelé ces derniers mois, sa vie passée en solitaire sans personne à qui se confier, même pas de quoi partager les bons moments. Au bout du compte, ils avaient décidé de faire un peu de chemin ensemble. Aujourd'hui, Sam le regrettait. Il aurait mieux fait de ne jamais l'emmener avec lui. Car c'était par sa faute que Dan était mort. Sans lui, le gosse aurait fini par s'en sortir. Il serait retourné au pays, aurait peut-être acheté ce salon de coiffure dont il parlait si souvent. Il se serait marié avec cette fille qui l'aimait, qui l'attendait.

Oui, c'était bien lui qui l'avait tué.

Les mains posées sur la table, Samuel Johnson eut beaucoup de mal à déglutir. Sa gorge le serrait. Il avait l'impression d'avoir perdu une partie de lui-même.

Le gosse ne méritait pas ça, pensa-t-il. *Il ne méritait pas de finir comme ça. Pas de cette manière-là.*

Il renifla, s'efforçant de chasser les larmes qui lui embuaient les yeux. Ce n'était pas le moment de flancher. Pas tant qu'il ne serait pas parti d'ici.

— Et voilà ! annonça la vieille Martha.

Elle revenait avec un bol sur un plateau.

— Ne laissez pas refroidir, mangez. Ça vous fera du bien pendant que c'est chaud.

Puis elle resta là à l'observer, comme si elle n'avait pas vu quelqu'un manger depuis des siècles. Alentour, il y avait toujours ces baisses de courant qui faisaient crépiter les ampoules des appliques.

Au bout d'un moment, Sam l'entendit lui parler :

— Vous savez, monsieur Johnson…

Il leva les yeux vers elle. Son air se fit plus grave et elle se pencha au-dessus de la table, les mains plaquées sur le bord.

— Vous n'auriez point dû venir ici. Vous n'êtes pas le premier et vous ne serez pas le dernier. C'est à cause de la montagne, vous comprenez ? Il y a quelque chose là-bas.

Quelque chose qui nous dépasse vous et moi. Et en toute sincérité, il n'est pas impossible que des gens aient fait des choses pas très jolies dans le passé…

Sam la dévisagea. Immobile, il tenait sa cuillère suspendue au-dessus de son bol, ne comprenant pas à quoi elle faisait allusion.

— C'est pour cette raison qu'il nous arrive parfois de l'entendre, reprit la vieille. C'est comme un bruit de tambour si vous voyez ce que je veux dire. Un grondement qui provient tout droit de la montagne. Ne faites confiance à personne, monsieur Johnson. Ces gens-là, ils sont pas faits comme nous. Et plus tôt vous pourrez partir, mieux ce sera pour vous. Parce que si vous restez…

Elle se redressa soudain, comme si une idée venait de lui traverser l'esprit, interrompant ses pensées.

— Je ferais bien de retourner à mes fourneaux, dit-elle d'un air absent. Je voudrais pas vous importuner avec mes histoires…

En la regardant s'éloigner, Sam se demanda ce qu'elle avait essayé de lui dire. Cette bonne femme était plutôt bizarre en fin de compte. Il n'était pas impossible qu'elle n'ait plus toute sa tête.

Seul détail : elle avait fait allusion à ce bruit de tambour, qu'il avait lui-même cru entendre.

Quand il sortit de l'auberge, la nuit commençait à s'étendre au-dessus de Murton Caves. Le ciel s'obscurcissait à chaque seconde, si bien qu'ici et là, il devenait possible de distinguer les premiers rassemblements d'étoiles.

Il enfouit les mains dans ses poches et se mit à marcher. Le froid était cinglant.

Pendant qu'il s'enfonçait dans l'artère principale, le vent fouettait les murs avec rage, s'engouffrait entre les parois des habitations puis repartait de plus belle, laissant mourir sa longue plainte derrière lui. Une plainte que Sam interpréta comme une oraison funèbre. Un chant ultime venu saluer le départ du gosse, celui de Daniel Patterson. Il s'agissait sans doute du seul hommage qu'il recevrait jamais. Le gosse était comme lui, il n'avait pas de famille. Il serait enterré dans l'anonymat le plus complet. Un étranger parmi des inconnus. De l'engrais pour une terre qui n'avait que trop rarement accueilli ses pas.

Tout en se focalisant sur le bruit de la neige qui craquait sous les semelles de ses chaussures, il repensa aux paroles de la vieille Martha :

« C'est comme un bruit de tambour, lui avait-elle dit. Un grondement qui provient tout droit de la montagne… »

Ainsi que Marlowe l'avait laissé entendre, cette bonne femme était sans doute complètement cinglée. C'était la seule explication qu'il voyait. Il avait beau l'avoir entendu lui aussi – du moins le croyait-il –, il restait persuadé d'avoir été victime d'une hallucination. Peut-être s'était-il déjà assoupi lorsque ça s'était produit. Le martèlement n'avait-il pas cessé à l'instant où il s'était redressé sur son lit ? Eh bien si, justement. Après ça, que la vieille Martha y ait fait allusion ne prouvait rien. C'était une coïncidence. Qu'est-ce qu'il fallait s'imaginer ? Au pis, à supposer que ce bruit existe, il devait y avoir une explication logique. Une explication *rationnelle*. Par ailleurs, rien ne prouvait que le bruit provenait de la montagne.

Il fut tiré de ses pensées par une forme qu'il vit surgir au coin de la rue. La silhouette allongea le pas puis disparut dans une maison, où elle s'enferma à double tour.

Curieux. Les habitants du coin n'avaient pas l'air d'avoir envie que l'on s'intéresse à eux.

Il en arriva alors à une seconde constatation, quelque chose qu'il avait déjà plus ou moins remarqué, sans que ça ne l'interpelle.

Si le village présentait des airs de ville fantôme, ce n'était pas seulement à cause de l'absence de personnes dans les rues. Non, s'il semblait aussi désert, c'était aussi parce qu'il n'y avait aucune voiture qui circulait. Nulle part. Pas plus que l'on en trouvait stationnée. Maintenant qu'il y pensait, hormis le Dodge de Marlowe et le Chevrolet garé en haut de la colline, tout près de la clôture (il s'y trouvait d'ailleurs encore), il ne se rappelait pas avoir croisé de véhicule.

De plus en plus curieux.

Il accéléra le pas et s'efforça de penser à autre chose. Une bière lui ferait le plus grand bien. Depuis son arrivée, il avait l'impression de virer à la paranoïa.

Bien plus qu'à l'accoutumée.

15

Le nom du bar qu'il trouva sur sa droite proposait un jeu de mots assez vaseux : LE BAR'BARIAN, pouvait-on lire sur l'enseigne où s'accrochait une rangée de stalactites.

Il considéra le panneau quelques secondes puis monta les marches jusqu'à l'entrée. De l'autre côté de la porte, de la musique country. Pas vraiment sa tasse de thé. Il ne savait pas quel genre d'énergumènes il allait croiser à l'intérieur, mais pour le moment, les rares spécimens auxquels il avait été confronté faisaient plutôt couleur locale. Rien de surprenant. À Murton Caves, pour autant qu'il le sache, il ne fallait pas s'attendre à débusquer la perle rare.

Il se résolut à entrer et poussa la porte devant lui.

À l'intérieur, ambiance tamisée. Derrière un comptoir en bois encadré de plusieurs bouteilles d'alcool, éclairé par une rampe de spots verts et orangés, un miroir renvoyait l'image d'une déco hyper surchargée : plaques d'immatriculation de plusieurs États, enseignes d'alcool et autre bazar indéfinissable. Au plafond, juste sous les poutres, de grands drapeaux avaient été tendus à l'horizontale. Ils donnaient l'impression que l'on se trimballait sous une toile.

Sam prit la direction du comptoir et remarqua au passage, sur le mur du fond, des têtes d'animaux empaillées. Des cerfs et des daims. Il salua le seul client qui se trouvait là. L'homme portait une chemise de trappeur à carreaux rouges et noirs et frisait la quarantaine. Il semblait ne s'être jamais rasé de sa vie. Il s'installa à trois tabourets de lui et libéra un soupir d'apaisement. Il allait enfin pouvoir relâcher la pression de cette journée.

— Jenny ! appela l'individu après l'avoir longuement dévisagé. T'as un client !

Une jeune femme ne tarda pas à pointer le bout de son nez. Elle émergea de derrière un rideau qui dissimulait une ouverture. Quand Sam la vit apparaître, il baissa les yeux sans le vouloir sur son décolleté. L'homme parut s'en apercevoir, et il n'eut pas l'air d'apprécier.

— Oh ! fit Jenny. C'est vous qui êtes tombé en panne.

Ce n'était pas une question. Sa réputation l'avait précédé.

— C'est ça, répondit-il. Les nouvelles vont vite à ce que je vois.

Elle esquissa un sourire, un brin forcé lui sembla-t-il.

— Qu'est-ce que je vous sers ?

— Vous avez de la bière ?

Depuis le temps qu'il en avait envie.

— Non, c'est un petit bar ici. On n'a pas grand-chose sous la main.

— Ah ! Eh bien dites-moi ce que vous avez, je vais m'adapter.

— On a du Ghrol, intervint le type qui se trouvait à sa gauche.

Il venait de lui lancer un regard noir, taciturne.

— C'est de l'alcool de betterave, expliqua Jenny. C'est Jim qui le fait lui-même.

— Tout juste, approuva l'homme. Mais c'est peut-être un peu fort. Ça ne convient pas à tout le monde…

Sam le vit sourire. Qu'est-ce qu'il lui voulait au juste ?

— Bah, répondit-il sans conviction. Goûtons. Si c'est de

l'alcool du coin… Et puis je pourrai toujours vous adresser mes remarques si j'en ai.

Il avait dit ça pour plaisanter, clin d'œil à l'appui. Jim, lui, n'avait pas l'air d'avoir envie de rire.

Jenny prit une bouteille derrière le bar et posa deux verres devant Sam.

— Je vous accompagne, dit-elle.

Il baissa les yeux. Le liquide incolore qu'elle était en train de lui verser ressemblait à l'un de ces tord-boyaux innommables qui vous détruit l'œsophage en quelques secondes. Tout ça risquait de réveiller ses brûlures d'estomac.

— Prends garde à pas en renverser, fit Jim en levant son verre comme pour trinquer à sa santé. On dit que ça porte malheur dans le pays.

Puis il but cul sec.

L'ambiance était bizarrement tendue…

C'est alors que Sam crut comprendre. Le producteur du coin avait manifestement dans l'idée de le mettre au défi. Ça devait être une tradition dans les bleds comme celui-là. Une sorte de défi à relever. Soit on vous prend pour un blanc-bec, soit vous montrez que vous en avez. Et il n'avait aucune envie qu'on le prenne pour un blanc-bec, surtout après l'épisode du vieux Chuck et de ses six cent cinquante dollars. Il récupéra son verre, l'approcha de ses lèvres puis le descendit lui aussi d'un trait. Ça ne servait pas à grand-chose de jouer si l'on n'acceptait pas les règles.

Mais quand il le reposa sur le comptoir, il crut qu'il allait tout recracher. Il avait la sensation d'avoir avalé une coulée de lave. Des larmes plein les yeux.

— Ça va ? demanda Jenny. Vous êtes tout pâle. Vous voulez un verre d'eau ?

— Je… Non, ça va passer. Ca doit être une habitude à prendre.

— C'est pas qu'une question d'habitude, grommela Jim en détournant les yeux.

Sam fit mine de ne pas entendre… Inutile de perdre son

temps. Si cet abruti avait quelque chose à se prouver… Enfin tout de même, il avait du mal à laisser passer la chose. Il attendit que Jenny ait vidé son verre – cul sec elle aussi – et décida de remettre une tournée.

La porte s'ouvrit peu après : trois hommes entrèrent dans le bar. Une allumette toujours plantée au coin de sa bouche, Jeffrey Marlowe ouvrait la marche. Il était accompagné des deux types qui avaient chargé le fils Willington à l'arrière du Dodge. Un prénommé James, d'après ce que Sam se souvenait, et l'individu au bec-de-lièvre.

— Tiens, tiens, lança Marlowe en l'apercevant juché sur son tabouret. Voilà quelqu'un qui perd pas le nord. À ce que je vois, t'as réussi à dégoter le seul troquet du village.

Les deux autres allèrent s'asseoir à une table. Ils n'eurent pas à commander pour que Jenny aille les servir.

— On me l'a indiqué, fit Sam.

— Mmh, la vieille Martha, devina Marlowe. On peut dire qu'elle perd pas le nord non plus celle-là… Et toi, mon vieux Jim, comment va ?

Il donna une brève friction sur l'épaule de l'intéressé.

— T'as goûté l'alcool de Jim ? On raconte qu'il n'y en a pas de meilleur dans la région.

Sam acquiesça.

— Je viens justement d'en reprendre un.

Marlowe regarda le verre posé devant lui.

— Bon. J'espère que t'es bien installé. Je viens de repasser voir le vieux. D'après lui, y a pas de problème pour ta voiture. Y a même des chances qu'elle soit prête plus tôt que prévu. Qui sait, peut-être en fin de matinée.

— Oh, formidable ! fit Sam, en surprenant un coup d'œil de Jenny.

— En attendant, profite bien de ta soirée, dit Marlowe. On sait jamais ce que l'avenir nous réserve…

Il le salua d'un coup de chapeau puis alla s'asseoir à la table en compagnie des deux autres.

Bonne nouvelle. La chance ne l'avait pas encore abandonné. Sa vieille Ford n'irait pas rejoindre les autres épaves dans le fond de la cour du vieux Chuck. Maintenant qu'il y pensait, il se disait qu'il aurait peut-être dû lui demander de lui installer des chaînes-neige. Il n'y avait pas songé sur le moment. Qui sait, peut-être en possédait-il dans son bric-à-brac ? Il décida de lui en toucher deux mots quand il récupérerait sa voiture, quitte à se délester de quelques billets de plus.

Il sortit de sa rêverie et aperçut Jenny, juste en face de lui. Elle tenait une bouteille de Ghrol et semblait préoccupée. Elle avait de grands cernes sous les yeux, qu'il n'avait pas remarqués avant. Ses longs cheveux roux et bouclés étincelaient à la lumière des spots.

— Videz votre verre, dit-elle. C'est ma tournée.

— Oh…

Il éclusa, surpris de sentir l'alcool passer aussi bien.

— Il y a longtemps que vous êtes dans le coin ? demanda-t-il pendant qu'elle leur servait les verres.

S'il avait posé la question, c'est parce qu'elle ne lui semblait pas venir de la région. Son accent était différent.

Elle hésita avant de répondre.

— Un peu moins d'un an…

— Et vous venez d'où ?

— Cleveland, vous connaissez ?

— Non. Jamais mis les pieds.

— Et vous ?

— D'un peu partout. Mais je suis originaire de Chicago si c'est ce que vous voulez savoir.

Il ignorait si elle était heureuse de vivre ici. À la voir, il l'aurait plutôt imaginée ailleurs. Où, il ne savait pas. Mais pas dans un village isolé de tout.

— Jenny ! appela soudain Marlowe. T'as rien d'autre à faire que de raconter ta vie ? Remets-nous donc trois verres, ça va t'occuper !

— J'arrive ! lança-t-elle. Je reviens.

Sam la regarda s'éloigner. Dans le mouvement, il croisa

le regard de Jim… Jim qui était peut-être jaloux. Ce qui pouvait très bien expliquer le courant glacial qui s'était installé entre eux depuis le début.

Il détourna les yeux et en profita pour détailler les têtes d'animaux empaillés. Il n'aurait pas aimé vivre ici. Passer son temps avec des bestioles vidées de leur sang, très peu pour lui. La taxidermie était un beau métier, similaire à celui d'un thanatopracteur. Il avait toujours eu une fascination étrange pour les gens qui s'occupaient de préparer les morts. Transfigurer la charogne était un art morbide.

Pendant un instant, il se demanda si quelqu'un maquillerait le visage du gosse avant de le mettre en bière. Lui rendrait-on les pommettes plus saillantes, la peau un peu moins blême ? À quoi bon, vu que personne ne viendrait lui dire adieu de toute façon ?

— Vous aimez la country ? demanda une voix.

C'était Jenny. Et elle n'avait pas l'air de bonne humeur. Peut-être à cause de la remarque désobligeante que lui avait adressée Jeffrey Marlowe.

— Pardon ?

— La musique country, vous aimez ?

— Euh…

Jenny monta le volume du poste et contourna le comptoir. En la voyant s'approcher, Sam crut comprendre ce qu'elle avait en tête. Et ça ne lui plaisait pas. Se livrer à une chorégraphie endiablée dans un bar dont les clients se comptaient sur les doigts d'une main était loin d'être son truc. D'autant plus que Jim ne le quittait plus des yeux.

— Attendez, dit-il. Je ne suis pas sûr de…

— Allons, venez. Ce n'est pas une danse qui va vous tuer. C'est *Folsom Prison Blues*, de Johnny Cash.

Elle le saisit par le bras et l'entraîna au milieu du bar. Sam sentait l'effet du Ghrol à présent. Il ne devait pas y avoir que de la betterave dans sa composition. Pour le reste, il n'avait pas envie de danser. Il se sentait aussi stupide qu'un type dont le pantalon viendrait de craquer à l'entrejambe.

Sans lui laisser l'opportunité de refuser, Jenny lui prit les mains et les guida jusqu'à ses hanches. Puis ils commencèrent à danser l'un contre l'autre. En plus de ses cheveux qui lui effleuraient le visage, Sam pouvait sentir son odeur – une odeur particulière qui ne le laissait pas indifférent.

Quand Jenny se trouva dos aux quatre hommes, elle approcha ses lèvres de l'oreille de Sam :

— Ne dites rien. Quoi qu'il arrive, restez avec moi. Ne quittez pas le bar, vous m'entendez ? Surtout ne quittez pas le bar !

Il fronça les sourcils. Elle n'avait pas envie qu'on la voie lui parler. Il risqua un œil en direction de Marlowe et crut voir passer une lueur étrange au fond de son regard. Un éclat jaunâtre, comme si durant une fraction de seconde ses yeux s'étaient mis à briller dans la pénombre.

Il attendit de se trouver dos à lui pour s'adresser à Jenny :

— Pourquoi me dites-vous ça ?

La réponse arriva au tour suivant, et le rendit plus mal à l'aise qu'il ne l'était :

— Faites-moi confiance. Ne quittez pas le bar. Vous êtes en danger, ici.

Elle avait bien articulé la fin de sa phrase.

Où est-ce qu'elle voulait en venir ?

Du coin de l'œil, il aperçut Jim terminer son verre et descendre de son tabouret. Il fut alors convaincu qu'il allait se diriger vers lui. Pour quoi faire, il n'en avait pas la moindre idée, mais certainement pas pour lui serrer la main. Au final, il le vit prendre le chemin de la sortie et en éprouva du soulagement. La porte claqua derrière lui. C'était désormais une certitude : Jim était jaloux.

Les dernières notes de *Folsom Prison Blues* résonnèrent enfin et laissèrent place au silence. Seulement quelques secondes. Ensuite, le transistor enchaîna sur un nouveau morceau de country.

Jenny repoussa poliment Sam. Signe que leur petit pas de danse s'arrêtait là.

— Alors, vous voyez, dit-elle en souriant. Ce n'était pas si terrible.

Sur son visage, aucune trace de l'étrange discussion qu'ils venaient d'avoir. Il la regarda s'éloigner du côté de Marlowe et de ses deux compagnons et voulut rejoindre son tabouret. La porte s'ouvrit à ce moment-là.

Dans l'embrasure, une silhouette armée d'une hache. Sam crut d'abord qu'il s'agissait de Jim, qu'il était revenu lui régler son compte... Mais ce n'était pas Jim. L'homme qui se trouvait là était en réalité plus vieux que lui, et beaucoup moins costaud. Quand il s'avança à la lumière, Sam vit que son visage exprimait une profonde douleur.

— Hap Willington, murmura Jenny.

Aussitôt, Marlowe, l'individu au bec-de-lièvre et l'homme à la veste de treillis se levèrent de concert. Ce dernier porta une main à sa ceinture – sa main gantée, que Sam avait déjà aperçue – et la posa sur la crosse nacrée d'un revolver que l'on pouvait entrevoir dans l'entrebâillement de sa veste.

Tout ça ne présageait rien de bon.

— Eh ben, Hap, fit Marlowe d'un ton serein. T'es pas encore couché à l'heure qu'il est ?

— T'as tué mon fils, déclara Willington en s'avançant vers lui. T'as tué mon fils, putain ! Je t'avais pourtant bien dit de le laisser tranquille !

— Allons, Hap, qu'est-ce que tu racontes ? Tu as trop bu, tu devrais rentrer chez toi.

— Je vais te crever, bordel. Je jure que je vais te crever !

En un instant, tout dégénéra. Hap Willington se rua en avant, bien décidé à frapper Marlowe à la tête. L'homme au Stetson esquiva l'attaque et parvint à arracher la hache des mains de Willington. Il la jeta sur le côté, où elle alla glisser sous une table. Le type au bec-de-lièvre hésita, puis il se baissa pour la ramasser.

— C'est pas raisonnable, Hap, fit Marlowe. Pourquoi tu viens me menacer en plein bar ? Je ne t'ai rien fait. C'est un accident, rien de plus. Qu'est-ce que tu vas t'imaginer ?

Hap Willington parut déconcerté. Il se redressa et se précipita sur Marlowe, tentant cette fois de le bombarder de coups de poing qu'il lançait de manière désordonnée. Avec une agilité surprenante, Marlowe évita de nouveau l'assaut. Il parvint à maîtriser Willington et l'immobilisa, les deux mains plaquées derrière le dos.

Il y eut un gémissement.

— Je crois qu'on ferait mieux d'aller faire un tour, toi et moi. T'as sans doute pas envie de te donner en spectacle. Encore moins le jour de la mort de ton fils.

— J'veux voir son cadavre ! hurla Willington. Montre-moi son cadavre si t'es un homme !

Il avait le visage d'un dément.

— Allons, Hap, tenta de le raisonner Marlowe. Je suis pas sûr que ce soit l'endroit pour ça. Viens, on va prendre l'air. Ça va te changer les idées.

Le regard de Hap dériva vers le comptoir. Dans ses yeux, Sam y vit l'angoisse. La peur.

— Je veux pas sortir avec toi refusa Hap d'une voix tremblante. Vous êtes des salauds tous les trois. Mais vous l'emporterez pas au paradis. Un jour ou l'autre, on se débarrassera de vous. Et vous avez qu'à voir l'état de votre…

L'individu à la veste de treillis lui envoya son poing dans la figure et Hap Willington fut sonné. Il resta suspendu au-dessus du sol, la tête pendant sur sa poitrine. Si Marlowe l'avait lâché, il se serait effondré.

— James, qu'est-ce que tu fais ? lança Marlowe. Qu'est-ce qui te prend ? T'avais besoin de le frapper ?

Il envoya un regard embarrassé à l'attention de Sam. Derrière le comptoir, Jenny avait les bras croisés sur sa poitrine, les mains posées sur ses épaules. Elle tremblait.

— Excusez-le, dit Marlowe en ajustant son Stetson sur sa tête. Il a perdu son sang-froid. Ça lui arrive tout le temps de perdre son sang-froid. Pas vrai, James, que ça t'arrive tout le temps ?

À contrecœur, l'individu acquiesça.

— On va l'emmener avec nous, fit Marlowe. On va devoir le ramener chez lui.

Les deux hommes soulevèrent Willington en le prenant chacun sous un bras et le traînèrent jusqu'à la sortie. Jeffrey Marlowe resta songeur. Il avait l'air aussi calme que si Willington n'était jamais entré dans le bar.

— Désolé pour le pauvre Hap, finit-il par dire. C'est pas rien que de perdre son fils. Avec tout ce qu'il a bu, on va devoir s'occuper de lui. Ça m'étonnerait pas qu'il essaie de faire une connerie.

Sam demeura silencieux. Les quelques minutes qui venaient de s'écouler lui avaient ôté toute envie de s'exprimer.

— Tu veux qu'on te dépose ? lui demanda l'homme au Stetson. On peut faire un détour si tu veux ?

— Non, je… Je crois que je vais marcher un peu. J'ai besoin de prendre l'air.

— Comme tu voudras, répliqua Marlowe. (Il se tourna vers Jenny :) À quelle heure est-ce que tu fermes ?

— Pareil que d'habitude.

Elle avait répondu sans le regarder. Elle devait avoir la gorge serrée, pensa Sam. Il l'entendait dans sa voix.

— Alors à demain, conclut Jeffrey Marlowe en abaissant l'avant de son Stetson. Encore navré pour le dérangement.

Il fit demi-tour et s'éloigna en direction de la porte.

16

— Ça va ? demanda Sam.

Derrière le comptoir, Jenny semblait avoir des difficultés à se remettre de ses émotions. Ses cernes n'en paraissaient que plus marqués. Il lui fallut pas moins de cinq secondes pour parvenir à parler, dont pas loin de la moitié pour arriver ne serait-ce qu'à ouvrir la bouche.

— Vous avez des cigarettes ?

— Des cigarettes ? Non, j'ai arrêté.

Il avait arrêté à la mort de son vieux. Un peu auparavant, quand il avait commencé à prendre conscience des dégâts qu'occasionnait un cancer généralisé. La mort était une chose, la souffrance en était une autre. Et s'il était impossible de s'affranchir de la première, il avait bien l'intention de se passer de la seconde.

— Moi aussi, dit Jenny. Mais j'en aurais volontiers pris une…

Elle baissa le volume du poste et leur servit deux verres. Pour « détendre l'atmosphère », s'empressa-t-elle d'ajouter. Sam examina ses mains. Jenny tremblait toujours. Légèrement, mais assez pour qu'il le remarque.

Il la regarda reboucher la bouteille de Ghrol.

— Le fils Willington, interrogea-t-il. Vous le connaissiez j'imagine ?

Elle leva les yeux vers lui. Des yeux verts très clairs, qui lui rappelèrent les eaux cristallines de Kadihiri.

— Oui. Tout le monde se connaît ici. Même si la plupart des gens sortent rarement de chez eux…

Il y eut un silence. De vagues accords de country s'élevaient toujours du transistor. Jenny s'éloigna jusqu'à une fenêtre où elle risqua un regard derrière les rideaux.

— Ils sont partis ? demanda Sam.

Elle répondit par un hochement de tête. Avant de revenir vers le comptoir, elle fit un détour par la porte d'entrée, qu'elle verrouilla à double tour.

— Si vous préférez rester seule, dit-il, je peux très bien…

— Non, restez. Si je ferme à clé, c'est pour éviter qu'on nous dérange.

À nouveau, ses paroles attisèrent sa curiosité. Il trempa les lèvres dans son verre de Ghrol et réprima une grimace. Jenny venait de repasser derrière le comptoir.

— Pourquoi m'avoir demandé de ne pas quitter le bar, tout à l'heure, pendant qu'on dansait ?

La réponse se fit attendre, et si Jenny avait eu des cigarettes, Sam était convaincu qu'elle en aurait allumé une.

— Je croyais vous l'avoir dit.

— La seule chose que vous m'avez dite, c'est que j'étais en danger. Est-ce que ça a un rapport avec Jim, le producteur de Ghrol ? J'ai cru comprendre qu'il ne me portait pas dans son cœur.

Elle étrangla un rire.

— Non, Jim est jaloux, rien de plus. Il n'y a rien à craindre de lui.

— Ah, eh bien dites-moi. Pour quelle raison pensez-vous que je suis en danger ?

— Comment vous vous appelez ? Je ne connais même pas votre nom.

— Sam… Vous pouvez m'appeler Sam.

Elle détourna les yeux.

— Vous n'avez rien remarqué d'étrange en arrivant ici ?

Il la considéra un instant.

— Étrange ? Étrange comment ?

— Étrange, juste étrange. Des choses qui n'auraient pas leur place ici, dans un petit village comme celui-là.

En réalité, c'était plutôt l'inverse. Ce n'étaient pas les choses étranges qui manquaient selon lui. Entre les événements qui venaient de se dérouler dans le bar et les paroles de la vieille Martha – sans oublier ce mystérieux bruit de tambour –, il commençait à se poser des questions.

— C'est un euphémisme, finit-il par admettre. Il y a tant de choses étranges que je ne saurais même pas par où commencer.

— Écoutez, si je vous ai demandé de rester tout à l'heure, c'est parce que j'avais à vous parler. Et tant que Marlowe, James Splatwood et Jon Bauer étaient là, je ne pouvais pas le faire. Pas comme maintenant… Heureusement, ou malheureusement pour lui, Hap Willington est arrivé.

Sam trouvait l'attitude de la jeune femme de plus en plus mystérieuse. Il leva son verre et le descendit de moitié.

— Il faut que vous me promettiez une chose, dit-elle. Tout ce que je vais vous dire doit rester entre nous. N'en parlez à personne, et surtout pas aux trois types que je viens de citer.

— Très bien, fit Sam. Je vous écoute… De quoi voulez-vous me parler ?

Elle relâcha sa respiration.

— J'ai besoin de votre aide… J'aimerais que vous m'aidiez à partir.

Il y eut un blanc. Pendant ce court laps de temps, Sam se demanda si elle n'était pas en train de plaisanter.

— À partir ? Mais d'où est-ce que vous voulez partir ? De Murton Caves ?

— Oui.

Il ne comprenait pas.

— Et qu'est-ce qui vous en empêche ?

— La vraie question serait plutôt *qui* m'en empêche…

Elle prit la bouteille de Ghrol et remit les verres à niveau.

— Marlowe et ses hommes sont dangereux, reprit-elle. Ce sont eux qui m'empêchent de partir. Ils sont six au total : il y a ceux que vous avez vus, James Splatwood et Jon Bauer, mais il y a aussi le Dr Brown et un certain Robert Nash. Le vieux Chuck en fait partie lui aussi. Avec Marlowe, ça fait six. Vous avez vu la clôture, n'est-ce pas ?

— Celle qui entoure le village ?

— Oui. Eh bien d'après vous, à quoi est-ce qu'elle sert ?

Il réfléchit.

— À tenir les bêtes à l'écart ? J'ai cru comprendre qu'il y avait des animaux sauvages dans le secteur ?

— Et vous y avez cru ?

— Pourquoi pas ? Après ce qui est arrivé au fils Willington…

— Allons, rétorqua Jenny. Jesse Willington n'a jamais été attaqué par des bêtes. Pas plus qu'il n'en rôde autour de ce village…

Il la jaugea du regard.

— Comment le savez-vous ? Vous avez vu son corps ?

— Non.

— Vous n'avez pas vu son corps ?

— Non, répéta Jenny.

— Alors je ne comprends pas. Comment pouvez-vous affirmer qu'il n'a pas été attaqué par des bêtes si vous n'avez même pas vu son corps ?

— Parce que j'habite ici, Sam. Et ce n'est pas la première fois qu'un tel événement se produit. En réalité, ça arrive même très souvent. Beaucoup plus que vous ne pouvez l'imaginer. Quant à cette clôture, elle n'a jamais été placée pour nous protéger. Elle est là pour nous retenir prisonniers. Pour nous empêcher de partir.

Il s'écarta du comptoir.

— Mais qu'est-ce que vous racontez ? Vous délirez !

— Oh non, croyez-moi. C'est la stricte vérité.

— Et ce Jesse Willington alors ?

— Alors quoi ?

— Eh bien s'il n'a pas été attaqué par des bêtes, comme vous avez l'air de le penser, qu'est-ce qui a pu causer la blessure qu'il portait à la poitrine ?

— Je ne suis pas sûre que vous aimeriez le savoir…

— Dites toujours.

— Écoutez, peu à peu le village se vide. Il y a de moins en moins de monde à Murton Caves. Depuis mon arrivée, vous êtes le premier étranger que je vois. Mais je sais qu'il y en a eu d'autres avant vous. Et je peux vous assurer une chose : de tous ceux qui sont venus ici, aucun n'est jamais reparti vivant.

Il l'observa longuement. Il commençait à regretter de s'être aventuré jusqu'au bar. Il aurait dû rester à l'auberge.

— Vous me faites marcher, dit-il. Qu'est-ce que c'est que cette histoire ? Qu'est-ce que vous essayez de me dire ?

— C'est pourtant clair, vous ne voyez pas ?

D'un geste nerveux, il prit son verre.

— En venant ici, vous avez signé votre arrêt de mort, reprit Jenny. Pour le moment, Marlowe et les autres sont occupés avec Jesse et son père. Mais dès qu'ils en auront fini avec eux, c'est vers vous qu'ils se tourneront. Vers vous ou vers quelqu'un d'autre. Ça peut prendre quelques jours. Des semaines peut-être. Un mois ou deux si vous avez de la chance. Mais ça n'ira pas plus loin, croyez-moi. Un jour ou l'autre, c'est à vous qu'ils s'en prendront.

Il but. Il n'aimait pas la tournure que prenait la discussion. À croire que tout le monde était cinglé dans ce patelin.

— Vous êtes encore plus parano que moi, dit-il. Et croyez-moi, ce n'est pas peu dire…

Mais Jenny revint à la charge :

— Qu'est-ce qu'il vous faut pour me croire ? Vous voulez que je vous emmène voir les cadavres qui reposent au fond de la fosse ? Ce qu'il en reste ? Parce que si c'est ce que vous voulez, je peux arranger ça très vite. Il n'y a vraiment qu'à demander !

Il faillit avaler de travers :

— … Pardon ?

— Des cadavres, répéta Jenny. Par dizaines !

— Mais qu'est-ce que vous racontez ? Marlowe vient de m'informer que ma voiture serait prête demain !

— Évidemment, il n'allait quand même pas vous dire ce qu'ils comptent en faire !

— Et qu'est-ce qu'ils comptent en faire, d'après vous ?

— C'est très simple. Demain matin, Marlowe vous annoncera qu'il y a un problème : soit que le vieux Chuck n'a pas trouvé la pièce de rechange, soit que la réparation sera plus longue que prévu. Il y a d'ailleurs de fortes chances pour que votre voiture soit déjà désossée à l'heure qu'il est. Et dans quelque temps, elle ira croupir au fond de la cour, au milieu des autres épaves.

Il avait de plus en plus de mal à réaliser ce qu'elle était en train de lui dire. Il se frotta un instant les paupières. Un amas de petits noirs clignotaient devant ses yeux. La fatigue. À moins que ce ne soit lié aux verres de Ghrol qu'il venait de s'enfiler. Quelle qu'en soit la cause, il ne se sentait pas bien. Il avait besoin de prendre l'air.

— Qu'est-ce que vous faites ? demanda Jenny en le voyant descendre de son tabouret.

— Je crois que je vais rentrer me coucher. Je n'ai pas envie d'écouter vos histoires…

— Quoi, vous ne me croyez pas ? Vous ne voyez pas que j'essaie de vous aider ?

— Je croyais que c'était moi qui devais le faire !

Il prit le chemin de la sortie. Jenny le rattrapa avant même qu'il soit arrivé sur le seuil.

— Sam, attendez. Qu'est-ce qui vous prend ?

— Écoutez, je suis fatigué. J'ai de la route à faire demain. Deux bonnes raisons pour ne pas écouter vos salades plus longtemps.

— Alors c'est ça, vous me prenez pour une folle ? Vous croyez que Hap est fou lui aussi ? Je vais vous dire qui a tué Jesse Willington : c'est Jeffrey Marlowe et ses hommes. De leurs propres mains ! Vous n'avez qu'à demander à la vieille Martha ce qu'elle en pense, elle vous racontera la même chose que moi !

— Il va falloir trouver quelqu'un d'autre, fit Sam. La vieille Martha est encore plus siphonnée que vous.

Il essaya d'ouvrir mais se rappela que la porte était fermée à clé. Jenny le retint par le bras.

— Sam, ne faites pas n'importe quoi. Vous n'avez aucune idée de ce qui vous attend, dehors.

— Dehors ?

Il ne put retenir un ricanement.

— À vous entendre, il n'y a pas de pire endroit au monde !

— Je suis sérieuse !

— Et moi donc ! Allez, bonne nuit Shéhérazade.

Il déverrouilla la porte d'entrée et voulut sortir. Mais Jenny l'en empêcha, la paume plaquée au centre du battant.

— Sam, je ne vous ai pas tout dit à propos de Marlowe et de ses hommes…

— Eh bien n'en dites pas plus. Vous devriez aller consulter, vraiment. La maladie que vous avez porte un nom. Vous n'avez qu'à aller voir ce… Ce Dr Brown si je ne m'abuse. Il vous fera certainement un prix !

Elle le dévisagea, furieuse. Puis, soudain, elle le prit par le col du manteau et plaqua ses lèvres contre les siennes.

Sam n'avait jamais rien compris aux femmes, et encore moins à celle qui se trouvait devant lui en ce moment. Il se contenta de rester immobile, lèvres serrées, puis la repoussa tout en douceur.

— Si c'était pour coucher avec moi, dit-il, vous n'aviez pas besoin…

Elle le gifla.

— Sortez d'ici ! J'espère que vous allez vous faire étriper en traversant la rue !

Il y eut un moment embarrassant, aussi bien pour elle que pour Sam, même s'il s'efforçait de ne pas le montrer. Au bout d'un certain temps, il lui sembla que le moment était venu de prendre congé.

— Bonne nuit à vous aussi.

Il sortit dans l'air glacial.

Dehors, il trouva le village aussi désert qu'auparavant. Aucune trace de Jeffrey Marlowe et de ses deux acolytes. Ni du père Willington. Un peu plus de 17 heures et la nuit était déjà tombée au-dessus de Murton Caves. Un ciel parsemé d'étoiles.

Il emprunta la courte volée de marches et descendit jusqu'à la route.

Il se demanda s'il l'avait crue... Ou s'il avait préféré ne pas la croire. Quoi qu'il en soit, cette Jenny l'avait inquiété avec toutes ces allégations, et il n'avait pas besoin de ça.

Il fit quelques pas dans la neige et s'arrêta un instant pour contempler les étoiles. Tout ça l'avait toujours fasciné, le miracle de la vie, la naissance de l'univers... Il aurait aimé vivre là-haut lui aussi. Peut-être la vie était-elle plus simple là-haut ? Peut-être était-ce là-haut, en définitive, qu'il trouverait ce coin de paradis qu'il recherchait ?

Un bruit le fit se retourner et il pivota en direction d'une ruelle. Elle s'enfonçait entre le mur du Barbarian et celui d'un autre bâtiment...

C'était idiot. Voilà qu'il se mettait à sursauter pour un rien. Avec cette histoire de cadavres, il allait sans doute avoir du mal à fermer l'œil.

Il voulut reprendre sa marche mais, au même moment, un bruit se mit à résonner, lointain. Dès lors, Sam n'eut plus aucun doute sur son existence.

C'était un grondement de tambour, sourd et menaçant,

qui se répandait dans la nuit comme si le sol venait de se mettre à trembler sous ses pieds.

Il lui parut évident qu'il provenait de la montagne.

« Je vais vous dire qui a tué Jesse Willington : c'est Jeffrey Marlowe et ses hommes. De leurs propres mains ! »

Il fixa à nouveau l'entrée de la ruelle. Il lui avait semblé entendre un nouveau bruit, plus proche.

Il allait s'avancer pour essayer de déterminer ce qui l'avait provoqué quand une silhouette émergea soudain de l'obscurité, plus sombre que la nuit elle-même. Elle devait faire une bonne tête de plus que lui.

Sam n'eut pas le temps de réagir : la forme s'élança vers lui, l'agrippa avec force, puis l'entraîna au fond de la ruelle. Il n'eut même pas le réflexe de lutter.

17

À quelques miles de Murton Caves, le Nissan poursuivait sa route. À son bord, Clarence conduisait à une allure modérée. La nature avait peu à peu repris ses droits sur le monde civilisé dont il ne semblait rester que cette portion de bitume, qui circulait parmi de grandes étendues blanches et désertiques, sans aucune habitation en vue.

Johnson était vraiment imprévisible. Qui sait où il les entraînerait la prochaine fois s'il parvenait à s'échapper ?

Ronald se raidit soudain sur son siège :

— Stop ! Arrête-toi !

— Quoi ? T'as vu quelque chose ?

— La route : on vient de la dépasser !

Clarence grommela un son de mécontentement. Il aurait préféré que son frère la lui signale à l'avance. Il leva aussitôt le pied de l'accélérateur et alla se ranger un peu plus loin. Bien qu'ils n'eussent croisé aucun véhicule depuis un bon moment, il mit ses feux de détresse. Il se pencha au-dessus de la carte.

— Là, fit Ronald, une petite lampe torche à la main. Tu vois ? On ne doit plus être très loin. Trois ou quatre miles.

Clarence observa le tracé. Il n'avait pourtant pas remarqué de route. Il se décida toutefois à reculer et, au bout de quelques mètres, ils trouvèrent la voie qui grimpait à travers la montagne. S'il ne l'avait pas repérée lors de leur premier passage, c'est parce qu'elle était recouverte de neige.

— Ce sont sans doute les traces de Johnson, estima Beaufort, le visage près de la vitre.

Clarence acquiesça. Malgré l'amas de flocons qui était tombé jusqu'en ce milieu d'après-midi, les traces de pneus qui sillonnaient la chaussée étaient restées visibles. Un seul véhicule. La preuve que Johnson mis à part, personne n'était passé par là.

Il tira son revolver de sous sa veste et examina le chargeur. Ron en profita pour descendre pisser.

Pendant que son frère se soulageait la vessie en admirant la neige qui fondait au contact du liquide doré – comme s'il pissait de l'acide chlorhydrique, s'imaginait Ron –, Clarence se disait que Miguel Beaufort avait bien fait de se procurer un 4×4. Il s'imaginait mal s'aventurer sur cette route avec sa BMW, même après l'avoir fait équiper de quatre pneus-neige. Maintenant qu'il y pensait, il trouvait l'attitude de Johnson irréfléchie. Il ne comprenait pas quelle mouche l'avait piqué en s'engageant sur cette route sans prendre ses précautions. Et à plus forte raison avec une Ford aussi déglinguée que la sienne. Inconscience ? Courage ? Il n'aurait su le dire, mais il penchait cependant pour la première solution.

Ronald remonta à bord.

— Pfff, j'en pouvais plus. J'ai rarement eu une envie de pisser comme celle-là !

— C'est bon ? lui demanda Clarence. On peut y aller maintenant ?

— C'est bon, accorda Ron. Je suis paré.

À l'arrière, Miguel Beaufort était silencieux, se contentant de jouer avec sa chevalière. Ce n'était plus qu'une question de temps. Où qu'il soit, Johnson allait bientôt connaître l'enfer. Et quand ils auraient fini de s'amuser avec lui, ils traîneraient son corps au fond des bois. Beaufort avait pris soin d'apporter deux pelles en plus du petit arsenal personnel qui ne le quittait qu'en de rares occasions. La forêt qui s'étendait à perte de vue deviendrait le tombeau de Johnson. On ne le retrouverait sans doute jamais. Il sombrerait dans l'oubli, comme son père, là où il aurait toujours dû rester.

À cette pensée, un sourire naquit au coin de ses lèvres. Une fente sinistre, qui tenait plus du rictus que d'autre chose.

18

La forme l'entraînait au fond de la ruelle. Sam n'eut pas le temps de comprendre ce qui lui arrivait : il sentit une main l'agripper par le manteau, et l'instant d'après, il fut projeté à deux ou trois mètres en avant, renversant au passage un barbecue rouillé qui encombrait l'allée. Il acheva son vol plané à plat ventre, les bras tendus devant lui.

La bouche remplie de poudreuse, il dut cracher plusieurs fois. Puis il trouva la force de rouler sur le côté et découvrit l'identité de son agresseur : Jim, le producteur de Ghrol. En le voyant s'approcher en roulant des mécaniques, il eut l'image d'un ours chaussé d'une paire de raquettes.

L'homme s'arrêta à quelques pas, l'index pointé dans sa direction :

— T'as pas à lui tourner autour ! s'exclama-t-il dans un flot de postillons. Qu'est-ce que tu crois ? Que tu peux ramener ta fraise ici et faire comme bon y te semble ?

Jim avait l'air furieux. Sam sut d'emblée qu'il devait prendre ses propos au sérieux.

— Une petite minute, protesta-t-il. Il n'y a absolument rien entre moi et cette…

Pas le temps de terminer sa phrase. Il fut soulevé du sol puis Jim le propulsa au milieu d'une cour, à quelques mètres de la porte arrière du Barbarian.

Sam entendit craquer près de sa manche lorsque Jim le lâcha.

Il tenta de se relever mais Jim le repoussa à terre.

— Je te laisserai pas fricoter avec elle ! Elle fricotera pas avec quelqu'un d'autre que moi, la Jenny ! Et surtout pas avec une saloperie d'étranger !

La situation était critique. C'était bien sa veine, à peine venait-il de s'envoyer quelques verres qu'un imbécile notoire en profitait pour lui tomber dessus. Il trouva néanmoins la force de se relever et s'agrippa au grillage qui se trouvait derrière lui.

Le craquement qu'il avait entendu provenait de son manteau : de sa poche. Et dans la cour, il y avait surtout ses putains de dollars éparpillés.

Sam fit un pas en avant. Non pour riposter, mais plutôt dans l'optique de récupérer son fric. Jim n'eut pas l'air de saisir. Il lui décocha un coup de poing à la mâchoire et Sam s'effondra. Quand il rouvrit les yeux, il vit que Jim était assis sur lui : cent quarante kilos.

— J… Jim, tenta-t-il d'articuler. Je… te dis qu'il n'y a rien entre moi et cette…

Il eut soudain du mal à respirer. Jim venait de passer les mains autour de son cou. Il essayait de l'étrangler.

Sa première réaction fut d'essayer de parler, ou de crier, il ne savait pas ce qu'il voulait faire. Puis, constatant qu'aucun son ne sortait de sa bouche, il plaqua les mains contre le visage de son agresseur et tenta de le repousser. En vain. La peau du producteur de Ghrol se plissa comme celle d'un bouledogue sous la pression de ses doigts. Il aurait presque pu atteindre ses yeux.

Lui qui s'était fait tant de mouron à propos des frères Manchester, il était sur le point de succomber à cause de la jalousie d'un type qu'il connaissait à peine.

Il y eut alors un bruit de verre brisé et une forte odeur d'alcool se répandit. Jim eut un regard étrange, presque bovin. Puis, de tout son poids, il s'écroula sur Sam.

— Vous en faites du bruit, lança une voix. Je croyais que vous étiez rentré vous coucher ?

Il entendit comme un râle, qui provenait en réalité de sa propre gorge. Avec l'air qui entrait de nouveau dans ses poumons, il avait l'impression de suffoquer. Il arriva à reprendre sa respiration et une quinte de toux s'ensuivit. À la lumière des étoiles, il reconnut Jenny, le goulot d'une bouteille brisée à la main.

— Ce… Ce type a failli me tuer ! murmura-t-il.

Il parvint à se dégager de sous le corps et se traîna à quatre pattes dans la neige. Sa lèvre pissait le sang. Un liquide rouge brillait au bout de ses doigts.

Jenny s'avança.

— Faites-moi voir, dit-elle.

Il la repoussa d'un mouvement du bras.

— Laissez-moi tranquille, d'accord ?

— Vous êtes revenu pour le baiser ou pour la gifle ?

— Je ne saurais vous le dire… Peut-être bien pour les deux. C'est votre copain, là. Il m'attendait dans la ruelle.

Il se massa la lèvre. Il lui semblait qu'elle enflait. Ce Jim ne l'avait pas raté. Une chance qu'il ne lui ait pas pété le nez.

— Il va falloir improviser, fit Jenny. On peut dire que vous avez le chic pour vous attirer des ennuis.

Il la fusilla du regard.

— Dites-moi, ce n'est tout de même pas moi qui suis venu vous inviter à danser !

— Je vous ai dit pourquoi je l'avais fait. Ça n'avait rien à voir avec Jim. Et puis j'ignorais que ça le mettrait dans cet état.

— Ah oui ? Eh bien pensez-y à l'avenir. C'est *vous* qui attirez les ennuis. Moi je ne fais que passer !

Il se baissa pour ramasser son fric.

— C'est à vous tout cet argent ?

— À qui d'autre d'après vous ?

Elle commençait à lui taper sur le système.

Quand il eut récupéré ses billets, il examina son manteau et les glissa au fond d'une poche, en s'étant préalablement assuré qu'elle n'était pas déchirée.

— Vous allez me laisser regarder à présent ?

— Quoi donc ?

— Votre lèvre.

Il capitula.

— Ça fait mal ?

— Un peu…

— Il va falloir désinfecter.

— C'est si grave ?

— Non. Mais vous n'aimeriez pas que ça le devienne.

— Et lui ? Qu'est-ce qu'on en fait ? J'imagine qu'il ne va pas être de très bonne humeur quand il va reprendre connaissance ?

— On va le mettre à l'intérieur, décida Jenny. Après, on avisera. Je vais avoir besoin de votre aide.

Il baissa les épaules.

— Allons-y. Au point où on en est de toute façon… Je ne sais pas ce que vous lui avez fait, mais ce type est raide dingue de vous.

Ils passèrent la porte de derrière et longèrent une portion de couloir qui donnait sur une salle à manger. Jim était lourd, mais une fois à l'intérieur, ce fut presque une partie de plaisir de le traîner jusqu'au tapis du salon, près d'une table et d'un vieux canapé en cuir rapiécé. Quand ils le déposèrent sur le sol, il n'avait toujours pas bougé un cil. Il ressemblait à un gros nounours perdu au royaume de Morphée.

— Espérons que personne ne nous ait vus, fit Jenny.

— Pourquoi ? Ce n'est pas le seul à vous courir après ?

Elle préféra ne pas répondre.

— Je n'en ai pas l'impression, reprit Sam. Mais je peux aller vérifier si vous voulez.

— Non. Restez là. Ça vaut mieux.

Il la vit fouiller dans un meuble.

— Qu'est-ce que vous cherchez ?

— De quoi l'attacher.

Elle sortit un gros rouleau d'adhésif puis revint s'agenouiller près du corps. Après avoir fait rouler Jim sur le côté, elle lui attacha les mains derrière le dos.

— Je ne suis pas sûr que ça le mette de meilleure humeur, dit Sam.

— Je fais ce que je peux… Mais si vous avez une meilleure idée.

Dubitatif, il se frotta la pomme d'Adam. Il avait l'impression d'avoir avalé un cactus. Même sa sensation de toucher lui paraissait différente.

— Je peux vous prendre un verre d'eau ?

— Allez-y. Première porte à droite.

Il fila à la cuisine. Les premières gorgées lui firent un peu mal, ensuite tout rentra plus ou moins dans l'ordre. Lorsqu'il revint au salon, Jenny en avait terminé avec les pieds de Jim. Elle lui avait collé un grand morceau d'adhésif en travers de la bouche. Vu ainsi, il avait l'air d'un gros saucisson à carreaux.

Il se laissa tomber dans le canapé.

— Et maintenant ? dit-il. Qu'est-ce qu'on fait ?

Il commençait à avoir mal partout. Il allait sans doute écoper de son lot de courbatures pour le lendemain. En attendant, cette petite mésaventure l'avait dessoûlé.

— En toute sincérité, fit Jenny, ça dépend pas mal de vous. Tant que vous ne me croirez pas, ça ne servira pas à grand-chose de discuter.

Il laissa échapper un soupir.

— Ce n'est pas que je ne vous crois pas. C'est juste que… Enfin, essayez de vous mettre à ma place. Je viens à peine de débarquer ici que vous parlez d'un tas de cadavres. J'aimerais bien vous y voir. Ce n'est tout de même pas tous les jours qu'on atterrit dans un patelin de psychopathes… Ou de cinglés, ne put-il s'empêcher d'ajouter.

— Non, admit Jenny. Ce n'est pas tous les jours. Attendez-moi, il faut que je désinfecte votre lèvre.

Elle quitta la pièce et le laissa en compagnie du producteur de Ghrol. Sam profita de son attente pour se remémorer les paroles de la vieille Martha, en particulier celles qui concernaient ce mystérieux bruit de tambour.

Tout ça était de plus en plus étrange. Qu'est-ce que ça pouvait être ?

La vieille Martha lui avait aussi parlé de « gens qui auraient fait des choses pas très jolies dans le passé ». S'agissait-il de Jeffrey Marlowe et des cinq autres, ceux que Jenny avait mentionnés ? Peut-être. En attendant, cette Jenny semblait en savoir bien plus qu'elle ne voulait en dire. Il allait devoir lui tirer les vers du nez. Pour quelle raison Marlowe et ses cinq acolytes auraient-ils cherché à la retenir prisonnière ? Qu'avait-elle donc de si particulier ? D'un autre côté, elle lui avait aussi confié que la clôture qui entourait le village avait été placée là pour les empêcher de partir, ce qui signifiait qu'elle n'était pas la seule à être retenue ici. À supposer que tout cela soit vrai… Du reste, que fallait-il penser de cette sinistre allusion ? Que de tous les étrangers de passage, aucun n'était jamais reparti vivant ?

Il retourna s'asseoir. Il avait le cerveau en compote, ses neurones refusaient de fonctionner. Pour en revenir à cette montagne, il ne voyait pas ce qu'elle venait faire là-dedans…

Jenny réapparut. Elle tenait une nouvelle bouteille de Ghrol à la main.

— Qu'est-ce que vous faites avez ça ?

— Ne vous inquiétez pas, c'est un très bon désinfectant.

Il la regarda s'asseoir près de lui et imbiber un mouchoir d'alcool.

— Dites-moi, il y a un bruit bizarre qui semble provenir de la montagne. Ce n'est pas la première fois que je l'entends. On dirait… Une sorte de roulement de tambour. Vous avez une idée de ce que c'est ?

— Non. Personne ne le sait vraiment. À part peut-être Marlowe et ses hommes…

Il l'observa du coin de l'œil.

— Qu'est-ce que vous insinuez ?

— Moi ? Rien. Qu'est-ce que vous voulez que j'insinue ?

Elle lui posa la compresse sur la lèvre et il poussa un gémissement.

— Restez tranquille, c'est normal que ça pique un peu.

— Mais ça ne pique pas. C'est votre truc, là, ça brûle !

— Vous n'êtes pas très courageux à ce que je vois. C'est à se demander si j'ai une chance de m'en tirer, avec vous…

— Vous ne m'avez toujours pas répondu, enchaîna-t-il agacé. Ce bruit de tambour, il existe oui ou non ?

— Je croyais que vous l'aviez entendu ?

Il se retint de rétorquer quelque chose.

— Voilà, dit-elle en passant une dernière fois le mouchoir sur l'entaille. Comment vous sentez-vous ?

— J'ai l'impression de ne plus avoir de lèvre…

— Je peux vous assurer du contraire.

Elle reboucha la bouteille de Ghrol et la posa sur la table. Puis elle poussa un soupir.

— Martha prétend que cette montagne est hantée, expliqua-t-elle. Il y aurait tout un réseau de cavernes à l'intérieur. Des galeries profondes, sans fin. Elle dit aussi qu'elles renfermeraient de vieilles tombes indiennes.

— Des tombes ?

— Oui. À l'époque, il y avait des Indiens sur ces terres. D'après Martha, encore une fois, ils utilisaient la montagne comme lieu de sépulture. Ils croyaient qu'elle servait de lien entre le monde des morts et celui des vivants. Que « l'Esprit de la Montagne » veillait sur leurs ancêtres.

— Qu'est-ce que vous êtes en train de me dire ? Que c'est cet « Esprit de la Montagne » qui est à l'origine de ce bruit de tambour ?

— Je n'en sais rien, fit Jenny. Je ne fais que vous répéter

ce qu'on m'a dit. Il est possible que ce ne soient que des légendes, des superstitions. Mais en ce qui me concerne, je peux vous assurer que les choses qui se passent ici sont loin d'être ordinaires.

Elle prit une chaise et s'installa en face de lui.

— Marlowe et les siens sont arrivés il y a longtemps, reprit-elle. Depuis bien plus longtemps que vous ne pourriez l'imaginer…

— Je vous avoue que je n'imagine pas grand-chose…

— Sam, la vieille Martha est formelle. Elle est née à Murton Caves en 1933. D'après ses souvenirs, elle a toujours vu Marlowe et ses hommes. Depuis tout ce temps-là, ils n'ont pas changé. Ils sont restés les mêmes. Vous comprenez ce que j'essaie de vous dire ? Après toutes ces années, ils n'ont pas pris une seule ride !

— Attention, fit Sam en dressant l'index. Je vais vraiment finir par penser que vous êtes folle. Et puis si vous vous en tenez à ce que dit la vieille Martha…

— Non, ce n'est pas la seule. Mais la plupart des gens d'ici se terrent. Ils ont peur de quelque chose qu'ils ne comprennent pas. Ne me dites pas que ça ne vous a pas sauté aux yeux à vous aussi ? Vous l'avez remarqué, non ? Je suis ici depuis près d'un an, et je peux vous assurer que les rues ont toujours été aussi désertes qu'aujourd'hui.

Sur ce point il ne pouvait pas lui donner tort. Il venait de se rappeler cette silhouette qu'il avait aperçue en sortant de l'auberge, et qui s'était empressée d'aller se barricader à double tour.

— Les gens d'ici ne parlent pas, reprit Jenny. La majorité se contentent de rester chez eux, à éviter les ennuis. À attendre que la mort vienne les chercher. Il n'y avait guère que Wood et Jesse Willington qui…

— Attendez une minute. C'est qui ça, Wood ?

— Un ami de Jess, expliqua Jenny. Mais Wood est mort lui aussi… Il y a un peu plus de deux semaines…

Sam étudia son visage. Il cherchait à trouver une faille

dans son comportement, dans ses expressions. Mais manifestement Jenny croyait dur comme fer à ce qu'elle disait.

— Et vous pensez que ce sont Marlowe et ses hommes qui les ont tués ?

— Non, je ne le pense pas. J'en suis sûre. Et je peux même vous dire pourquoi, même si ça n'a rien à voir avec la raison pour laquelle ils tuent habituellement… Si Marlowe et les siens se sont débarrassés de Wood et de Jesse, continua-t-elle, c'est par rapport aux événements qui se sont déroulés le mois dernier.

— Qu'est-ce qui s'est passé le mois dernier ?

— Marlowe et ses hommes étaient sept auparavant. Le septième était un certain Phil Lobster. Il est mort dans un incendie. Sa maison a brûlé. Elle se trouvait à environ trois cents mètres de celle du vieux Chuck. C'est depuis ça que Marlowe et les autres cherchent à découvrir la vérité. Ils pensent que l'incendie est d'origine criminelle.

Une maison qui avait brûlé ? Sam se souvenait en avoir vu une le long de la route, lorsque Jeffrey Marlowe l'avait conduit chez la vieille Martha. Sur le moment, il avait eu l'impression que tout ça était assez récent.

— D'après mes informations, dit Jenny, ce sont Wood et Jesse qui ont mis le feu à la maison. Mais il a fallu du temps à Marlowe et aux autres pour le découvrir. À présent, c'est chose faite. Je pense qu'ils soupçonnent aussi le père de Jess.

— Quoi, vous voulez dire que Hap Willington est dans le coup lui aussi ?

— Non, je ne pense pas. Mais ce qui compte, c'est ce que Marlowe et les autres croient. Ils vont sans doute se débarrasser de lui, de la même manière qu'ils s'en sont pris à Wood et à Jesse. Il est peut-être déjà mort à l'heure qu'il est.

— Mais pourquoi ont-ils mis le feu à la maison de ce type ? demanda Sam. Pourquoi voulaient-ils tuer ce…

Il avait oublié le nom du septième homme.

— Phil Lobster.

— C'est ça, Phil Lobster. Pourquoi voulaient-ils le tuer ?

— Ce n'était pas lui en particulier. Lobster faisait partie du clan de Marlowe. C'était une raison suffisante. De plus, sa maison est située à l'écart des autres. Un peu comme celle du vieux Chuck. C'est pour cette raison qu'ils l'ont choisie, pour éviter que l'incendie se propage. Comme je vous l'ai dit, nous sommes prisonniers ici. Nous avions un projet de fuite avec Wood et Jesse. Mais maintenant qu'ils sont morts, je n'ai plus personne vers qui me tourner. L'incendie était une sorte de préambule. Mais Wood et Jesse se sont fait prendre. J'ignore ce qui a pu mettre la puce à l'oreille de Marlowe, mais c'est ainsi. On ne peut plus rien changer.

— Mais dites-moi, pourquoi ne pas m'avoir parlé de cet incendie dès le début ? Et si Marlowe apprend que vous y êtes mêlée vous aussi ?

— Ce n'est pas le cas. Je n'étais pas avec Wood et Jesse ce soir-là. Et puis ils ne m'avaient pas encore parlé de leur projet d'évasion. Marlowe n'a aucune raison de me soupçonner. Mais il est évident que plus je reste, plus je cours un risque.

Un silence s'étira. Même s'il avait légèrement avancé dans les explications, Sam ne comprenait pas quel était le lien entre tout ça – c'est-à-dire entre l'incendie, les cadavres et ce bruit qui émanait parfois de la montagne. Sans oublier la clôture qui entourait le village.

— Et vous ne voulez toujours pas me dire pourquoi ils vous retiennent prisonnière ? Vous m'avez dit que Marlowe et ses hommes tuaient des gens et des étrangers de passage, qu'est-ce que ça a à voir là-dedans ?

— Sam, vous vous méprenez. Ce n'est pas ce que vous croyez. Marlowe et ses hommes sont *différents*. Ils ne sont pas comme vous et moi. Quelque chose a changé en eux, et cette chose est liée à la montagne. À ce bruit de tambour que vous avez entendu. Ce ne sont plus des hommes, Sam. Pas au sens où vous l'entendez…

Elle s'interrompit quelques secondes.

— Venez, il faut que je vous montre quelque chose.

Ils se levèrent pour se rendre dans un angle de la pièce, où Jenny s'agenouilla. Il la vit faire sauter une lame du plancher.

Dissimulé sous le parquet, dans un compartiment secret, un coffret en bois.

Jenny le ramassa et le posa sur ses genoux.

— Puisque vous avez du mal à me croire, dit-elle, voilà de quoi vous aider à reconsidérer les faits.

Dans le coffret, un morceau de papier et un objet enveloppé dans un mouchoir. Elle lui tendit le morceau de papier.

Il s'agissait d'un fragment de photo. L'image était ancienne, en tons de sépia, et avait les bords calcinés. Bien qu'incomplète, elle montrait trois hommes en pied. Ils se tenaient devant un amoncellement de briques blanchâtres qui étincelaient à la lumière du soleil. Sam reconnut Jeffrey Marlowe et le vieux Chuck. Quant au troisième individu, il ne l'avait jamais vu.

Lorsqu'il déplaça son pouce, il découvrit une date : 1878.

— Où est-ce que vous avez trouvé ça ? demanda-t-il.

— Dans les ruines de la maison. Celle qui a brûlé. D'après la date, vous conviendrez quand même qu'on est en droit de se poser des questions. Non ?

Tout ça lui paraissait de plus en plus irrationnel.

— Mais… comment voulez-vous que ces types vivent depuis plus d'un siècle ? C'est absurde. Il s'agit peut-être de personnes qui leur ressemblent ? Des ancêtres ?

Sa remarque la fit sourire.

— Vous pensez vraiment qu'une telle ressemblance est possible ? S'il n'y avait qu'une personne, je ne dis pas. Mais il y en a trois. Et puis je suis sûre que si nous possédions l'autre partie de la photo, nous découvririons

James Splatwood, Jon Bauer et Robert Nash. Ainsi que le Dr Brown. J'en suis persuadée. Vous savez avec quel genre d'appareil a été prise cette photo ? C'est un daguerréotype, le premier procédé mis au point. À l'époque, l'image était fixée sur une plaque de cuivre argentée. Combien de personnes possèdent encore ce type d'appareil aujourd'hui, selon vous ?

Il examina de nouveau la photo.

— Qui est le troisième homme ? demanda-t-il.

— Phil Lobster. Celui qui est mort dans l'incendie.

— Et si c'était un montage ? On arrive parfois à faire de ces trucs de nos jours. Je ne serais pas vraiment surpris si…

— Vous êtes vraiment incroyable ! Vous pensez que je n'y ai pas pensé ? Qu'est-ce qu'il vous faut, le cachet d'un expert ?

— Je ne sais pas. Mais rien ne nous prouve que cette photo soit authentique, si ?

Elle récupéra l'objet enveloppé d'un mouchoir et le lui tendit.

— Tenez, vous n'avez qu'à examiner ça. Avec vos yeux d'expert, vous allez sans doute savoir de quoi il s'agit !

Il déplia le mouchoir… À l'intérieur, un caillou d'aspect rugueux. Il renvoyait de légers éclats ambrés à la lumière du salon.

— Qu'est-ce que c'est ? demanda-t-il en plaisantant. Une pépite ?

Mais devant le regard de Jenny, il sentit son sourire s'effacer.

— Vous avez une idée de ce qui se trouve derrière Marlowe et le vieux Chuck sur la photo ?

Il reprit le fragment… C'était impossible. Jenny devait se tromper, c'était forcément autre chose. Il y en avait bien trop pour que ce soit…

Il leva les yeux.

— Alors ?

— Alors… Qu'est-ce que vous êtes en train de me dire ? Que cet amas de briques blanchâtres…

— Oui. Cet amas de briques blanchâtres, comme vous l'appelez, ce sont des lingots d'or, Sam. C'est à peu près la seule chose sur laquelle les gens d'ici sont d'accord. Selon leurs témoignages, lesquels divergent quelque peu, je vous l'accorde, Marlowe et ses hommes seraient richissimes à millions. À millions, vous m'entendez ? Certains racontent même qu'ils auraient trouvé l'or dans la montagne, au temps où des Indiens vivaient encore par ici.

Les yeux rivés sur la photo, Sam réfléchissait. Il n'avait jamais été très fort en histoire, mais il savait que les dernières tribus indiennes, les tribus libres, avant que soient organisées les réserves, dataient d'avant la fin du XIXe siècle. Une date qui correspondait à celle inscrite sur la photo.

Ils tournèrent soudain la tête vers la fenêtre. Un ronflement de moteur enflait à l'extérieur. Entre les lames des volets, ils virent passer les phares d'un véhicule. L'engin se gara à quelques mètres du Barbarian. Une portière claqua… Le souffle court, Jenny contracta les muscles du visage. Elle faisait penser à un animal traqué, prêt à s'enfuir au moindre son.

— Restez là, dit-elle. Et surtout, pas un bruit.

Il la regarda s'éloigner, avec la sensation que tout lui échappait. La réalité s'était mise à glisser, sombrant peu à peu dans un océan d'appréhensions où ses plus intimes convictions côtoyaient l'irrationnel. Il vit Jenny presser l'interrupteur de la pièce et se retrouva plongé en pleine obscurité.

Elle l'avait enfermé à double tour.

À travers les volets, il vit le véhicule bleu nuit qui venait de se garer : le Dodge de Jeffrey Marlowe.

19

Dans le pinceau des phares, les traces de pneus que suivaient Clarence depuis un petit moment s'étaient mises à zigzaguer, jusqu'à devenir un enchevêtrement de lignes confuses et inextricables qui menaient toutes au même endroit : dans le fossé, contre le talus qui servait de remblai à l'épaisse forêt de conifères.

Il arrêta le Nissan sur le bas-côté, défit sa ceinture de sécurité puis sortit du véhicule. Ron et Beaufort lui emboîtèrent le pas. Après avoir récupéré la lampe torche des mains de son frère, Clarence inspecta la chaussée. Le temps s'était encore rafraîchi.

— Oui, dit-il. Nul doute que c'est là.

En écartant les branchages, il découvrit la pancarte de bois noir sur laquelle se trouvait inscrit le nom de Murton Caves. À l'origine, le panneau devait indiquer une direction. Dans l'état actuel, il pointait vers le sol.

— Murton Caves. Ce doit être un village. Le type du garage a dû se tromper. Murton Caves, ce n'est pas qu'un lieu-dit.

Beaufort attira soudain leur attention : près de lui, mêlées à celles de la Ford, il venait de trouver les traces d'un second véhicule. Un liquide noir avait pissé le long de la route.

Ronald s'accroupit et prit un peu de neige entre ses doigts.

— C'est de l'huile, dit-il en pétrissant la matière gluante qui s'était mélangée à la poudreuse. Il y des traces de pas aussi : trois types. Peut-être quatre avec Johnson.

Clarence suivit le trajet des yeux. Les traces de pneus conduisaient à l'orée d'un chemin. Ils traversèrent la chaussée et s'arrêtèrent en bordure de la forêt.

— Vous pensez vraiment qu'il existe un village ? demanda Ron. Ici, au milieu de nulle part ?

— Sans aucun doute, répliqua Beaufort. On a dû le remorquer. Johnson est là-bas, au bout de ce chemin !

Ils tendirent l'oreille, essayant de déterminer s'il n'y avait pas quelque bruit, la rumeur d'un village. Mais hormis le vent qui venait fouetter les branches des arbres, rien ne leur parvenait.

En pivotant sur leurs talons, ils aperçurent la longue traînée de sang qui sortait du sous-bois, que Jesse Willington avait laissée lors de sa mort.

Ronald alla voir.

— Merde…

— Quoi ? Qu'est-ce que c'est ?

— Du sang.

— T'es sûr ?

— Certain.

— Le sang de Johnson ?

— Ça m'étonnerait. Mais il a peut-être heurté un animal. Ce qui expliquerait son écart sur la route…

Un silence s'établit. Au loin, un hululement, seul signe de vie aux alentours.

— Aucune importance, fit Beaufort. Mettons-nous en route ! Cet imbécile ne perd rien pour attendre !

En revenant du côté du Nissan tout en se demandant ce qui s'était réellement produit, Clarence se dit que cette fois-ci, Johnson avait semé un tas d'indices derrière lui. Il était devenu bien trop confiant.

Ils reculèrent jusqu'au sentier. Pendant un instant, les feux arrière éclairèrent les branches décharnées. Puis le Nissan s'engagea entre les deux rangées de sapin et s'éloigna sur le chemin.

Ils étaient maintenant en route vers Murton Caves.

20

Jenny n'avait pas eu besoin de regarder par la fenêtre pour deviner l'identité de son visiteur. Si elle avait eu à le faire, elle aurait reconnu le ronronnement du Dodge de Marlowe entre mille. En revanche, que l'homme au Stetson revienne la voir à cette heure-ci l'inquiétait. C'était inhabituel. Et ça ne respectait pas les règles dites de *couvre-feu*.

Elle ôta les verres qui étaient restés sur le comptoir puis se hâta en direction de la porte à laquelle on tambourinait déjà. Pour faire illusion, elle avait noué un tablier autour de sa taille. Elle avait mis un peu de musique aussi. Par précaution, au cas où le producteur de Ghrol reprendrait connaissance et soit tenté de manifester sa présence en faisant du bruit.

Après avoir chassé les mèches de cheveux qui lui tombaient devant les yeux, elle déverrouilla la porte d'entrée et tomba nez à nez avec Jeffrey Marlowe. Il était seul. Une main passée dans la poche arrière de son jean, il releva l'avant de son Stetson et plongea ses yeux dans les siens. Jenny se pressa d'engager la conversation, ne tenant pas à supporter son silence plus longtemps :

— Qu'est-ce qui se passe ? demanda-t-elle. Je viens juste de fermer.

— T'es toute seule ? questionna Marlowe.

Il avait l'une de ses sempiternelles allumettes plantée au coin de la bouche.

— Bien sûr que je suis seule. Qu'est-ce qu'il y a ?

Il s'avança. Jenny n'eut d'autre choix que de s'effacer. Puis il traversa le bar en regardant autour de lui, à l'affût du moindre détail qui aurait pu trahir une présence étrangère, et se dirigea vers une table, où il tira une chaise pour s'asseoir.

Il s'installa, jambes tendues et talons au plancher.

— J'étais en train de faire la vaisselle, indiqua Jenny en refermant la porte derrière lui. Pourquoi viens-tu me voir ?

Ses mains tremblaient. Son visiteur lui tournant maintenant le dos, elle profita de cette position pour retrouver son calme et se composer une allure sereine. Elle se rendit près de la rangée de tabourets puis s'appuya à l'un d'entre eux.

Jeffrey Marlowe prit la parole :

— Hap Willington n'a pas l'air d'être dans le coup, dit-il d'une voix grave, même si ça paraît fort improbable que son fils et Wood n'ont agi que tous les deux…

C'était la première fois que Marlowe évoquait l'incendie de cette manière, en s'adressant personnellement à Jenny. En temps normal, rien ne sortait à propos de la mort de Phil Lobster, le septième homme qui se trouvait sur la photo datant de 1878. En tout cas, jamais de façon officielle. Que l'incendie soit perçu comme étant d'origine criminelle était un secret de polichinelle à Murton Caves. Chacun le connaissait mais personne ne s'en vantait. Les gens avaient peur. Ils ne voulaient pas s'y trouver mêlés. Quant au père de Jesse, malgré l'envie qu'elle éprouvait, Jenny ne posa aucune question. Au fond d'elle, elle savait que Marlowe ne l'avait jamais raccompagné jusqu'à chez lui.

— Je ne te suis pas…, finit-elle par dire.

— L'incendie, lâcha cette fois Marlowe sans laisser planer le moindre doute. Tu sais bien, celui qui a envoyé notre ami Lobster six pieds sous terre ! Tu vas quand même pas me faire croire que t'es pas au courant ? Que t'ignores qu'on a mis le feu à sa maison ?

— Oh, fit Jenny. (Elle avala sa salive, bien plus bruyamment qu'elle ne l'aurait voulu.) Si, bien sûr que j'en ai entendu parler… Enfin, comme tout le monde, j'imagine.

Marlowe lui jeta un regard en biais.

— C'est ça, accorda-t-il. Comme tout le monde. Je suis content de voir qu'on est sur la même longueur d'onde, toi et moi.

Il marqua une pause. La bouche entrouverte, il était prêt à ajouter quelque chose. Pourtant, pour une raison ou pour une autre, il décida de retenir ses mots, soit parce qu'il ne les trouvait pas appropriés, soit parce qu'il désirait créer un effet particulier quand il les prononcerait. Finalement, il changea de sujet.

— L'étranger est reparti ?

Jenny fut surprise par la question.

— Oui… Ça fait un petit moment déjà. J'ai fermé après son départ. Je te l'ai dit, j'étais en train de laver les verres.

Elle s'efforçait de feindre l'indifférence, même si elle n'était pas certaine que Marlowe se laisse prendre à son petit jeu. Quand elle le vit baisser les yeux, elle éprouva un vif soulagement.

— Mmh, fit Marlowe. On a dû se rater de peu. Il a fallu que je ramène Jon au barrage après être passé à l'auberge. Il est possible qu'il soit rentré pendant que j'étais en haut…

Il marqua un temps.

— Je suis venu te voir pour deux choses, reprit-il. La première, c'est qu'on pense avoir retrouvé les gars qui ont mis le feu à la maison de notre ami Lobster : Jesse Willington et Wood Edison. Le problème, c'est qu'on se demande s'il n'y avait pas quelqu'un d'autre avec eux, ce soir-là. Je sais pas qui ça peut être, mais je me suis aperçu que vous aviez pris l'habitude de discuter tous les trois. Alors je me suis demandé si t'étais pas au courant de certaines choses…

Jenny fronça les sourcils. Même si elle n'en savait pas

plus que Marlowe à ce sujet, elle devait déployer des efforts considérables pour ne pas montrer son inquiétude. Elle se sentait nerveuse.

— Si on se voyait souvent, finit-elle par dire, c'est parce que tu m'avais demandé de me rapprocher de Jesse. Il s'entendait bien avec Wood. C'est pour ça qu'on avait pris l'habitude de se voir. Et puis qu'est-ce que tu veux qu'ils m'aient dit ?

Marlowe la jaugea du regard. Un rictus lui faisait remonter l'extrémité de la moustache.

— Ça j'en sais rien, avoua-t-il. C'est à toi de m'éclairer. Mais j'ai comme l'impression qu'ils mijotaient quelque chose. J'ignore ce qu'ils avaient derrière la tête mais ça me plaît pas. J'ai demandé à Jim de faire l'inventaire de la réserve avant-hier. Il y a quelques bricoles qui ont disparu, dont une bouteille d'azote et dix bidons d'alcool. Ça ne fait aucun doute que c'est ce qu'ils ont utilisé pour mettre le feu à la maison. Mais ils n'en avaient pas besoin d'une telle quantité. On a retrouvé trois bidons vides près du cimetière. Ils les avaient enfouis dans la neige. Quant à la bouteille d'azote, qui sait où elle a pu passer.

Jenny haussa les épaules.

— Qu'est-ce que tu veux que je te dise ? Tu crois qu'ils ont caché le reste quelque part ?

— Ils ne se sont pas évaporés dans la nature ! Soit ils les ont cachés, soit quelqu'un les a pris. Ce qui me ramène à mon hypothèse de départ, à savoir qu'une troisième personne est dans le coup.

Jenny baissa les yeux.

— On avait pris l'habitude de se voir, c'est vrai. Mais je te rappelle que je suis une étrangère ici. Je suis arrivée il y a moins d'un an. Je ne vois pas pourquoi ils m'auraient fait confiance. Si quelqu'un est de mèche avec eux, ça ne peut être que quelqu'un du village. Je veux dire, quelqu'un qu'ils connaissent depuis longtemps.

Sceptique, Marlowe l'observait. Il avait le poing refermé

devant la bouche, comme s'il se préparait à souffler à l'intérieur.

— C'est ce qu'on pourrait penser, admit-il. Mais mes gars et moi, on n'est pas tous du même avis.

— Je te jure que je ne te cache rien, affirma Jenny. S'ils m'avaient parlé de quoi que ce soit, je… Je te l'aurais dit.

L'homme au Stetson venait d'enfiler les pouces dans les passants de sa ceinture.

— Certains d'entre nous pensent que Wood Edison et Jesse Willington avaient dans l'idée de s'enfuir, reprit-il. Peut-être même qu'ils avaient commencé à réfléchir à une sorte de plan, on sait pas très bien quoi, ou qu'ils avaient l'intention de nous zigouiller les uns après les autres. Toujours est-il qu'il y a anguille sous roche comme on dit. C'est pas que je t'accuse de quoi que ce soit, j'irais pas jusque-là, mais si t'es au courant de quelque chose, t'as intérêt à m'en toucher deux mots.

Jenny le fixa droit dans les yeux.

— Je vais être franche avec toi, dit-elle. S'il y avait la moindre possibilité de foutre le camp d'ici, je serais la première à en profiter. Et je n'ai aucun problème à te le dire en face. Inutile de se mentir, on sait très bien de quoi il retourne tous les deux. Mais la vérité, c'est que Wood et Jesse ne m'ont rien dit. Ils ont mené leur barque à leur manière, de leur propre chef. Et puis tu oublies qu'il y a Mélina. Tu sais bien que…

Elle ne termina pas sa phrase. Si elle l'avait fait, sa voix se serait étranglée.

Jeffrey Marlowe baissa la tête.

— Je sais bien, dit-il en regardant le bout de ses bottes. Bien sûr que je le sais. Mais je suis pas non plus tombé de la dernière pluie. Aussi, si quoi que ce soit te traversait l'esprit – quelque chose de pas très apprécié de notre côté, comme par exemple le fait de danser avec cet étranger –, je te conseille d'y réfléchir à deux fois avant d'agir. Parce qu'à la première incartade, c'est la petite qui en fera les frais. Et ça, tu peux l'inscrire noir sur blanc au fond de ton crâne.

Jenny lui adressa un regard nerveux. Cette fois, elle ne pensa même pas à jouer la comédie.

— Ce qui m'amène à la seconde raison de ma visite, ajouta Marlowe en se levant de sa chaise.

Il s'interrompit, le temps de fouiller dans une poche de sa veste.

— C'est qu'un avertissement, mais c'est pour te montrer qu'on plaisante pas. Il faut te mettre un peu de plomb dans la cervelle si tu veux mon avis. Et si on s'aperçoit que t'as quelque chose à voir dans cet incendie, on te fera passer l'envie de recommencer.

Il lui tendit un morceau de tissu imbibé de sang. À sa vue, Jenny se sentit défaillir. Elle dut se cramponner au comptoir de toutes ses forces pour ne pas se mettre à hurler.

Dans le tissu, une phalange : l'extrémité d'un doigt d'enfant.

21

Au sommet de la colline qui surplombait Murton Caves, Robert Nash, l'individu à la voix de rogomme que Sam avait rencontré près du portail peu de temps avant son arrivée au village, sortit de la cabane située près de la clôture, une nouvelle bouteille de Ghrol à la main. Il se heurta au chambranle de la porte, reprit son équilibre puis remit le cadenas en place. Il glissa la clé au fond de sa poche.

Quand il alla rejoindre Jon Bauer, il aperçut deux phares surgir de la forêt. Bauer était occupé à se curer le nez. Appuyé au Chevrolet, il y avait déjà introduit une bonne partie de l'index.

— Bon Dieu, fit Nash en voyant apparaître le Patrol. Jon, qu'est-ce que tu fous ? Tu vois pas qu'on a de la visite, nom d'un chien !

Bauer leva les yeux. Il retira son doigt d'où il était et laissa échapper un curieux bruit de gorge, sans se préoccuper de ce qu'il venait d'extirper de sa narine.

— Ma parole, fit Nash après avoir passé sa langue pour s'humecter les lèvres. C'est l'arrivage des étrangers aujourd'hui. Ils se sont donné le mot ou quoi ? Donne-moi mon fusil au lieu de rester planté là !

La première chose que Clarence distingua, quand le chemin s'élargit, fut la montagne. D'une blancheur sépulcrale, elle se détachait sur le ciel étoilé tel un linceul surgi de son cercueil.

Le Nissan amorça sa descente en direction de la vallée, et à mi-parcours Clarence aperçut la clôture, dont la ligne supérieure était marquée par les veilleuses qui clignotaient en haut des poteaux de renfort. Il passa des pleins phares en codes, ralentit puis immobilisa le Nissan à une trentaine de mètres du grillage. De l'autre côté, un pick-up terre de Sienne. Deux individus armés.

Il ne s'était pas attendu à tomber sur un tel comité d'accueil… Qu'est-ce que c'était que cet endroit ? S'agissait-il de Murton Caves ? Du village indiqué par la pancarte qu'ils avaient vue en bord de route ? En plissant les yeux, il remarqua une dizaine de lumières au fond de la vallée, à environ deux ou trois cents mètres de là. Des habitations. Hormis des maisons, il ne voyait pas ce que ça pouvait être. En tout cas les traces de Johnson menaient ici. Impossible qu'ils se soient trompés.

Ron fut le premier à s'exprimer :

— Ces types, qu'est-ce qu'ils font ?

Clarence contracta la mâchoire. Il se contentait d'évaluer la situation. À lui aussi la présence de la clôture évoqua les abords d'une base miliaire. Il sortit son Magnum de son holster et, à la lumière du tableau de bord, le canon renvoya un léger reflet métallique.

— Attends, préconisa Beaufort en posant une main sur son épaule. Essayons d'abord de savoir qui sont ces types. Ils peuvent peut-être nous renseigner !

— C'est juste une précaution, fit Clarence.

Il posa sa main sur la poignée et tourna la tête vers son frère :

— Tiens-toi prêt. On sait jamais.

Il sortit. Profitant de la couverture temporaire que lui offrait la portière, il glissa son revolver dans son dos, à sa ceinture. Une position bien plus stratégique pour dégainer si les événements tournaient au vinaigre. Puis il boutonna sa veste, plus pour se protéger du froid que pour dissimuler la tache de ketchup que lui avait laissé le triple hamburger du restoroute, et s'écarta du Nissan. Le vent était glacial.

De l'autre côté du grillage, à une trentaine de mètres, Robert Nash et Jon Bauer tergiversaient, leur fusil à la main.

— Qu'est-ce que t'en penses, toi, gamin ? marmonna Nash. Tu crois qu'on se les fait ?

Pendant un instant, le visage de Bauer parut briller d'excitation. Il fut à nouveau possible d'apercevoir ses gencives, les interstices entre ses dents, aussi noirs que du cambouis.

Clarence fit un pas en avant et mit ses mains en porte-voix :

— On cherche un homme du nom de Samuel Johnson. Il aurait eu un accident dans les environs, il y a quelques heures. On a cru comprendre qu'il y avait un village par ici. (Il marqua un temps avant d'ajouter :) C'est un ami à nous.

Nash plissa les yeux. On aurait pu penser qu'il essayait de distinguer des détails que personne d'autre que lui ne pouvait voir. Il se tourna vers Jon.

— Va dans le 4×4, ordonna-t-il. Si jamais ça dégénère, tu branches les 400 watts !

Bauer s'éloigna. De l'autre côté de la clôture, Clarence s'impatientait. Il voulait bien essayer de parlementer, comme le lui avait conseillé Beaufort, mais encore fallait-il que ces deux types lui répondent.

— On est bien à Murton Caves, ici, non ? enchaîna-t-il, un brin agacé. On a vu une pancarte le long de la route. L'homme qu'on cherche a sans doute été conduit au village. Il était au volant d'une Ford Mustang de couleur bleue, avec deux bandes blanches sur le capot.

Nash s'approcha du grillage.

— Il y a bien un village, dit-il en s'arrêtant à quelques pas de la clôture. Mais si vous voulez passer, il va falloir me montrer vos mains. C'est la loi ici : pas d'armes à l'intérieur du village !

Clarence tendit l'oreille. Il avait l'impression que la voix de ce type provenait de très loin. Il s'avança d'un pas et leva les paumes devant lui.

— On n'est pas armés. Rien à craindre de ce côté-là. La seule chose qu'on veut, c'est savoir où se trouve notre copain, Samuel Johnson. Il est là ou il est pas là ?

Nash cracha dans la neige. Il avait quelque chose de coincé dans une dent et ne parvenait pas à s'en défaire. Clarence fit un nouveau pas.

— Stop ! lui lança Nash. Arrête-toi ! Je te le répéterai pas deux fois !

Il s'immobilisa.

— Et ouvre-moi cette putain de veste, que je voie ce que tu trimballes !

Côté passager, Ronald temporisait. Il tenait son .9 mm sur sa cuisse, le canon posé à l'horizontale. Après avoir échangé un bref regard avec son frère, il sortit de l'habitacle.

— Je crois qu'on ne s'est pas bien compris, reprit Clarence, un sourire aux lèvres, plus par dérision que pour autre chose. On est venus chercher notre ami, Samuel Johnson. Il est là, oui ou non ?

— J'en sais rien, répondit Nash. Mais ce que je sais, c'est que si tu t'amuses à faire un pas de plus, je m'en vais te passer l'envie d'en faire un deuxième. C'est enregistré ?

« C'est enregistré. » Ce type n'avait pas l'air de saisir à qui il avait affaire. Clarence adressa un nouveau coup d'œil à son frère. Un signe discret, censé l'informer que les choses n'allaient pas tarder à dégénérer. Puis, tout doucement, il passa une main à sa ceinture…

— C'est quoi le souci ? On est venus chercher notre copain. Ça vous pose un problème ?

Apercevant la main de Clarence à quelques centimètres

de son revolver, Beaufort voulut sortir lui aussi. Au même moment, alors qu'il avait déjà ouvert sa portière, une rangée de spots illumina les ténèbres. Les lumières étaient fixées à la cabine du Chevrolet. Aussitôt, Ron et Clarence détournèrent les yeux, le coude levé pour contrer l'éclat des projecteurs. Pendant plusieurs secondes, ils ne virent rien d'autre qu'une tache blanche inscrite sur leurs rétines.

Nash fit jouer la culasse de son fusil et, sans hésiter, ouvrit le feu.

La première déflagration fit exploser l'un des phares du Nissan, projetant un amas de verre brisé sur le pare-chocs et dans la neige. Dans la foulée, Ron et Clarence dégainèrent.

— Ron ! On dégage !

Ils braquèrent leur revolver vers la clôture et, tout en reculant, malgré le fait qu'ils ne pouvaient voir la silhouette qui leur tirait dessus, vidèrent leur chargeur. Clarence eut le temps d'atteindre un projecteur avant de monter à bord du véhicule.

Un nouveau coup de feu éclata, soulevant cette fois de la poudreuse tout près de leurs roues. Sans attendre, Clarence enclencha la marche arrière et effectua un rapide demi-tour. Puis il accéléra…

Nash se précipita vers le Chevrolet. Il ouvrit la portière et récupéra son talkie-walkie posé sur l'un des sièges. Jon Bauer était resté au volant.

— Bon Dieu, grogna-t-il. Je crois qu'on a fait une connerie ! C'est à cause de ce satané fusil. Il a fallu que le premier coup parte tout seul, nom d'un chien !

*

À cinq cents mètres de là, dans le bar, Jeffrey Marlowe venait de se tourner vers la fenêtre. Il lui avait semblé entendre des coups de feu dans le lointain. À cause de la musique, il n'en était pas sûr, mais il demeura toutefois immobile, attendant de voir s'il en entendait d'autres.

Jenny, quant à elle, était restée plongée dans la contemplation du doigt tranché que Marlowe venait de lui remettre. Elle ne cessait de se répéter que tout cela n'était pas vrai, qu'elle allait finir par se réveiller, et que lorsque ce serait le cas, cette phalange ne serait pas plus réelle que la boîte de Pandore.

La vérité, c'est qu'elle se trompait. Elle le savait. Elle ne se réveillerait pas, ni ne parviendrait à chasser cet instant d'un simple battement des paupières. Ce morceau de doigt, elle n'ignorait pas d'où il provenait. C'est pourquoi elle se jura à cette seconde d'avoir la peau de l'homme qui se trouvait en face d'elle.

Marlowe se retourna dans sa direction, incapable de savoir s'il avait ou non imaginé ces coups de feu.

Il reprit :

— Comme je te l'ai dit, c'est qu'un avertissement. En toute sincérité, on a hésité à le faire. Mais en ce qui me concerne, c'est le seul moyen que j'ai trouvé pour resserrer quelques boulons. La petite a pas souffert, t'as pas à t'inquiéter. Le docteur s'en est bien occupé. Ça, je peux te le garantir.

Tout en serrant le tissu ensanglanté dans sa main, au point de s'en faire blanchir les articulations, Jenny déployait des efforts colossaux pour ne pas fondre en larmes. Elle tremblait de tout son corps. Son regard s'était durci ; il était devenu plus noir, meurtrier. Quant à la musique, elle lui parut tout à coup décalée. Si elle n'avait écouté que son cœur, elle aurait sans doute filé à la cuisine pour s'emparer du plus gros couteau qu'elle aurait trouvé et serait revenue l'enfoncer de toutes ses forces entre les côtes de Jeffrey Marlowe. Mais elle savait aussi qu'elle n'avait pas l'ombre d'une chance. Pas de cette manière-là.

Elle releva les yeux et vit l'homme au Stetson lui tourner

le dos. Une opportunité qu'elle aurait bien aimé pouvoir saisir.

— En attendant, je te souhaite une bonne nuit, lança Marlowe. On dit que la nuit porte conseil, alors cogite pas trop. Demain est un nouveau jour. Et si y a quoi que ce soit qui te revient à l'esprit…

Un bip strident l'interrompit au milieu de sa phrase. Il passa une main sous sa veste et prit le talkie-walkie qui était fixé à sa ceinture.

— Marlowe, dit-il après avoir enfoncé la touche TALK. Qu'est-ce qui se passe ?

Jenny l'observait. La seule chose qui l'aidait à surmonter sa rage, à ce moment précis, était de se dire que Marlowe ne l'emporterait pas au paradis. Il venait même de lui donner la meilleure raison du monde pour aller jusqu'au bout.

À travers le son de statiques qui s'échappait de l'appareil, elle reconnut la voix de Robert Nash, l'homme qui montait la garde à la clôture en compagnie de Jon Bauer.

— On a eu de la visite, Jon et moi, fit la voix entre deux grésillements. Un 4 × 4 blanc. Deux types. Y sont à la recherche d'un certain Samuel Johnson. Je me suis dit que ce devait être l'étranger qui est arrivé en début d'après-midi.

À cette nouvelle, le visage de Marlowe s'obscurcit. De grandes lignes horizontales se creusèrent à la surface de son front.

— Où sont-ils ?

— Ils sont repartis, répondit Nash. On a échangé quelques coups de feu. Ils étaient armés alors… on n'a pas eu le choix. Faut dire que le coup est parti tout seul. J'ai un problème avec mon fusil, il arrête pas de…

Marlowe ne le laissa pas poursuivre :

— J'arrive.

En le regardant s'éloigner vers la sortie, Jenny ne put s'empêcher d'apprécier le souci que semblait lui causer ce fâcheux événement. L'arrivée d'étrangers n'était pas monnaie courante à Murton Caves… Et elle sut d'emblée que tout allait se jouer cette nuit.

22

Sam s'était approché de la fenêtre. À lui aussi il lui avait semblé entendre des coups de feu, dans le lointain. Il ne l'aurait pas parié, mais ça y ressemblait beaucoup. Une vraie pétarade.

Il examina la pièce du regard puis se résolut à revenir près du mur. La voix de Jenny et celle de Marlowe s'étaient tues. Pendant tout le temps qu'il était resté près de la cloison à tendre l'oreille, il n'était pas parvenu à saisir leurs paroles, mais il avait été convaincu d'une chose : Marlowe était seul. C'était au moins ça, avait-il estimé sur le moment. Il ne s'était pas radiné avec ses petits copains.

Pour le reste, l'idée que ces types puissent vivre depuis plus d'un siècle le mettaient mal à l'aise. Il avait beau douter, le fragment de photo que lui avait montré Jenny le préoccupait. Tout cela lui paraissait incroyable, inconcevable. Pis : il avait l'impression que son esprit commençait à envisager la chose. Avec plus ou moins de sérieux, certes. Mais tout de même… Et puis il y avait l'or. De l'or en pagaille, qui en plus de lui avoir rappelé son rêve de soleil et de sable blanc lui avait remémoré celui qu'il avait fait chez la vieille Martha, où il avait vu Clarence lui demander où se trouvait l'or… L'or, bordel de Dieu ! Sur le moment, il avait cru qu'il s'agissait d'un symbole, d'un élément que son subconscient avait superposé à l'argent dérobé à Beaufort... Mais à présent...

Eh bien il n'était plus très loin de se dire que ce rêve avait peut-être un rapport avec le futur qui l'attendait.

C'est ça, mon vieux Sam. Compte là-dessus et bois de l'eau. On appelle ça une coïncidence, OK ? Une simple coïncidence.

« Dans les rêves, il n'y a ni passé ni futur, lui avait dit la vieille Martha. Les distances se confondent, elles sont abolies. »

Il se déplaça jusqu'à la table et essaya de penser à autre chose. Il vit que le producteur de Ghrol avait repris connaissance. Il ignorait depuis quand. Avait-il entendu leur discussion, au sujet de l'or et du reste ? Peut-être. Mais qu'est-ce que ça changeait, saucissonné comme il était ? En tout cas, il ne semblait pas apprécier la position dans laquelle il se trouvait. Il ne cessait de le fixer d'un œil torve. S'il avait pu se débarrasser de lui d'un simple battement de cils, Sam aurait parié n'importe quoi qu'il l'aurait fait.

Il fut saisi d'une intuition et récupéra la bouteille de Ghrol que Jenny avait laissée sur la table, au cas où le producteur serait tenté de faire du bruit. Avec Marlowe dans les parages, ce n'était pas un risque à prendre.

— Tu vois cette bouteille, Jim ? dit-il après s'être baissé auprès de lui. Si tu la ramènes, je ne vais pas te louper. Et je vais même te faire regretter le coup de poing que tu m'as flanqué dans la mâchoire.

Bizarre. Ces paroles étaient presque sorties malgré lui. Ça ne lui ressemblait pas de jouer les durs. Mais il y avait un début à tout. Et puis, comme le lui avait souvent répété son père, il valait mieux être le boucher que le veau.

Il détourna les yeux.

Il y avait quand même un détail qui le chiffonnait dans tout ça. En supposant que Marlowe et ses hommes soient en possession d'une telle fortune, de tout cet or, quel intérêt avaient-ils à rester dans un village perdu au milieu de nulle part, croupissant sous un bon mètre de neige ? S'ils étaient richissimes à millions, comme le laissait supposer la photo, pourquoi s'entêtaient-ils à vivre à Murton Caves ? Ils auraient très bien pu mener la grande vie, faire le tour du monde par exemple, s'acheter une île paradisiaque. Sam, lui, ne se serait pas privé. À moins que cet or ne soit qu'une bête invention, et ce en dépit de la pépite et de la photo que Jenny lui avait montrées…

Il retourna près de la cloison. Toujours le silence complet de l'autre côté. Il fut prêt à revenir sur ses pas. À l'extérieur, un claquement de portière, suivi d'un bruit de moteur. Le véhicule s'éloigna, puis il entendit une clé tourner dans la serrure.

C'était Jenny. Elle se tenait dans l'embrasure.

— C'est bon, dit-elle. Il vient de partir.

Quand elle alluma, Sam lui trouva une mine sinistre. Il ignorait pourquoi Jeffrey Marlowe était revenu lui rendre visite mais ça ne devait pas être par courtoisie. Il se demandait si elle n'avait pas pleuré.

— Ça va ? demanda-t-il. Vous vous sentez bien ?

— Ça va… Ne vous en faites pas. Ça va aller.

Elle se laissa tomber dans le canapé.

— Vous en faites une tête. Qu'est-ce qu'il y a ? Vous ne voulez pas m'en dire plus ?

— Marlowe soupçonne quelque chose… C'est lié à l'incendie. Il croit que j'y suis mêlée.

— Aïe. Mais ce n'est pas le cas, si ?

— Non, je vous l'ai dit. Je n'étais pas avec Wood et Jesse lorsqu'ils ont mis le feu à la maison. À l'époque, j'ignorais même qu'ils projetaient de s'enfuir de Murton Caves. Mais Marlowe croit qu'ils m'ont parlé, ce qui est vrai, même s'il n'a aucune idée de ce qu'ils m'ont dit.

— Ça ne me plaît pas beaucoup, fit Sam. Ça signifie que vous allez avoir des ennuis, n'est-ce pas ?

Elle se tourna vers lui :

— Sam, est-ce que quelqu'un sait que vous êtes là ?

Il fronça les sourcils.

— Pourquoi ?

— Parce que des gens vous cherchent. Marlowe a reçu un appel de Nash, l'un des hommes qui montent la garde en haut de la colline. Deux types armés. Ils ont échangé des coups de feu.

— Qu'est-ce que c'est que cette histoire ? Personne…

Soudain, il fut pris de vertige. Ce fut comme s'il venait d'effectuer un bond dans le passé qui le ramenait plusieurs heures plus tôt, au début de cette saloperie de journée. Il s'appuya à la table puis se laissa tomber dans le canapé, au côté de Jenny. Il avait l'impression qu'on lui serrait la tête dans un étau, que ses tempes se rapprochaient l'une de l'autre.

Impossible… C'était impossible.

Jenny lui prit la main :

— Vous savez qui sont ces types ?

Il dut faire un effort pour lui répondre :

— Ce sont des tueurs… Ça ne peut être qu'eux. Ils ont descendu mon camarade de jeu ce matin…

Voyant que Jenny ne comprenait pas, il ajouta :

— Mon partenaire de poker si vous préférez : un gosse de vingt et un ans. C'est comme ça que je gagne ma vie. En jouant au poker… En trichant.

— Vous êtes un drôle d'oiseau. Et qu'est-ce qu'ils vous veulent ces types ? Ils ont décidé de vous descendre, vous aussi ?

— Une histoire d'argent, grommela Sam. Un passé qui me court après depuis des mois. Si j'avais su, je ne l'aurais jamais volé, ce fric.

Il regarda la poche de son manteau où était rangée la liasse de billets qui lui restaient. Un fric qui ne lui serait pas d'une grande utilité une fois que Ron ou Clarence lui auraient troué la peau.

— Je ne savais pas que vous étiez ce genre de type…

Elle se mordilla la lèvre.

— Sam, c'est ce soir qu'il faut partir. Il faut que vous m'aidiez. Je ne peux plus attendre, vous comprenez ?

Il entendit à peine ses paroles. Il se contentait de fixer le vide droit devant lui, sans avoir réellement conscience de l'endroit où il se trouvait.

Bordel de merde. Mais comment avaient-ils fait pour le retrouver ?

— Sam, vous m'entendez ? Il faut partir ce soir, Sam. Demain, il sera trop tard.

— Partir ? Vous en avez de bonnes ! Je n'ai même plus de voiture !

— Écoutez, reprit-elle en se levant, comme je vous l'ai dit, ce projet de fuite ne date pas d'hier. L'arrivée de ces tueurs est une chance inespérée. S'ils veulent vous retrouver, ils vont revenir. Et Marlowe et ses hommes vont devoir s'occuper d'eux. Nous devons en profiter. De mon côté, les choses se précipitent. Je n'ai plus le temps de réfléchir. C'est *maintenant* que je dois agir.

Agir. Un mot dont la signification lui semblait hors de portée, de la même manière que s'il avait tenté de toucher la lune du bout des doigts.

— Je ne demande que ça, moi, d'agir. Mais qu'est-ce que vous voulez qu'on fasse ? Vous pensez escalader la clôture et vous enfuir en courant ? Vu le nombre d'habitations que j'ai croisées dans le secteur, pardonnez-moi du peu, mais je ne donne pas cher de notre peau.

— Non. Je sais où l'on peut trouver un autre véhicule.

Elle eut alors toute son attention.

— Dans le hangar du vieux Chuck, expliqua-t-elle. Une camionnette qui a été montée sur quatre roues motrices. Jim l'utilise quand il part en ville pour approvisionner le village en marchandises et denrées alimentaires. C'est le seul qui soit autorisé à quitter Murton Caves. Marlowe et les autres lui font confiance, ça a toujours été comme ça. Cette camionnette est notre seule chance.

Ça devait être le véhicule qu'il avait aperçu sous une bâche.

— Vous oubliez quand même un détail, fit-il remarquer.

— Lequel ?

— Cette camionnette, il va falloir la voler. Ça m'étonnerait que le vieux Chuck nous laisse partir comme ça sans même lever le petit doigt.

— Bien sûr qu'il va falloir la voler. Qu'est-ce que vous vous imaginiez ? Que ça allait être une partie de plaisir ? Je vous l'ai dit : Marlowe et ses hommes sont dangereux. Qu'est-ce qu'il vous faut de plus ?

Il baissa la tête. Dans quoi était-il encore en train de s'embarquer ? Tout ça le dépassait.

Sur le sol, Jim essaya de marmonner quelque chose…

— Vous ne m'aviez pas dit qu'il était réveillé, fit Jenny.

Pour Sam, le producteur de Ghrol était un détail insignifiant. Entre les frères Manchester, Jeffrey Marlowe et ses cinq sbires, il avait d'autres préoccupations à l'esprit.

— Bon, dit-il. Quel est le plan ?

— Je vous expliquerai tout en cours de route. Pour le moment, il va falloir me faire confiance.

Soupir. La confiance était un terme dont il avait oublié le sens, au fil de toutes ces années.

— Et lui ? Qu'est-ce que vous comptez faire ? Vous pensez le laisser là ?

— Non. On ne peut pas le relâcher non plus, il irait trouver Marlowe.

— Alors quoi ?

— Dans la cave.

En s'apercevant du sort qui lui était réservé, Jim se mit à protester. Une série de « mmh » incompréhensibles étouffés par le morceau de sparadrap qui lui barrait la bouche. Ils le traînèrent jusqu'au bout du couloir, où une porte donnait sur une étroite volée de marches qui semblait descendre tout droit aux enfers. Jenny lui fit passer les pieds par l'ouverture et arracha un trousseau de clés qui pendait à sa ceinture.

— Désolée, dit-elle. Mais nous n'avons pas le temps pour autre chose.

Elle le poussa dans l'escalier. Le producteur de Ghrol dégringola les marches en roulant sur lui-même puis termina sa chute au fond de la cave, dans une série de grognements.

— Eh ben. Vous n'y êtes pas allée de main morte.

— Le temps presse, fit Jenny. Vous savez tirer ?

— Pardon ?

— Au fusil, vous savez tirer ?

— Parce que vous pensez qu'il va falloir en arriver là ?

— Non, Sam, je ne le pense pas. J'en ai la certitude.

Il se dit alors que la nuit qui s'annonçait risquait d'être longue. Peut-être même la plus longue de son existence...

Il ne pouvait pas encore imaginer à quel point.

23

Jeffrey Marlowe arrêta le Dodge près de la clôture, non loin du Chevrolet. Il contempla la forêt quelques secondes, les étoiles perdues dans l'immensité du ciel. Son allumette toujours plantée au coin des lèvres, il prit le temps de retirer la clé de contact avant de descendre du véhicule.

À l'approche du soir, une fine pellicule de glace s'était formée. Ses pas craquaient dans la neige. Un peu plus loin, incliné vers l'avant, Robert Nash se recoiffait en s'aidant du reflet que lui renvoyait l'un des rétroviseurs du pick-up.

Marlowe s'arrêta à quelques pas de lui, le visage plongé dans l'ombre de son chapeau.

— Qu'est-ce qui s'est passé ? demanda-t-il. Ces types, ils étaient combien ?

Son fusil à pompe en appui contre l'un des marchepieds, Jon Bauer leva deux doigts, comme s'il cherchait à insinuer que tout roulait pour lui, que tout était *cool*. Puis il ouvrit la bouche pour parler. Hormis un curieux bruit de gorge, aucun son ne sortit.

Nash reporta son regard sur Marlowe :

— Peut-être trois, précisa-t-il. Mais ce que je peux dire, c'est que ces types savent tirer. Même avec la lumière dans les yeux, ils ont failli me transpercer la jambe.

Il se regarda une dernière fois et rangea son peigne dans sa poche.

— Vous auriez dû m'appeler avant, fit Marlowe. Quand ils étaient là. Comment les choses ont pu dégénérer à ce point ? Ce sont eux qui ont tiré les premiers ?

— Oh non, assura Nash. Moi je voulais juste qu'ils déposent leurs armes. C'est ce satané fusil. Je te l'ai dit, j'ai à peine effleuré la détente que le coup est parti tout seul. Une vraie fusée ! Mais ils avaient pas dans l'idée d'obtempérer si tu veux mon avis.

Marlowe renifla. Il retira son allumette d'entre ses dents et mollarda dans la neige. Un crachat noir comme de l'encre.

— Le coup partirait peut-être un peu moins vite si tu picolais pas autant…

Nash haussa les épaules.

— Je voudrais bien t'y voir. Si tu crois que c'est marrant de passer ses journées avec un gars qu'en raconte pas une. J'ai beau me faire à ses mimiques, je comprends toujours rien à ce qu'il me dit. Faudra qu'on échange les rôles de temps en temps. Y en a, c'est des planqués. Et là, je parle bien entendu du James et du docteur.

— On dirait que le brouillard est en train de tomber, fit remarquer Marlowe en se tournant vers la vallée… Il va falloir être attentif.

Mais Nash ne l'écoutait pas :

— En tout cas, ces types vont revenir, c'est certain. Ça m'étonnerait qu'ils laissent tomber. Mais il me semble pas que ce soient des fédéraux. Non. Ils avaient pas l'allure de fédéraux.

— S'ils reviennent, dit Marlowe, vous savez ce qu'il vous reste à faire. Ne leur laissez pas le temps de dégainer. Pour une fois qu'on a des étrangers de passage. Ils t'ont dit ce qu'ils lui voulaient au type de ce midi ?

— Non. Ils ont juste prononcé son nom : Samuel Johnson, c'est comme ça qu'ils ont dit. Un ami à eux à ce qu'il paraît. Sauf que ça avait pas l'air d'être des amis. Enfin pas de mon avis. Qu'est-ce que t'en penses, toi, gamin ?

Le visage de Jon Bauer parut s'illuminer. Pendant une fraction de seconde, on aurait juré que ses yeux allaient jaillir de leurs orbites.

— Je vais redescendre au village, annonça Marlowe. Ce Johnson est peut-être encore debout à l'heure qu'il est. Je vais essayer de le questionner. Voir s'il peut pas nous éclairer au sujet de ces types. La Jenny venait de fermer quand je suis repassé la voir.

— Ah ? releva Nash, s'intéressant subitement à la conversation. Ça y est, tu y es allé ?

Marlowe approuva d'un signe de tête.

— J'y étais lorsque tu m'as appelé. Elle n'a pas bien pris la chose, crois-moi. Mais j'ai comme l'impression que ça va la pousser à réfléchir. Quant à savoir si elle a joué un rôle dans la mort de Phil Lobster, je m'avancerais pas jusque-là. Il va falloir y retourner pour fouiller le bar dès le lever du jour. Si on arrivait à dénicher un des bidons disparus, ce serait la preuve de son implication.

— Je pense bien, accorda Nash. Pour ma part, je l'ai jamais sentie. Je me suis toujours dit qu'elle nous causerait des ennuis. Et le vieux Charles n'en pense pas moins. Elle est bien trop intelligente, cette salope. Bien trop intelligente pour…

Près de lui, Jeffrey Marlowe et Jon Bauer venaient de se tourner vers la montagne. Son appel s'était mis à résonner depuis peu, et même à cette distance, ils l'entendaient parfaitement.

C'était un grondement sourd et continu, pareil à un tambour de guerre, et tout en prenant conscience des vibrations qui se propageaient en faisant trembler leur cage thoracique, Jeffrey Marlowe, Robert Nash et Jon Bauer éprouvèrent une vive sensation de douleur dans les os. Les battements de leur cœur ne tardèrent pas à s'ajuster, à se superposer au rythme du tam-tam qui retentissait au fond de la vallée. Il y avait longtemps que leur cœur ne leur appartenait plus. C'était d'ailleurs un fait incontournable, qui leur donnait la sensation d'avoir un congélateur à la place de la poitrine.

— C'est là-bas que tout a commencé, dit Jeffrey Marlowe, le regard rivé à la montagne. Et c'est là-bas que tout finira… à condition que tout ça se termine un jour.

Nash et Bauer demeuraient silencieux. Ils ressemblaient à deux personnes plongées en plein recueillement. Au bout d'un moment, un long filet de bave coula de la bouche de Jon Bauer. Une bave noirâtre qu'il essuya d'un revers du poignet.

Au-dessus de Murton Caves, la lune brillait, réduisant les étoiles à un plus faible scintillement. Une lune froide et glaciale, démesurée, qui donnait l'illusion qu'un œil immense venait de se pencher sur la montagne.

Jeffrey Marlowe s'en détourna.

— S'il se passe quoi que ce soit, dit-il en s'éloignant vers son Dodge, prévenez-moi. Pour le moment, je vais essayer d'en apprendre davantage. On se contacte plus tard.

Avant de monter à bord du 4×4, il se tourna une dernière fois vers la montagne. Ses yeux s'étaient mis à briller dans l'obscurité. Un éclat jaunâtre identique à celui que Sam avait cru apercevoir lorsqu'il dansait avec Jenny, à l'intérieur du Barbarian.

Et s'il avait été présent à ce moment-là, il aurait pu constater qu'il n'avait pas été victime d'une hallucination.

On aurait presque pu croire qu'une flamme venait de se mettre à danser devant les yeux de Jeffrey Marlowe…

IV

AU CŒUR DE LA LÉGENDE

« Quand le dernier homme rouge aura péri,
et que le souvenir des miens sera devenu un mythe
parmi les hommes blancs, les rivages seront
couverts des morts invisibles de ma tribu ;
et quand les enfants de vos enfants se croiront seuls
dans les champs, les boutiques ou dans le silence
d'un bois sans chemin, ils ne seront pas seuls. »

Chef indien Seattle, Indien Dwamish,
Déclaration faite à Port Elliott, 1885.

24

Clarence avait garé le Nissan le long du chemin, tous feux éteints, à moins d'un mile de la clôture qui entourait Murton Caves. Aux environs, pas un bruit. Pas même un souffle de vent.

L'une des portières s'ouvrit et Miguel Beaufort passa une jambe à l'extérieur.

— Ils ne vont pas s'en tirer à si bon compte, marmonna-t-il en descendant du véhicule. J'ai des armes à l'arrière, plus qu'il n'en faut pour leur faire passer l'envie de la ramener !

Le patron était énervé, et quand Miguel Beaufort était énervé, il était capable du meilleur comme du pire. Un volcan au bord de l'éruption.

Clarence sortit avec son frère. En allant retrouver Beaufort à l'arrière, il nota que l'atmosphère semblait chargée d'électricité.

Dans le coffre du Nissan, un grand étui de couleur sombre posé auprès de deux pelles. Le billet de départ de Johnson. Aller simple, le tout en première classe. Beaufort s'empara de l'étui : à l'intérieur, soigneusement enveloppés dans un bloc de mousse anthracite, un mini Uzi et une rangée de grenades. De l'artillerie lourde. Seul ennui, Clarence avait l'intuition qu'il valait mieux procéder avec méthode, sans éveiller l'attention.

Il hésita quelques secondes puis fit part de sa réflexion à Beaufort :

— Je crois que je ferais mieux d'y aller seul. Avec un silencieux, je pourrai les neutraliser facilement.

Beaufort était en train d'introduire un chargeur dans l'Uzi. Il interrompit son geste.

— Si l'on ameute tout le quartier, poursuivit Clarence, qui sait ce qui peut se produire ? On a plus de chance d'y arriver de cette façon. Une fois que ces types seront hors d'état, il nous restera plus qu'à infiltrer le village. Et à trouver Johnson.

Dubitatif, Ronald tourna la tête vers lui :

— Et je peux savoir comment tu comptes t'y prendre ? T'as pas remarqué que nos téléphones ne passent pas dans le secteur ? Quel moyen tu vas utiliser pour nous prévenir ?

— Pas besoin de vous prévenir, rétorqua Clarence. Laissez-moi une vingtaine de minutes, ça suffira. En passant par les bois, je pourrai m'approcher de la clôture. Assez pour loger une balle dans la tête de chacun de ces deux types. Pour le reste, vous n'aurez qu'à venir me retrouver. C'est pas plus difficile que ça.

— Ça ne me plaît pas que tu y ailles seul, fit observer Beaufort. Ces types m'ont paru agir comme une bande organisée. Tu es sûr de ton coup ?

— Certain.

Il sortit son silencieux de sa poche et le vissa au bout de son arme. Silencieux qu'il s'était lui-même fabriqué plus de quinze ans auparavant, au temps où il commençait à enchaîner les contrats. Il se tourna vers son frère et lui demanda de lui prêter sa paire de gants. Il les enfila.

— Dans l'immédiat, tu vas effectuer ton demi-tour sur la route. J'ai bien dit *sur la route*. Pas ici, c'est un coup à rester planté dans le décor avec cette neige.

— Ça va, fit Ron. Je suis pas un môme.

— Ron !

— Quoi ?

— Quand vous viendrez me chercher, tu coupes les phares. Et tu gardes ton flingue sous le coude. On sait jamais.

— Sans phares, d'accord.

Se retrouvant enfin seul, Clarence se pencha au-dessus du coffre du Nissan. Il y récupéra une grenade, juste au cas où, puis referma le capot.

Il longea le véhicule et frappa du côté de son frère...

— Quoi encore ?

— Ta montre. Synchronise-la sur la mienne.

Ronald retardait de cinq minutes.

— On se donne rendez-vous à la demie. D'ici là, j'en aurai terminé avec ces types.

Ronald regarda son frère s'éloigner... Après une cinquantaine de mètres, Clarence disparut dans le sous-bois.

25

Sam et Jenny sortirent du Barbarian par la porte de derrière, traversèrent la cour et allèrent rejoindre une zone d'ombre. Jenny avait effectué quelques préparatifs de dernière minute et s'était munie d'un fusil à canon scié, d'une cartouchière garnie de munitions et d'un sac à dos qui renfermait quelque chose de volumineux et de plus ou moins rectangulaire. Sam ignorait de quoi il s'agissait, mais d'après l'odeur qui en émanait – une odeur assez forte –, il en déduisit que cela avait un rapport avec de l'essence. Ou une substance similaire.

Ils regardèrent autour d'eux puis se glissèrent dans la première allée venue…

La petite aventure dans laquelle ils se lançaient n'inspirait à Sam que crainte et scepticisme. L'issue de la situation lui apparaissait de plus en plus incertaine. Improbable. Il ignorait pourquoi les hommes de Beaufort avaient échangé plusieurs coups de feu avec ce Robert Nash et ce Jon Bauer, mais les frères Manchester allaient revenir. C'était une certitude. Il avait eu de la chance, encore une fois. Mais que se passerait-il quand Ron et Clarence débarqueraient au village ?

Au fond de la vallée, une légère brume était tombée. Les habitations de Murton Caves s'enfonçaient peu à peu dans la ouate. Le brouillard facilitait leur progression, recouvrait leur silhouette d'un voile. Sam marchait à côté de Jenny, il se laissait guider. Elle lui avait confié son fusil et après avoir protesté, il avait finalement accepté de passer la sangle de l'arme autour de son épaule. Il sentait la crosse cogner contre sa hanche lorsqu'il marchait. Ils gagnèrent l'extrémité d'une ruelle et Jenny s'approcha de l'angle pour jeter un coup d'œil de chaque côté de la rue. Ils se trouvaient près de la piste qui contournait l'agglomération. Sam n'en était pas certain, mais il lui semblait qu'ils ne se dirigeaient pas vers la maison du vieux Chuck. Il attendit qu'ils aient traversé la chaussée et de s'être rapproché de Jenny pour lui faire part de son interrogation.

— Qu'est-ce qu'on fait ici ? demanda-t-il. C'est un sacré détour pour aller chez le vieux Chuck. Vous n'avez pas plus court ?

Ils étaient en train de descendre une grande étendue blanche en direction de la montagne, vierge et silencieuse.

— On ne va pas chez le vieux Chuck, dit-elle. Pas tout de suite.

Il accéléra le pas. Jenny marchait vite. Il avait des difficultés à la suivre.

— Comment ça on ne va pas chez le vieux Chuck ? Où est-ce qu'on va ?

— J'ai quelque chose à faire avant de partir. Quelque chose d'important.

— Quelque chose ? Mais quoi ? Je croyais qu'on devait passer chez le vieux Chuck pour récupérer sa camionnette ? Ce n'est pas ce que vous m'avez dit ?

Elle s'arrêta de marcher.

— Si, mais c'est un peu plus compliqué que ça. Il faut d'abord passer au cimetière. La génératrice se trouve juste derrière.

Il regarda du côté de la montagne, dans la direction que Jenny venait de lui indiquer.

— De quelle génératrice est-ce que vous parlez ?

— Celle qui alimente le village en électricité. Elle est dissimulée dans un abri souterrain, au pied des éoliennes. D'habitude, c'est Jim qui s'occupe de sa maintenance. Mais maintenant que je lui ai pris les clés…

— Eh bien quoi, vous voulez en faire quoi de cette génératrice ?

Elle détourna les yeux. À cause du vent, il était difficile d'entendre sa voix.

— La clôture qui entoure le village est électrifiée. C'est la génératrice qui l'alimente, comme toutes les lumières des habitations. Marlowe et ses hommes possèdent un groupe de secours mais il n'approvisionne que la clôture. Ils le mettront certainement en marche, mais ça nous fera gagner du temps. Ça créera une diversion comme on dit.

Puis elle reprit sa marche.

— Holà, s'écria Sam. Une petite seconde ! Vous pensez que ça va attirer le vieux Chuck de couper le courant ?

Elle s'arrêta de nouveau.

— Ça n'a rien à voir avec le vieux Chuck. C'est juste que… Je ne vous ai pas vraiment tout dit…

Il l'observa, attendant qu'elle lâche le morceau.

— Ils ont ma fille, avoua-t-elle. Ils la retiennent prisonnière…

Malgré le froid qui lui engourdissait l'extrémité des doigts et les oreilles, Sam sentit une vague de chaleur lui monter au visage. Il resta un moment abasourdi, jusqu'à ce qu'enfin il réalise ce que Jenny venait de lui dire.

— Elle n'est pas née à Murton Caves, reprit-elle, un peu sur la défensive. Elle était avec mon mari et moi lorsque nous sommes arrivés au village. Marlowe la garde chez la vieille Martha, au second étage. C'est le Dr Brown et James Splatwood qui la surveillent… Je suis désolée, Sam. J'aurais voulu vous en parler avant, mais…

— Vous… Vous avez une fille ? Alors ça c'est la meilleure ! C'est ça votre plan ? Vous jeter droit dans la gueule du loup ? Je croyais que ces types étaient dangereux !

— Bien sûr qu'ils le sont. Mais c'est ma fille, je ne vais quand même pas partir sans elle !

Il se sentit soudain pris de colère. Il s'avança et l'agrippa par le bras.

— Écoutez-moi bien maintenant : c'est le dernier détail de ce genre que vous me cachez. Parce que si ça continue comme ça, notre petite escapade va se terminer sans moi. Je n'en ai rien à foutre de votre fille, pas plus que de ces types qui vivraient depuis une centaine d'années ! Bordel de merde Jenny, vous me menez en bateau depuis le début !

— Lâchez-moi, vous me faites mal ! Et puis je ne vous mène pas en bateau. Tenter de partir d'ici sans moi serait la plus stupide des choses que vous pourriez faire de toute façon. Sans moi, vous n'avez pas l'ombre d'une chance ! Et puis cessez de crier s'il vous plaît. Qu'est-ce que vous essayez de faire ? Vous voulez ameuter tout le quartier ?

Il poussa un soupir de résignation.

— Admettez quand même que vous auriez pu m'en parler.

— Bien sûr que j'aurais pu. Je suis désolée, d'accord ? Qu'est-ce qu'il vous faut de plus maintenant que je me suis excusée ?

Ils se turent. Dans le lointain, un véhicule descendait vers le village.

— Je n'aurais jamais dû vous écouter, fit Sam. Me voilà dans de beaux draps, pris en sandwich entre deux tueurs et ces types qui retiennent votre fille en otage.

— Si ça peut vous rassurer, c'est le Dodge de Marlowe que l'on entend. Je le reconnais au bruit. Et puis je n'ai rien à voir là-dedans. Les ennuis ont commencé à partir du moment où vous êtes arrivé ici. Estimez-vous heureux. Au moins, avec moi, vous avez une petite chance de vous en tirer.

Ils reprirent leur marche. Ils voyaient se profiler le mur d'enceinte du cimetière à présent. Ils n'en étaient plus qu'à une cinquantaine de mètres.

— Mais dites-moi, reprit Sam. Il n'y aurait pas moyen de récupérer votre fille *après* avoir volé la camionnette ? Ça pourrait être une sécurité, non ? On ne sait jamais ce qui peut se passer.

— Ça, n'y comptez pas. Il faut agir discrètement. Au moins dans un premier temps. Il n'y a que deux autres véhicules à Murton Caves : le Dodge de Marlowe et le Chevrolet de Nash. Alors vous imaginez bien que si Marlowe et les autres aperçoivent celui du vieux Chuck, ils vont tout de suite se poser des questions. Autant traverser le village en klaxonnant si vous voulez mon avis. Et puis la véritable raison, c'est que lorsque j'aurai récupéré Mélina, ils n'auront plus aucun moyen de pression sur moi.

Mélina… Un nom qui n'avait pas fini de leur attirer des emmerdes.

Ils contournèrent la muraille et se faufilèrent par une petite porte en bois qui tenait à peine sur ses gonds. Puis ils commencèrent à longer le mur intérieur, en marge des tombes.

Le cimetière de Murton Caves était sans conteste le plus pauvre qui ait été donné de voir à Sam. Il n'y avait aucun caveau, juste une poignée de vieilles croix en bois plantées à la volée qui rappelaient d'une manière fascinante ces vieux films d'horreur qui avaient bercé son adolescence. La plupart étaient penchées, renversées et parfois couchées sur le sol, dépassant à peine de l'épaisseur de neige qui les recouvrait. Un peu plus loin, une partie de la zone était restée vierge. Le terrain formait une dépression à cet endroit. D'une part ce cimetière n'avait sans doute jamais été entretenu, d'autre part il lui semblait que personne n'accordait la moindre importance aux morts qui s'y trouvaient enterrés.

Il accéléra le pas et revint à la hauteur de Jenny :

— Marlowe et ses hommes, qu'est-ce qu'ils vous veulent exactement ? Je croyais que les étrangers qui venaient ici se faisaient tous tuer ? Vous n'êtes pas morte, vous.

Il faillit la percuter. Jenny venait de s'arrêter juste en face de lui. En apercevant son visage, il songea qu'elle n'avait pas l'air en forme. Son teint était blême, presque gris. Il fut sur le point de lui demander ce qui n'allait pas quand il la vit s'écarter et se courber en deux pour vomir, les mains crispées sur l'estomac.

Il recula d'un pas, se demandant ce qui la mettait dans cet état.

— Jenny ? Qu'est-ce qui se passe ? Vous êtes malade ?

Pour toute réponse, elle dégobilla une seconde fois. Puis elle resta un moment ainsi, le dos voûté et les mains en appui sur chacune de ses cuisses, à cracher dans la neige et à trembler.

Quand elle se redressa, Sam vit à nouveau son visage. Un vrai visage de déterré.

— Vous devriez vous asseoir, recommanda-t-il. Vous êtes très pâle.

— Ne vous inquiétez pas, ce n'est rien. C'est juste que… Je crois que je suis enceinte…

— Pardon ?

— Enceinte, répéta-t-elle. Je n'en suis pas sûre…

— Mais de qui ? demanda Sam.

— De Wood. On s'était un peu rapprochés, lui et moi. On n'a couché ensemble qu'une fois. C'est arrivé parce qu'on se sentait seuls. Même si c'est ce que Jeffrey Marlowe attendait…

Il la regarda sans comprendre.

— Attendez une minute… Vous êtes en train de me dire que Marlowe voulait que vous couchiez avec Wood ? Mais pourquoi ? Dans quel intérêt ?

— Pas avec Wood, rectifia Jenny. Avec Jesse. Mais c'est avec Wood que ça s'est produit. Je ne l'ai pas choisi. Ça s'est fait comme ça, sans préméditation.

— Je ne vous suis pas.

— Sam, il n'y a pas que ma fille qu'ils retiennent à

l'auberge. Il y a aussi d'autres enfants à l'étage. Les enfants sont cruciaux pour Marlowe et pour ses hommes…

Il n'aimait pas le regard qu'elle venait de lui lancer. Un regard aussi glacial que sa voix.

— Sam, les cadavres…

Elle s'interrompit quelques instants.

— … Ils les mangent.

26

Le silence avait envahi la bourgade. Il était un peu plus de 19 heures, et hormis le Dodge de Marlowe qui parcourait l'avenue principale en direction de l'auberge, il n'y avait pas le moindre bruit à Murton Caves.

À près d'un mile de là, Clarence poursuivait sa marche à travers la forêt. Il se faufilait entre les arbres tel un rôdeur, l'échine courbée, repoussant les branches qui lui barraient parfois le chemin et contournant les massifs d'épineux quand ils ne lui laissaient pas le choix. Brillante au-dessus de sa tête, la lune le guidait. Elle donnait à la neige qui tapissait le sous-bois un aspect crayeux, presque lumineux, comme s'il se déplaçait sur un sol fait de nuages.

Il n'était plus qu'à une cinquantaine de mètres de l'orée du bois quand le terrain commença à descendre en pente douce.

À partir de maintenant, son approche se ferait par étapes. Il utiliserait l'obscurité du sous-bois, les arbres, qui lui offriraient une parfaite couverture.

Il alla se positionner derrière un tronc et profita de son arrêt pour reprendre son souffle. Sa marche l'avait réchauffé. L'air expulsé de ses poumons se matérialisait dans l'air glacial. Il se décala pour regarder sur sa gauche et s'aperçut que le brouillard était tombé au fond de la vallée. Mais les quelques formes grisâtres qui émergeaient des nappes brumeuses ne laissaient aucune place au doute : il y avait bien plusieurs maisons. Johnson était là, dans l'une d'entre elles.

À moins d'une centaine de mètres sur sa droite, derrière le grillage, il repéra le Chevrolet toujours en stationnement. À cette distance, il ne parvenait pas à savoir si les deux types étaient restés à bord ou s'ils se trouvaient dans la cabane située à proximité.

Dans un premier temps, il allait devoir s'en assurer.

Il quitta son poste d'observation et se faufila jusqu'à un deuxième tronc. Il tira son Magnum de son holster, tout doucement. Dans ces moments-là, où il se préparait à passer à l'action, Clarence avait l'esprit clair comme de l'eau, et en dépit de l'excitation qui faisait battre ses tempes, il se sentait calme et concentré.

Tuer était un art, et dans quelques minutes, de nouveaux trophées iraient garnir son tableau de chasse.

Il vérifia son chargeur puis se mêla aux ombres de la forêt.

27

Sam se tenait immobile, l'esprit tourmenté par ce que Jenny venait de lui apprendre. Il lui avait fallu plusieurs secondes pour réaliser toute l'horreur, la monstruosité qu'il y avait dans ses paroles, et il commençait seulement à retrouver sa faculté de raisonnement.

Au loin, le grincement des pales écorchait le silence de la nuit, donnant au cimetière un caractère plus oppressant, plus sinistre.

Enfin, il parvint à articuler quelque chose :

— Comment ça « ils les mangent » ? Vous êtes devenue folle ?

— Non, c'est la vérité. Aussi effroyable que cela puisse paraître, Marlowe et ses hommes se nourrissent de chair humaine. Je n'en ai pas la preuve, mais c'est ce que racontent les gens d'ici. La vieille Martha dit que ce serait lié à une légende indienne : la légende de Wendigo.

Une rafale de vent vint tourbillonner au-dessus de leur tête, avant de s'éloigner, tel le mugissement d'un esprit avalé par la nuit.

Sam dévisageait Jenny avec une certaine circonspection. Un frisson le parcourut, qui n'avait rien à voir avec le froid.

— En effet, dit-il, c'est une légende. Et elle est plutôt connue en Amérique. D'après ce que je sais, elle remonterait à plusieurs centaines d'années. Elle aurait été mise en place pour dissuader les tribus du Nord de céder au cannibalisme, lorsque la famine venait les frapper au cœur de l'hiver. Car c'est pour cette raison que l'on devient un Wendigo, n'est-ce pas ? Pour avoir dévoré de la chair humaine. Mais la vieille Martha a dû vous en parler, je ne vous apprends rien. Son grand-père avait du sang indien d'après ce qu'elle m'a dit. Elle doit connaître la légende bien mieux que moi. Pour le reste, ça m'étonnerait beaucoup qu'il existe des créatures mi-humaines mi-animales, pas plus qu'il n'y a d'alligators dans les égouts de New York !

C'était de cette manière que les principales illustrations que Sam avait eu l'occasion de voir, que ce soit en feuilletant certains comics ou en regardant la télévision, représentaient le Wendigo : comme un humain croisé avec un animal. Tantôt ce métissage pouvait provenir d'un croisement avec un loup, tantôt il arrivait qu'il s'agisse d'un cerf, ou d'une tout autre bestiole. En revanche, il y avait un point sur lequel elles s'accordaient. D'après ses souvenirs, ces représentations étaient toujours monstrueuses. Elles n'avaient rien de loufoque ou de grotesque. Elles étaient même terrifiantes.

Il détourna les yeux et haussa les épaules.

— Ce ne sont que des superstitions, finit-il par dire. Du folklore. Vous n'allez quand même pas me faire gober un truc pareil ?

— Et ce bruit de tambour alors ? Ça aussi c'est ce que vous appelez du *folklore* ?

Il observa la montagne silencieuse. Lors de son arrivée, elle lui avait inspiré une certaine présence, comme si elle était en vie.

Malgré tout, il refusa de se laisser convaincre.

— Écoutez, je ne vois pas ce que ce bruit de tambour vient faire là-dedans. Que les gens d'ici pensent que cette légende soit vraie, admettons. Mais vous, vous êtes quand même quelqu'un de sensé. Il n'y a rien d'étonnant à ce que ce genre de folklore fascine les habitants du coin. Ça a toujours été comme ça dans les campagnes. Qu'est-ce que vous vous imaginez ? Que Marlowe et ses hommes se transforment en bêtes sauvages à la tombée de la nuit ?

— Marchons, se contenta de répliquer Jenny. Il faut que je vous raconte quelque chose…

Ils se mirent en route. Au loin, les pales des éoliennes grinçaient sous le clair de lune.

— Earl et moi sommes arrivés il y a un peu moins d'un an, commença-t-elle. Earl était mon mari. Mon compagnon si vous préférez. En réalité, nous n'avons jamais été mariés, même si je l'ai toujours considéré comme tel. Mélina était avec nous. C'est notre seul enfant. Elle a maintenant huit ans et demi.

Sam baissa les yeux. Leurs pas craquaient dans la neige fraîche.

— Quand nous avons commencé à explorer la région, poursuivit Jenny, nous ignorions l'existence de ce village. À vrai dire, la plupart des gens du coin n'en ont jamais entendu parler. Il n'est mentionné sur aucune carte. La population n'y est même pas recensée. C'est à croire que Marlowe et ses hommes vivent en autarcie depuis plus d'un siècle, coupés de la réalité, dans une sorte de bulle qui les maintiendrait hors du monde, en dehors de tout. Depuis que je suis ici, jamais je ne les ai vus quitter le village. À part peut-être pour rejoindre la route ou pour aller chasser au fond des bois. C'est comme s'ils étaient liés à ces terres, d'une certaine façon. Comme si une force inexpliquée les retenait prisonniers.

« À l'époque, je travaillais comme photographe. Nous étions en vacances et je voulais profiter de notre séjour pour prendre des clichés de la montagne. J'avais trouvé un magazine auquel les vendre, qui payait plutôt bien. C'est pour ce motif que nous sommes venus ici…

Sam écoutait. Jenny avait besoin de se confier. Sa voix

chevrotait. Il était sans doute le premier à entendre son histoire.

— Lorsque nous avons découvert le village, il n'était guère différent de ce qu'il est aujourd'hui. Si ce n'est qu'il faisait beau, nous étions au printemps. La clôture était déjà là. Elle doit avoir été érigée depuis bien des années si l'on en croit ce que Wood m'a raconté. Earl et moi, nous ne savions pas à quoi elle servait. Tout comme vous. Et puis Marlowe nous a raconté cette histoire de bêtes sauvages qui sont censées rôder autour d'ici. Nous ne nous sommes pas posé plus de questions…

« Pendant les deux ou trois jours que nous avions décidé de passer sur place, nous étions logés à l'auberge de la vieille Martha. Marlowe et ses hommes se sont montrés courtois, serviables, si bien qu'on ne s'est jamais méfié d'eux. À aucun moment. Puis, le matin du troisième jour, ils sont venus proposer à Earl de les accompagner à la chasse.

Le grincement des éoliennes se faisait maintenant plus proche. Ils ne se trouvaient plus qu'à une dizaine de mètres des hélices.

— Earl aimait chasser. Je n'ai jamais compris pourquoi, mais c'est lui qui m'a appris à me servir d'une arme. Quand il m'a demandé la permission d'aller avec eux, ce matin-là, je n'avais aucune raison de l'en empêcher. Ni d'imaginer que ce serait dangereux. Je savais que depuis la naissance de Mélina, il n'avait plus beaucoup de temps à y consacrer. Seulement voilà, vous vous en doutez, il n'est jamais revenu vivant.

Elle marqua une pause. Ils venaient d'atteindre une petite cabane en bois adossée à une partie à moitié effondrée du mur d'enceinte.

— Qu'est-ce qui s'est passé ? demanda Sam. Vous pensez que ce sont Marlowe et ses hommes qui…

Elle acquiesça.

— Ils m'ont laissé croire qu'Earl avait été attaqué. Prétextant cette histoire de bêtes sauvages. J'étais tellement démolie qu'on aurait pu me faire avaler n'importe quoi. Mais lorsqu'ils m'ont emmenée voir son corps… (Sa voix s'étrangla.) Si vous l'aviez vu…

Pendant de longues secondes, Sam resta immobile. Jenny n'en avait pas encore terminé avec son récit, mais il avait le sentiment que ce qui allait suivre lui demanderait davantage d'efforts qu'elle n'en avait fournis jusque-là.

— Quand je l'ai vu, reprit-elle, j'ai découvert qu'on lui avait dévoré une partie de l'estomac. Son visage était en lambeaux, il était méconnaissable. Mais le pire était l'endroit où aurait dû se trouver son cœur : on le lui avait arraché. Une morsure béante qui lui déchirait le milieu de la poitrine, comme si quelqu'un avait plongé la main entre ses côtes.

Sam se sentit blêmir. Cette description lui rappela le fils Willington, qui portait une blessure similaire. Il ouvrait la bouche pour parler, sans trop savoir ce qu'il allait dire, lorsque Jenny ajouta :

— La vieille Martha prétend que les Wendigos ont un cœur de glace. C'est pour cette raison qu'ils doivent dévorer le cœur des vivants : pour survivre et avoir une chance de redevenir humains.

Cette partie de la légende, Sam ne la connaissait pas. Il aurait d'ailleurs préféré rester dans l'ignorance. Pour lui, le mythe de Wendigo se résumait au fait que ces créatures se nourrissaient exclusivement de chair humaine. Il ne savait pas quel crédit accorder à cette histoire de cœur et de survie, mais envisager que Marlowe et ses hommes étaient capables de dévorer leurs semblables était pour lui plus que suffisant.

— C'est à cause de moi si Earl est mort, fit Jenny. Ce sont Marlowe et ses hommes qui l'ont tué. Ils l'ont dévoré, dépecé jusqu'aux os. Il n'est pas impossible que ses restes reposent quelque part dans ce cimetière. C'est là que Marlowe et les siens se débarrassent des corps qu'ils ont vidés. Il y a une fosse commune un peu plus loin. C'est Wood qui me l'a montrée.

Sam se tourna vers l'endroit où le terrain formait une sorte de dépression. Tout ça commençait à le dépasser. Il en avait la chair de poule.

— Alors vous pensez que… c'est pour cette raison que Marlowe et ses hommes tuent les étrangers de passage ? Pour… se nourrir ?

— Oui. Et c'est aussi le motif pour lequel ils retiennent les gens d'ici prisonniers. Si l'on en croit la légende, il leur est impossible de survivre sans chair humaine. Marlowe et ses hommes entretiennent un vivier à Murton Caves. Ils utilisent la population comme du simple bétail…

— … pour la manger, acheva Sam malgré lui.

Il eut un sentiment bizarre après avoir prononcé ces mots. Il s'imaginait déjà parcourir les allées d'un supermarché un peu spécial, effectuant des achats eux aussi inhabituels. Cette fois, il ne sortirait pas avec un paquet de côtelettes d'agneau sous un bras et un emballage de viande hachée sous l'autre, mais avec des membres humains dans son panier.

Tout à coup, l'idée de manger de la viande, ne serait-ce qu'animale, le répugna au plus haut point.

Jenny ouvrit la poche latérale de son sac à dos et en sortit une torche électrique, qu'elle alluma. Elle promena le faisceau sur une dalle en béton, où une trappe métallique était enchâssée. Un gros cadenas en fer en verrouillait l'entrée.

— Occupons-nous de la génératrice, dit-elle. En ce qui concerne Earl, il n'y a plus rien à faire. Je pleurerai sa mort lorsque je serai partie d'ici. Avec ou sans votre aide.

Elle s'agenouilla puis sortit le trousseau de clés qu'elle avait pris à la ceinture de Jim. Sam pouvait entendre un ronronnement à présent : celui de la génératrice.

Il se palpa la pomme d'Adam.

— Mais… le fait que Marlowe et ses hommes consomment de la chair humaine ne prouve pas que la légende de Wendigo soit vraie, n'est-ce pas ?

Jenny leva les yeux vers lui. Elle était en train de soulever le panneau de la trappe.

— Non. Bien sûr que non.

— Mais vous, vous y croyez.

Elle laissa échapper un léger claquement de langue.

— Attendez-moi ici, se contenta-t-elle de répondre. Si vous voyez quoi que ce soit d'anormal, prévenez-moi. C'est tout ce que je vous demande.

Il la vit passer les jambes par l'ouverture de la trappe. Il ignorait si cette légende était vraie, mais Wendigo ou pas, il ne tenait pas à servir de repas à une bande de dégénérés.

— Dépêchez-vous, dit-il.

Jenny disparut.

28

Robert Nash était en train de lever sa bouteille de Ghrol pour boire une gorgée au goulot quand les veilleuses s'éteignirent en haut de la clôture. Il pivota d'un côté, puis de l'autre, essayant de déterminer s'il n'y avait pas de lumière au village. À cette distance, malgré le brouillard, il lui semblait pourtant bien que non.

— Merde, fit-il. Une saloperie de coupure de courant. C'est comme l'an dernier, quand le vent a fait tomber l'un des poteaux. M'est avis que le Jim va avoir du boulot, ce soir.

À ses côtés, Jon Bauer venait lui aussi de tourner la tête vers l'arrière. Un grognement sourd remonta de sa gorge.

— Tu t'en fous toi, hein ? déclara Nash sans même le regarder. Le moins qu'on puisse dire, c'est que t'es pas d'une compagnie trop encombrante depuis que ces maudits Indiens t'ont tranché la langue.

Il confia sa bouteille à Jon puis récupéra son fusil. Il avait déjà passé une jambe à l'extérieur du véhicule quand son talkie-walkie émit un bip. Il étouffa un rot et s'empara de l'appareil.

— Ouais, c'est moi. Qu'est-ce qui se passe ? Y a plus de jus.

— C'est général, informa la voix de Jeffrey Marlowe. Il va falloir brancher le groupe de secours. Rapidement.

— J'y allais, répliqua Nash. Jon et moi, on vient juste de s'en apercevoir. On était en train de tailler un brin de causette. On sait d'où vient le problème ?

— Pas pour le moment. Mais pour tout te dire, c'est pas impossible qu'on ait un petit souci. On va devoir rester sur nos gardes. Je suis à l'auberge, et l'étranger de ce midi est toujours pas rentré.

Nash regardait Jon.

— Et tu crois quoi ? Qu'il serait mêlé à cette coupure de courant ?

— Ça j'en sais rien, avoua Marlowe. Mais je me demande où il est passé. Peut-être qu'il était encore à l'auberge, pendant que j'y étais.

— Je croyais que la Jenny t'avait dit qu'il était parti ?

— C'est bien ce qu'elle m'a dit, confirma Marlowe. Mais elle m'a peut-être menti. En tout cas c'est ce que je vais essayer de savoir. Pour l'heure, il faut que je récupère Jim, histoire qu'il aille examiner la génératrice. Au moindre problème, vous me contactez. Est-ce que c'est clair ?

— Pas de problème, répondit Nash.

Il éteignit son talkie-walkie.

— Il va falloir ouvrir l'œil, mon vieux Jon. Cette nuit, elle a quelque chose de pas comme les autres.

Soudain, pendant une fraction de seconde, il lui sembla voir passer une ombre à l'extérieur.

— Merde, dit-il. T'as rien vu ?

Jon le regarda avec des yeux ronds comme des soucoupes. De nouveau, un curieux bruit remonta de sa gorge.

— Il se passe quelque chose, fit Nash. C'est pas normal tout ça.

La vitre s'étoila au moment où il ouvrit sa portière. Il rentra la tête dans les épaules et, pendant un court instant, il vit la calotte crânienne de Jon Bauer se soulever, comme si une rafale de vent venait de décoller une perruque de son crâne. Des morceaux de cervelle giclèrent dans l'habitacle et aspergèrent de sang le pare-brise et le tableau de bord… Du sang noir.

Nash se laissa couler au fond de son siège. Les mains rivées à son fusil, il essaya de déterminer la position du tireur.

Tout arriva alors très vite : la silhouette de Clarence Manchester apparut. Il y eut deux petits coups étouffés. La première balle atteignit Robert Nash à la poitrine et la seconde lui perfora la carotide. Un geyser de sang jaillit, expulsant le même liquide noirâtre que celui qui continuait à se répandre du crâne de Jon Bauer. Nash eut le réflexe de porter une main à sa jugulaire avant de tomber du pick-up et de rouler dans la neige.

Une forte odeur de poudre venait d'emplir l'atmosphère.

Clarence éjecta les douilles encore chaudes de son barillet puis rechargea son arme. Après avoir ajusté le dispositif d'ouverture du portail, il se faufila de l'autre côté.

Clarence vérifiait toujours quand il venait d'abattre quelqu'un. Il arrivait que l'organisme réagisse bizarrement avec une ou deux balles dans le buffet. Et tant que le doute subsistait, il considérait le travail inachevé.

Il était en train de prendre le pouls du premier corps quand il entendit un gargouillement, juste derrière lui.

Il se redressa en pivotant sur ses talons. Pendant une fraction de seconde, il avait cru voir Jon Bauer remuer une main, ce qui était plutôt inhabituel avec un morceau de cervelle en moins.

Il ajusta la visée et lui vida plus de la moitié du chargeur en plein cœur. Lorsque la fumée se fut dissipée, il s'approcha pour passer le buste dans l'habitacle. Le type n'avait plus l'air de bouger. Il remarqua le sang noir qui s'écoulait de sa poitrine…

Il n'en avait encore jamais vu de cette couleur. Il arrivait parfois que le sang soit plus ou moins foncé, ce qui était dû à une carence en oxygène. Mais à ce point-là… Il lui semblait aussi bien plus épais que la normale, limite poisseux.

Il ressortit la tête et aperçut le talkie-walkie de Robert Nash. Il décida de le prendre.

En bas, la vallée semblait calme… Il s'adossa à la carrosserie et regarda sa montre. Il était dans les temps. Son frère n'allait pas tarder.

Quant à Johnson, il vivait ses dernières heures.

29

Sam était resté planté dans une terreur indéfinissable, presque palpable. Le moindre bruit le faisait sursauter. Il se sentait épié à chaque seconde, comme si les ombres qui enveloppaient le cimetière dissimulaient des créatures infernales surgies de l'imagination d'un enfant. Ou d'un fou. *Surtout* d'un fou.

Tandis qu'il scrutait les ténèbres, la légende de Wendigo revenait le hanter, répandant dans sa bouche un goût cuivré qui lui rappela les relents d'un abattoir par une chaude journée ensoleillée. Une légende qui, en plus de lui donner l'impression de se retrouver en plein cauchemar, réveillait en lui ses peurs les plus profondes.

Il entendit Jenny remonter l'échelle et pivota en direction de la trappe. Ce fut avec un immense soulagement qu'il la vit réapparaître par l'ouverture.

Il s'avança et tendit la main pour l'aider à se hisser.

— Je commençais à trouver le temps long, confessa-t-il. Ça va, vous avez réussi à faire ce que vous vouliez ?

— C'est fait, dit-elle en chassant une mèche de cheveux qui lui tombait devant les yeux. Ils vont être obligés de brancher le système de secours. Quant à la génératrice, ils n'attendront certainement pas jusqu'à demain. Jim étant là où il est, ils vont devoir venir réparer eux-mêmes. Ce qui nous laisse un peu de temps.

— Et ça ne risque pas de leur mettre la puce à l'oreille ? demanda Sam. S'ils ont l'habitude de faire appel à Jim, justement, ils vont sans doute se demander où il est passé, non ?

Jenny referma le panneau de la trappe. Elle venait de remettre son sac à dos sur ses épaules.

— Bien sûr qu'ils vont se poser des questions. Mais ils s'occuperont en priorité de la génératrice. Ils ne prendront pas le risque de voir tomber en panne le groupe de secours à son tour. De toute façon, d'ici à ce qu'ils remarquent que tout ça n'est pas normal, nous devrions déjà avoir récupéré ma fille. Ensuite on avisera.

— On avisera ?

— En fonction des événements. Allons, venez.

Tout ça ne le rassurait pas. D'ici à ce que Marlowe ou l'un de ses petits copains finisse par leur tomber dessus… D'autant plus qu'ils se préparaient maintenant à rendre visite à deux de ses hommes.

Ils s'éloignèrent du cimetière en empruntant le même itinéraire qu'à l'aller.

Et autant dire que Sam n'avait plus beaucoup d'incertitude sur le sujet : les vrais ennuis ne faisaient que commencer.

30

Assis au volant du Patrol, Ronald Manchester observait sa montre : une Bulova multifonctions qu'il n'avait sans doute jamais autant regardée de sa vie. C'était indéniable : le temps ne s'écoulait jamais aussi lentement que lorsque l'on gardait les yeux rivés sur lui, comme s'il s'amusait à jongler avec chaque seconde.

Il attendit que la grande aiguille arrive sur moins vingt puis, levant les yeux vers le rétroviseur, y croisa le regard de Beaufort. Malgré l'absence de Clarence, il avait préféré rester à l'arrière.

— C'est l'heure, annonça Ron.

Miguel Beaufort opina, mouvement quasi imperceptible dans la pénombre qui enveloppait l'habitacle.

Absorbé dans ses pensées, il se demandait si Clarence n'avait pas eu d'ennuis, même s'il ne voyait pas très bien pourquoi il en aurait eu. Après tout, Clarence était un homme de terrain, ce n'était pas la première fois qu'il était confronté à ce genre de situation. Pourtant, il devait reconnaître qu'il se sentait un peu tendu, ce qui ne lui ressemblait pas. Il avait tout à fait conscience que cette inquiétude était liée aux coups de feu échangés avec ces types, mais il lui semblait aussi qu'il y avait *autre chose*, un élément qui le mettait mal à l'aise. Peut-être bien cette montagne.

Il se rappelait avoir éprouvé un étrange sentiment lorsqu'il l'avait vue. C'était stupide, évidemment, mais s'il prenait également en compte cette mystérieuse clôture, auprès de laquelle ces deux individus armés avaient l'air de monter la garde, il n'était plus très loin de se dire qu'il aurait mieux fait de venir avec plus d'hommes.

Il s'employa à retrouver son calme. Il se faisait des idées. Ils allaient récupérer Johnson et lui solder son compte, une bonne fois pour toutes. Après quoi, ils quitteraient les environs… Oui. Les choses ne pouvaient que se passer ainsi.

Ronald desserra le frein à main. Le Nissan prit la direction de Murton Caves, tous feux éteints, comme l'avait recommandé Clarence à son frère. La nuit était tombée depuis un bon moment, mais la pâleur du chemin était telle que Ron n'avait aucune difficulté à le suivre des yeux.

En observant le capot du Nissan, de la même couleur que la neige, il eut bientôt l'illusion d'avoir enclenché un dispositif camouflage. Il s'imaginait au volant de la voiture de James Bond, incapable de se souvenir si celle-ci était pourvue d'une telle fonction.

Cela le fit sourire. En cet instant, Ron n'était plus Ronald Manchester : vêtu de son costume noir qui venait de prendre l'allure d'un smoking bien plus chic, il avait endossé le rôle du héros de Ian Fleming.

31

Sam et Jenny approchaient de l'auberge. Elle saisit Sam par le bras et l'entraîna derrière un monticule de neige, pendant que les phares du Dodge perçaient le brouillard. Ils attendirent que le véhicule se soit éloigné avant de redresser la tête.

— On a eu de la chance, murmura Jenny. C'était Marlowe. Il va sans doute chercher Jim. Venez, inutile de perdre du temps.

Ils passèrent derrière l'auberge et empruntèrent un portillon en bois qui donnait accès à une cour. Après l'avoir franchi, Jenny s'arrêta. Elle ôta son sac à dos de ses épaules.

— À partir de maintenant, dit-elle, il va falloir que je compte sur vous. Vous allez devoir me couvrir. Restez derrière moi, à un ou deux mètres. Si le moindre danger se présente, vous tirez. C'est bien compris ?

Il répondit par un signe de tête. Il ignorait s'il pourrait utiliser le fusil en cas de danger, mais il avait bien l'intention d'essayer.

Jenny s'agenouilla auprès du sac et l'ouvrit. Sam vit qu'il contenait deux grosses bonbonnes, dont l'une en plastique portant la mention AZOTE PRESSURISÉ.

— Est-ce que vous allez enfin me dire ce que vous transportez là-dedans ? demanda-t-il.

— Notre passeport pour la liberté. Wood et Jesse ont mis des mois avant de le mettre au point.

Elle fit passer un tuyau en caoutchouc d'environ un pouce de diamètre en dessous du sac par une petite ouverture pratiquée à cet effet, et Sam constata que le tuyau se terminait par un embout métallique confectionné de deux tubes. L'un à l'horizontale, dont l'extrémité évoquait celle d'un tuyau d'arrosage, l'autre soudé à la verticale, sous le précédent. Muni d'une gâchette, ce dernier faisait office de poignée. Le tout évoquait une mini-lance à incendie, ou plutôt un pulvérisateur d'engrais.

— C'est un lance-flammes, indiqua Jenny en levant la tête vers lui. Un lance-flammes artisanal.

La nouvelle ne fut pas pour le rassurer. Il se demandait pour quelle raison elle se trimballait avec ce genre d'appareil, et surtout, dans quelle mesure elle était disposée à l'utiliser.

— Un lance-flammes ? Mais pourquoi a-t-on besoin d'un lance-flammes ?

— C'est une arme comme une autre, non ? Et puis Wood et Jesse n'allaient pas se mettre à fabriquer un fusil. C'est déjà une chance qu'ils aient réussi à récupérer celui que vous avez. Marlowe et ses hommes sont les seuls à avoir des armes, ici. Ils ont pris ce fusil chez Phil Lobster, le soir de l'incendie.

Elle remit son sac sur ses épaules.

— Il va falloir y aller maintenant. Vous vous sentez prêt ?

— Non… Mais j'imagine qu'on n'a pas vraiment le choix, n'est-ce pas ?

Elle lui répondit d'un pincement de lèvres.

Au fond de la cour, un éclairage extérieur mettait en relief la partie supérieure d'une porte. Ils prirent cette direction. En marchant, Sam fut saisi d'une curieuse impression, comme si quelqu'un les épiait, à seulement quelques mètres derrière eux. Il s'arrêta et pivota vers les bâtiments…

Il ne vit que des ombres. Le village baignait dans un silence de mort. Même le ronronnement du Dodge de Marlowe s'était tu. Puis il s'aperçut que Jenny ne l'avait pas attendu et décida que ce n'était pas le moment de la perdre de vue.

Il était déjà loin quand la silhouette se pencha à l'angle d'un bâtiment.

C'était une forme sombre, encapuchonnée, dont le vêtement foncé qui la recouvrait ne laissait entrevoir que l'extrémité des pieds…

32

Le Nissan bascula vers le fond de la vallée. Les phares toujours éteints, il entama sa longue descente en direction de la clôture. Clarence était resté près du Chevrolet. Il avait profité de son attente pour ouvrir le portail d'accès.

Ronald ralentit et alla se ranger tout près de son frère.

— Alors ? dit-il après avoir descendu sa vitre. T'as pas eu de problème ?

— Alors quoi ? rétorqua Clarence. T'es en retard ! Je t'avais dit à la demie !

Ronald prit un air étonné.

— Tu m'avais dit une demi-heure.

— Vingt minutes ! tonna Clarence en allant contourner le Nissan par l'arrière. Vingt minutes !

Sa voix se répercuta dans les profondeurs de la forêt, entre les troncs des conifères centenaires dont les branches frémissaient sous le murmure du vent.

Énervé, il prit place sur le siège passager et manqua s'asseoir sur le .9 mm de son frère. Il poussa un juron. À l'arrière, le visage tourné vers la vitre, Miguel Beaufort observait le cadavre de Robert Nash. La neige avait pris à cet endroit une étrange teinte violacée. Presque noire.

— Il n'y avait qu'un type ? demanda-t-il.

— Deux, rectifia Clarence. Mais l'autre est resté dans le pick-up. Il a eu son compte lui aussi. J'ai récupéré ça.

Il posa le talkie-walkie qu'il avait trouvé dans le Chevrolet sur le tableau de bord.

— On pourra peut-être intercepter un message, dit-il. J'ai préféré le prendre, au cas où.

— Tu as bien fait, approuva Beaufort.

En un instant, l'inquiétude qu'il avait d'abord ressentie venait d'être reléguée au rang d'anciens souvenirs. Ils allaient enfin pouvoir s'occuper du cas Johnson.

Au fond de la vallée, les bâtiments de Murton Caves émergeaient du brouillard, tels des récifs dont la crête dépasserait de la surface de l'eau.

— Ça va être difficile de suivre sa trace, estima Ron. Les empreintes de pneus se mélangent maintenant à d'autres.

— On va faire un tour de reconnaissance, décida son frère. Sa voiture doit être en bas, Johnson n'est pas loin.

Ronald démarra. Avant de s'enfoncer dans le brouillard, il repensa à cette fonction camouflage, celle qui équipait peut-être la voiture du célèbre agent secret.

33

Tout était calme… Jenny referma la porte de l'auberge derrière elle et fit signe à Sam de la suivre. Un grand couloir, plongé dans la pénombre… Malgré la présence du plancher, le bois craquait sous leurs pas. Plus qu'ils ne l'auraient voulu. Ils avançaient avec prudence, Sam à moins de deux mètres en arrière et Jenny postée en éclaireur. Elle tenait l'embout du lance-flammes devant elle, prête à enclencher le dispositif de mise à feu.

À cinq ou six mètres, une lueur dansait sur la paroi. Ses reflets orangés provenaient d'une pièce voisine. Sam avait la gorge serrée. Il avait du mal à réaliser qu'il était là, peut-être à deux doigts de devoir faire feu sur quelqu'un. Il avait eu beaucoup de galères dans sa vie, mais à côté de celle-ci, les autres faisaient pâle figure.

« Les Wendigos ont un cœur de glace, se souvint-il. C'est pour cette raison qu'ils doivent dévorer le cœur des vivants : pour survivre et avoir une chance de redevenir humains. »

Il préféra refouler ces pensées. La légende de Wendigo était bien là où elle était, enfouie dans une partie du folklore américain. Il n'avait aucune envie d'aller la déterrer. La seule chose qui importait à ses yeux, c'était de foutre le camp d'ici. Et vite.

Ils s'arrêtèrent près de l'ouverture et Jenny risqua un œil dans la pièce d'où provenait la lumière. À en juger par son expression, Sam comprit qu'il n'y avait aucun danger.

À la lueur d'une petite lampe à pétrole, la vieille Martha faisait mijoter une casserole de soupe sur un vieux poêle à bois.

Jenny s'avança.

— Je suis venue chercher ma fille, annonça-t-elle.

Elle n'eut pas à élever la voix pour se faire entendre. La vieille Martha avait parfaitement saisi le sens de leur visite. Il faut dire qu'un type armé d'un fusil à canon scié et une femme équipée d'un lance-flammes, ça ne se croisait pas tous les jours, encore moins à Murton Caves.

La vieille Martha les dévisagea un instant puis remonta ses lunettes sur son nez.

— Elle est en haut. Comme d'habitude.

Puis elle continua à les observer. Son visage ne montrait aucune émotion.

— M. Marlowe vient de partir. C'est à cause de la coupure d'électricité. C'est pour cette raison que j'ai retardé l'heure de donner à manger aux enfants. Je me doutais bien que vous finiriez par arriver. Je vais monter à boire au docteur et à M. Splatwood. Ça les occupera. Vous en profiterez pour vous glisser derrière moi. Je ferai comme on a dit.

Elle remplit quatre bols de soupe et s'empara d'une bouteille de Ghrol avec deux verres qu'elle déposa sur un plateau. En la regardant s'affairer, Sam eut l'impression que le temps était suspendu. Pendant ces longues minutes, aucun d'eux ne parla. Tous les trois savaient ce qu'ils faisaient là, et ils savaient aussi que c'était loin d'être gagné.

Ils emboîtèrent le pas de la vieille et montèrent à l'étage. Ils passèrent près de la chambre de Sam, avant de continuer jusqu'à la porte rouge qu'il avait déjà aperçue. Enfin, la septuagénaire s'arrêta et appuya son plateau à la base de l'encadrement d'une fenêtre.

— Bonne chance à vous, leur souffla-t-elle. Allez vous

cacher. Pour le reste, croisons les doigts. Mais tout va bien se passer. Vous n'avez pas à vous inquiéter.

D'un signe de tête, Jenny lui exprima sa reconnaissance. Puis elle entraîna Sam dans une pièce voisine et referma la porte derrière eux. Une longue attente débuta.

Au bout d'un moment, ils entendirent la vieille Martha frapper à la porte rouge. Trois petits coups normaux. On aurait presque pu penser qu'elle rendait visite à un ami.

Sam et Jenny levèrent la tête. Un raclement de chaise, au niveau supérieur.

Ils entendirent des pas descendre un escalier puis une voix : celle de Peter Brown.

— Je vous ai apporté de quoi vous réchauffer, fit la vieille de l'autre côté de la cloison, en parlant près de la porte rouge. Il faut aussi que je donne à manger aux enfants. Ça va pas être pratique dans tout ce noir.

Il y eut un bruit de serrure. Tout près d'eux, Sam entendit le plancher craquer.

— On a des bougies, avisa le docteur. De toute façon, le courant sera bientôt rétabli.

Derrière la porte, Sam pouvait deviner la présence de Peter Brown. Un homme qui, selon Jenny, était capable de dévorer la chair de ses semblables. Pendant un instant, il imagina son haleine. Un souffle putride, où se mêlaient le goût de la charogne et du sang.

Soulagé, il entendit les pas s'éloigner.

— L'étranger n'est toujours pas rentré ? demanda le docteur.

La vieille Martha ne comprit certainement pas car il lui fallut répéter la question.

— Oh, je ne sais pas, dit-elle après coup. Je ne suis pas allée vérifier. Où il a pu passer, je me le demande. M. Marlowe n'en sait pas plus ?

Ainsi ils savaient. Évidemment, qu'est-ce qu'il s'imaginait ? Que sa disparition allait passer inaperçue ?

Le docteur ne répondit pas.

— Docteur, reprit la vieille, vous seriez gentil de me débarrasser de mon plateau. Mes pauvres jambes ne sont plus assez solides. La dernière fois, j'ai failli tomber dans l'escalier. Vous vous souvenez ? Je n'aimerais pas que ça se reproduise aujourd'hui, en pleine obscurité. Je peux refermer derrière nous, qu'est-ce que vous en dites ?

Sa proposition fut suivie d'un nouveau cliquetis de serrure. Puis les pas s'éloignèrent et ils commencèrent à monter l'escalier.

Sam sentit la main de Jenny se poser sur la sienne. Elle avait les doigts glacés.

— Venez.

Ils sortirent de la pièce… Le couloir était silencieux. La porte rouge, en apparence fermée.

— Vous avez la clé ? demanda Sam à voix basse.

— Non. Le Dr Brown et James Splatwood sont les seuls à en avoir une. À part peut-être Marlowe. Mais si la vieille Martha a bien fait son boulot…

Elle posa la main sur la poignée. La porte s'ouvrit sans difficulté.

— … elle aura donné un tour de clé en prenant soin de ne pas engager le pêne.

Sam leva les yeux. Émergeant de la pénombre, un étroit escalier. La seconde partie de leur plan. Et surtout, le début des emmerdes.

34

Au-dessus de Murton Caves, le vent soufflait en rafales. Pendant un instant, il couvrit même le murmure rauque qui s'élevait de l'intérieur du pick-up. Il s'agissait d'un grognement guttural, animal, où l'on reconnaissait à peine le timbre d'une voix humaine.

La main de Jon Bauer fut parcourue d'un spasme inattendu et ses doigts se mirent à remuer. Pas beaucoup au départ, comme si un marionnettiste tentait de ranimer son pantin en tirant sur ses fils. Puis les mouvements se firent plus réguliers, s'étendant sur toute la main telle une monstrueuse araignée en train de reprendre vie.

Elle atteignit la poignée de la portière, ouvrit, et Jon Bauer passa une première jambe à l'extérieur…

Mû par une succession de mouvements brusques et saccadés, il s'extirpa du véhicule, la colonne vertébrale tordue dans un angle anormal. Derrière son crâne, le sang avait coagulé. Il formait une croûte épaisse qui avait l'apparence du charbon.

Son corps fut traversé d'un nouveau spasme et il se pencha en avant pour vomir, aspergeant la neige et ses bottes d'un liquide noir et visqueux. Puis il resta un moment ainsi, un filet de bave se balançant à son menton.

Quand il fut convaincu d'avoir repris le contrôle de son

corps, l'individu au bec-de-lièvre fit craquer les os de sa nuque. Ses cervicales émirent un claquement sec, ses vertèbres se remirent en place. Il s'essuya les lèvres et fit rouler ses yeux dans leurs orbites : une fois vers la gauche puis une fois vers la droite. Il se cramponna alors à la remorque et contourna le pick-up…

Gisant dans la neige, Robert Nash avait lui aussi commencé à bouger l'extrémité des doigts. Et quand il eut assez de force pour soulever les paupières, un éclat jaune et glacial se mit à briller au fond de ses yeux.

Une lueur qui les habitait depuis plus de cent trente ans.

35

— Alors ? fit Splatwood en voyant revenir le docteur. C'était qui ?

Assis dans un rocking-chair, près d'une table, les jambes étendues et les talons posés sur le plancher, il était occupé à tailler un morceau de bois à l'aide d'un canif. Il y sculptait une tête à l'aspect démoniaque.

— La vieille, répondit le docteur. Elle est venue donner à manger aux enfants.

Il posa la bouteille que lui avait remis la vieille Martha et les deux verres sur la table.

— Et ça, c'est pour nous, ajouta-t-il.

Le sourcil levé, James Splatwood lui envoya un regard sceptique.

— Je suis pas sûr que ce soit le moment de picoler. Pas tant que le courant sera pas revenu.

Pourtant, le docteur ne se laissa pas démonter. Il fit de la place sur la table et repoussa une grosse bougie posée dans une coupelle en direction de Splatwood. Ce dernier s'interrompit dans son ouvrage.

— Hé là, Brown. Je peux savoir à quoi tu joues ? Tu sais très bien que j'ai horreur de ces saloperies ! Alors enlève-moi ça, tu veux ?

Le docteur obéit. Il repoussa la bougie à l'autre bout de

la table, le plus loin qu'il put de James Splatwood, et tira une chaise pour s'asseoir. Il déboucha la bouteille de Ghrol et se servit un verre.

— Il a appelé ? demanda-t-il.

— Qui ?

— Marlowe.

De nouveau concentré sur sa tâche, James Splatwood fit non de la tête.

— C'est tout de même curieux cette coupure de courant, observa le docteur, son verre à quelques centimètres des lèvres. On n'en a pas souvent au village, et encore moins de générale. Sans compter que ça dure jamais aussi longtemps.

Il but. Près de lui, la flamme de la bougie vacilla, avant de se stabiliser de nouveau. James Splatwood redressa la tête.

— Qu'est-ce que c'est ? dit-il. T'as rien senti ?

Il se tourna vers la porte. Le docteur l'imita, son verre toujours à la main.

— On aurait cru un courant d'air, suggéra Splatwood.

Il replia son canif, posa le morceau de bois sur la table et se leva.

— Ça doit être la porte du bas, supposa le docteur. La vieille l'a peut-être mal refermée. Ce serait pas la première fois.

— Comment ça, elle l'a peut-être mal refermée ? T'as même pas vérifié ?

— Je tenais son plateau, se justifia le docteur. Je pouvais pas tout faire. Et puis rappelle-toi, la dernière fois, elle a failli dégringoler dans l'escalier. Je l'ai enfermée avec les gosses de toute façon. On craint rien.

— Ah ouais ? Et tu comptes rester là à boire ton verre tranquillement ?

Ils échangèrent un regard, lourd de signification.

— Non. Je vais aller vérifier.

— Tu ferais bien. Si Jeff débarque et qu'il trouve la porte

ouverte, je suis pas sûr que ça le mette de bonne humeur. Ça risque même de chauffer pour notre matricule.

Un bip retentit. À l'aide de sa main gantée, Splatwood décrocha le talkie-walkie qu'il portait à sa ceinture. C'était un appel de Marlowe.

— Impossible de mettre la main sur Jim, dit celui-ci. Il reste introuvable. Je vais devoir aller vérifier la génératrice moi-même. Tout est en ordre de votre côté ?

— Pour l'instant, répondit Splatwood.

À nouveau, il échangea un regard avec le docteur.

— T'as besoin de moi ? demanda-t-il.

— Ça se pourrait… J'imagine que l'étranger est toujours pas rentré ?

Le docteur fit signe qu'il n'en savait rien.

— On sait pas. Qu'est-ce que tu veux qu'on fasse ?

— Pour le moment, restez où vous êtes. Au moins le temps que je descende au cimetière. Après, c'est pas impossible que je vienne te chercher. Il faudra peut-être passer le village au peigne fin. Enfermer les gosses ailleurs, par mesure de sécurité. Si le docteur pouvait nous donner un coup de main, lui aussi, ce serait formidable.

Splatwood fronça les sourcils. Il réfléchissait.

— Et tu penses que la disparition de Jim est liée à celle de l'étranger ?

— Ça j'en sais rien, admit Marlowe. Mais ça n'a rien d'impossible. Ça l'a peut-être mis en rogne de l'avoir vu danser avec la Jenny. Tu sais comment est Jim. Il dit rien, mais il en pense pas moins.

Un crachotement s'éleva du haut-parleur et pendant quelques secondes, James Splatwood dut écarter l'appareil de son visage. Le grésillement lui fut très désagréable.

— Et les autres types ? questionna-t-il après coup. Ceux qui sont venus tout à l'heure ?

— Rien de neuf de ce côté-là. Aux dernières nouvelles, tout était calme. J'ai demandé à Nash de brancher le groupe de secours. J'espère qu'il l'a fait. Pour l'heure, assurez-vous que l'étranger n'est pas rentré. Je vous rappelle d'ici une demi-heure.

Il coupa la transmission.

Le regard pensif, le Dr Brown sortit un mouchoir de sa poche. Il cracha une mucosité aussi noire que l'était le sang de Robert Nash et de Jon Bauer.

— Qu'est-ce que tu fais ? lui lança Splatwood. Je croyais que tu devais aller vérifier cette porte ?

— J'y vais.

Il récupéra son fusil puis se dirigea vers l'entrée.

Il sortit sans dire un mot.

Sam et Jenny venaient d'arriver en haut de l'escalier.

— Vite, chuchota Jenny. Par ici !

Elle l'entraîna dans un renfoncement pourvu d'une fenêtre. À cet endroit, le couloir formait un T, juste dans l'alignement des marches.

Quelqu'un venait… Ils entendaient des pas.

Très vite, Sam nota que la situation n'était pas à leur avantage : la configuration des lieux ne leur permettrait pas de s'échapper. De ce côté, l'escalier était leur seule issue, et impossible de l'atteindre sans retraverser le couloir.

Il ramena le fusil contre sa poitrine, conscient que ses mains s'étaient mises à transpirer.

Un peu plus loin, Peter Brown approchait. Il marchait d'un pas lent, son fusil à la main. Il dépassa une première porte puis, sans raison apparente, s'immobilisa.

Sam prit alors conscience de quelque chose qui lui avait échappé jusque-là. Au centre du couloir, la lune qui pénétrait par la fenêtre projetait deux ombres sur le plancher : *leurs* ombres. Quand il s'en aperçut, il sentit son cœur s'arrêter. Il n'espérait qu'une chose : que le docteur soit suffisamment stupide pour ne pas les avoir vues.

Il se trompait.

— Qui est là ? appela Peter Brown.

Le fusil braqué à l'horizontale, il adopta une pose de chasseur prêt à presser la détente.

Avec nervosité, Jenny enserrait la poignée de son lance-flammes. Elle avait le front couvert de sueur et ne cessait de se mordiller la lèvre. Sam la vit ouvrir le robinet d'alcool de l'appareil. Une étincelle jaillit ; il n'eut pas la présence d'esprit de la retenir.

À la vue du puissant jet enflammé qui illumina l'étage, Peter Brown pivota de quarante-cinq degrés. Il leva son coude pour se protéger le visage, tandis que les flammes rebondissaient sur les parois, venant lécher le bas de son pantalon. Quand sa première jambe s'embrasa, il poussa un cri effroyable.

Il heurta l'un des murs puis buta contre la paroi opposée. Dans sa confusion, il laissa tomber son fusil, tentant d'étouffer les flammes qui lui dévoraient la jambe. Jenny profita de sa panique pour réenclencher la pompe : Peter Brown s'enflamma, se tordant de douleur. Des cloques sanguinolentes se formèrent à la surface de sa peau. Derrière le verre de ses lunettes, un liquide purulent s'écoulait de ses yeux en train de fondre. Sam le vit s'effondrer, son corps soulevant une gerbe d'étincelles au moment où il heurta le plancher. À l'endroit où son cœur se trouvait, une mousse blanchâtre s'échappait en frémissant. C'était de l'eau, que la température du feu avait porté à ébullition.

Il fut alors témoin d'un phénomène inexplicable.

À travers les flammes, le visage de Peter Brown se transformait, prenant l'apparence d'un animal – celle d'un loup, peut-être. Pendant un instant, il vit sa mâchoire enfler jusqu'à sortir de sa bouche. Ses doigts se recroqueviller, ses mains semblables à des serres. Puis le corps reprit sa forme initiale et Sam se demanda s'il n'avait pas été victime d'une hallucination.

Jenny coupa l'arrivée d'alcool du lance-flammes. Elle transpirait abondamment. Elle n'eut pas le temps de s'essuyer le front que déjà un coup de feu éclatait, faisant voler en éclats une partie de la cloison, juste au-dessus de la tête de Sam.

Ils coururent se mettre à couvert, pendant qu'un second coup de feu retentissait.

À l'extrémité du couloir, dans la fumée et l'odeur de chair brûlée qui s'élevaient du corps de Peter Brown, la silhouette de James Splatwood apparut. Il se tenait immobile, son revolver pointé dans le prolongement de son bras. Un Colt .44 à la crosse nacrée.

Sam regarda Jenny. Il la trouva jolie à la lueur de la lune, même si bien sûr le moment était mal choisi pour ce genre de considération. Ses yeux dérivèrent ensuite sur son sac à dos et il vit un filet de liquide s'écouler d'une des bonbonnes. Une balle avait transpercé le réservoir d'alcool.

Quand il le fit remarquer à Jenny, elle lui adressa un regard inquiet.

— Où c'est que tu te caches, salope ? lança Splatwood. Tu penses avoir une chance de t'en tirer ? De récupérer ta fille et de mettre les voiles ? C'est des conneries. T'aurais beau réussir à quitter le village, on mettrait pas longtemps à te retrouver. Et ça tu le sais très bien. Alors maintenant, tu vas m'écouter : je te laisse une dernière chance. Soit tu sors d'où t'es, soit je m'en vais t'en faire sortir. C'est à toi de voir comme on dit. Mais dans tous les cas, si tu fais des complications, c'est la petite qui trinquera.

Sam vit que les mains de Jenny tremblaient. Il repensa au visage qu'il avait cru voir à travers les flammes. Un visage aussi monstrueux qu'inhumain.

Jenny lui prit le fusil des mains et s'approcha de l'angle du couloir :

— James ! Je suis venue chercher ma fille. Et personne ne m'en empêchera. Pas même toi ! C'est à *toi* de choisir : soit tu me laisses repartir avec elle, soit je t'envoie rejoindre le docteur en enfer !

Splatwood déglutit. Il fit une grimace qui, pendant un instant, dévoila l'émail de ses dents. Ses yeux devinrent lumineux. D'un mouvement d'une étonnante fluidité, il s'avança d'un pas, aussi silencieux que le frémissement de l'air.

Jenny sortit de sa cachette au même moment. Splatwood ne se laissa pas surprendre. Il prit une impulsion, s'élança vers elle et brandit son Colt pour la frapper au milieu du front. Jenny s'écroula, le carburant du lance-flammes continuant de s'écouler…

Splatwood rangea son Colt à sa ceinture.

— Pauvre conne, lâcha-t-il en s'approchant. Tu croyais que je me laisserais berner comme le docteur ?

En le voyant passer auprès de lui, Sam comprit que l'homme ne l'avait pas encore remarqué. Le premier tir qui lui avait frôlé les cheveux avait été accidentel. Quant à son ombre, elle s'était trouvée en partie dissimulée par celle de Jenny.

Il détermina la position du fusil qu'elle avait perdu lors de sa chute et fut sur le point de bouger pour s'en emparer.

Splatwood se tourna vers lui à ce moment-là.

— Tiens, tiens, fit-il. Qui voilà…

Sam n'eut pas le temps d'esquiver son attaque. Il se sentit soulevé du sol puis fut projeté contre la rambarde de l'escalier où il s'effondra. La seule chose qu'il eut le temps de se dire, pendant son vol plané, est que l'individu qui venait de l'envoyer dans les airs possédait une force prodigieuse.

Il redressa la tête et aperçut le fusil du docteur. Mais avant d'avoir pu l'atteindre, James Splatwood le souleva à nouveau et le plaqua contre la paroi, ses pieds ne touchant plus terre.

Sam comprit alors qu'il n'avait pas été victime d'une hallucination quand il avait cru voir le visage de Peter Brown se déformer à travers les flammes. James Splatwood avait la même mâchoire proéminente. Des dents énormes, taillées en pointe, d'une dimension telle qu'elles jaillissaient d'entre ses lèvres.

Bien qu'il se soit rarement battu au cours de son existence, Sam n'était pas plus idiot qu'un autre. Il savait que l'organe situé entre les jambes de son agresseur pouvait causer des maux insupportables. Il chercha donc la paire de couilles de James Splatwood à travers son pantalon et, dès qu'il l'eut trouvée, la lui vrilla de toutes ses forces. L'homme recula, fut contraint de le lâcher, et Sam s'écroula. Il ne lui fallut qu'une fraction de seconde pour repérer le revolver que James Splatwood avait rangé à sa ceinture.

Il s'empara du Colt et pressa sur la détente : les détonations résonnèrent, déchirèrent le silence de l'auberge. Quand il rouvrit les yeux, il vit Splatwood s'effondrer, l'abdomen criblé de quatre balles. Un épais jus noir s'en écoulait.

Il se débarrassa de l'arme et dut se cramponner à la rambarde de l'escalier pour se relever.

À quelques pas, Jenny avait repris connaissance…

— Sam… N'approchez pas… Ce n'est pas ce que vous croyez.

Il allait passer près du corps de James Splatwood quand il le vit remuer l'extrémité des doigts. Lorsqu'il remarqua un nouveau spasme passer dans le haut de sa colonne vertébrale, il comprit.

Pour une raison qu'il ignorait, James Splatwood n'était pas tout à fait mort.

36

Au sommet de la colline qui surplombait Murton Caves, bien que leurs muscles soient encore légèrement ankylosés, Robert Nash et Jon Bauer se mouvaient maintenant avec plus d'aisance. Les plaies laissées par les balles qui leur avaient transpercé le corps ou pulvérisé une partie de la cervelle se refermaient. Leur organisme se reconstituait, il se réparait. À l'emplacement de ces mêmes plaies, la peau était encore molle. Leurs articulations n'avaient pas tout à fait retrouvé leur mobilité mais elles fonctionnaient. De leurs blessures, il ne restait que de larges traces violacées. Des ecchymoses qui disparaîtraient, elles aussi, au bout de quelques heures.

Ce n'était pas la première fois que l'on essayait de les tuer. Nash se souvenait d'ailleurs très bien de ce fameux mois de juin, une dizaine d'années auparavant, où de nombreux orages avaient déferlé sur la région, chargeant l'atmosphère d'électricité. Selon lui, ces orages avaient joué un rôle non négligeable à cette époque dans le soulèvement d'une minorité d'habitants. Pas de manière décisive, mais ils les avaient incités à franchir le pas. L'orage, ça n'effraie pas que les animaux, ça peut aussi taper sur le système des gens. Ça les rend nerveux, les pousse à la folie, parfois jusqu'au suicide.

Maintenant qu'il y réfléchissait, durant cette période, il se rappelait en avoir eu, un suicide. Celui de la petite Barnes. Elle s'était pendue dans la grange de son père. Peut-être qu'elle avait vu ce jour-là ce qu'il ne fallait pas voir. Qu'elle avait aperçu l'un d'eux tirer le cadavre de son jeune frère jusqu'au hangar du vieux, avant qu'il n'y soit coupé en morceaux. Nash ne se souvenait plus si cet épisode-ci s'était déroulé avant l'autre mais peu importait. L'essentiel était que l'enchaînement des événements avait motivé une poignée d'habitants à tenter le diable. Le mari de la vieille Martha en faisait partie. Sauf que personne ne savait à qui ils avaient affaire. Ni à quoi.

Au bout du compte, l'affaire avait été classée. Mais on a beau éradiquer les bêtes malades d'un troupeau, on finit toujours par récolter les mêmes fruits. Plus ou moins mûrs. C'est dans l'ordre des choses. Et l'incendie du mois dernier était là pour le leur rappeler. Il était hors de question de prendre des risques à l'heure actuelle. Certains savaient. Ce qui signifiait qu'un nouveau chef de meute avait peut-être fait son apparition. Quelqu'un qui aurait mis Wood Edison et Jesse Willington au courant de la situation par exemple. Quant au père de ce dernier, Nash ne pensait pas qu'il y avait été mêlé. Marlowe non plus ne le pensait pas. Sinon, il ne serait jamais entré dans le bar armé d'une simple hache. Ça aurait été stupide de sa part. Irréfléchi.

Il tira sur le lanceur du groupe de secours et l'engin se mit en route. Un bourdonnement semblable à un moteur d'avion dont les vibrations faisaient trembler les parois de la cabane.

Quand il sortit à l'air libre, il put constater que le courant passait de nouveau dans la clôture. Les témoins clignotaient.

Une bonne chose de faite. Restait à refermer le portail et, bien sûr, à prendre ses précautions.

— Il va falloir descendre au village, dit-il en s'adressant à Jon Bauer. Ce serait plus prudent que l'un d'entre nous reste ici, c'est sûr, mais il m'est avis qu'on va avoir besoin de nous, en bas.

Bauer acquiesça. Il n'était pas tout à fait remis et se penchait pour vomir à nouveau.

— T'es sûr que tu te sens bien ? lui demanda Nash. Ça doit être la balle que tu t'es pris dans la cervelle. C'est bien plus long à se remettre quand il s'agit du ciboulot. Tu penses avoir les idées en place ?

En réponse, Jon cracha dans la neige ; enfin il saliva, car la longueur de la chose s'étira de vingt ou trente centimètres, jusqu'à se détacher de ses lèvres et à atterrir mollement entre ses pieds.

— Si tu veux mon avis, reprit Nash en se dirigeant vers la clôture, ces étrangers, ça m'étonnerait beaucoup que ce soient des amis de l'autre. Il va falloir s'occuper d'eux. Et de les savoir armés, ça va pas arranger nos affaires.

Surtout qu'en prime ils avaient embarqué leur talkie-walkie.

Il se baissa devant le portique et aligna une longue chaîne cloutée qu'il avait récupérée dans la cabane. Il la recouvrit d'un peu de neige. Si ces étrangers repassaient par là, leurs pneus n'allaient pas apprécier. Puis il passa une seconde chaîne à travers le grillage, tout ce qu'il y a standard celle-ci, et joignit les deux bouts. Il attacha solidement le tout à l'aide d'un cadenas.

— C'est moi qui vais conduire, gamin. Je sais pas où sont passés ces types mais ils doivent pas être bien loin. Il faut aussi qu'on prévienne les autres.

Ils montèrent à bord du Chevrolet et Nash tourna la clé de contact. Le pick-up démarra au quart de tour.

Au loin, le village semblait mort. Il faisait penser à un charnier, à des cadavres d'animaux sauvages entassés, le brouillard n'étant que l'exhalaison de leurs corps en décomposition.

37

Au premier étage de l'auberge, Jenny s'était redressée. La fumée qui s'élevait du corps de Peter Brown commençait maintenant à se dissiper, laissant des rubans bleutés flotter dans des traits de lumière blanche. Un peu en retrait, Sam observait le corps de James Splatwood, s'interrogeant sur la raison pour laquelle les balles qui lui avaient perforé l'abdomen n'avaient pas suffi à le tuer.

Brusquement, l'homme fut agité d'un nouveau spasme. Son échine se courba et il parvint à se décoller du plancher de quelques centimètres. Un soubresaut qui rappela à Sam la convulsion d'un corps sur un lit d'hôpital, frappé par les électrochocs d'un défibrillateur.

— Reculez, ordonna Jenny en pivotant vers lui. Il n'y a que le feu qui peut les tuer, ou une température très élevée !

Elle actionna la gâchette du lance-flammes mais rien ne se produisit. Elle avait le front couvert de sueur. Des mèches de cheveux lui collaient au visage, encadrant la marque que lui avait laissée la crosse du Colt.

Sur le sol, James Splatwood souleva les paupières, révélant deux yeux révulsés. D'un mouvement d'épaules, Jenny inclina la bonbonne de carburant. Elle parvint à faire passer un peu d'alcool dans la pompe, tandis que Splatwood s'agrippait aux balustres de l'escalier en essayant de se relever. Il réussit à passer un bras autour de la rampe et à se hisser, le visage crispé en une grimace de souffrance.

Lorsque Jenny pressa de nouveau la gâchette, un souffle enflammé jaillit de l'extrémité de la lance, atteignant Splatwood au visage. Mais l'appareil avait perdu en puissance et ne tarda pas à s'éteindre. Jenny venait de brûler les derniers centilitres de carburant.

La tête et une partie du torse en feu, Splatwood perdit un instant l'équilibre. Il se rattrapa au moyen d'une convulsion du bassin puis, dans un éclair de lucidité, se rua en direction de la fenêtre. Ni Sam ni Jenny n'eurent le réflexe d'intervenir. Il pulvérisa la vitre sur son passage et atterrit dans la neige sept ou huit mètres plus bas.

Jenny se précipita à l'ouverture. En contrebas, Splatwood se tortillait comme un ver. Il réussit à enfouir sa tête dans la poudreuse et à étouffer les flammes qui lui dévoraient le visage. Ses jambes cessèrent de gigoter.

— On l'a raté, fit Jenny. Venez, il va sans doute revenir, avec des renforts !

Elle quitta son poste d'observation, ramassa son fusil à canon scié puis s'agenouilla auprès de Peter Brown. Elle trouva dans les lambeaux calcinés de ses vêtements une grosse clé en fer.

Sam essayait de revenir à la réalité. Il ramassa le fusil du docteur, l'esprit encore embrumé par les images de ce qui venait de se produire. En se redressant, il aperçut un talkie-walkie sur le sol et en déduisit qu'il appartenait à Splatwood. Il se baissa pour le prendre.

L'instant d'après, ils déverrouillaient la porte de la pièce où étaient retenus les enfants…

L'endroit était assez spacieux. Sous une charpente apparente, des lampes à pétrole et des bougies projetaient leurs nuances de rouge et d'orange en faisant jouer des ombres immenses sur les murs. Un grand morceau de moquette aux bords élimés recouvrait le plancher, jonché de jouets rudimentaires. Au fond, des lits superposés étaient encadrés par un long plan de travail dédié à diverses utilisations, en particulier au soin des enfants. En plus des trois bambins qui se trouvaient là – un garçon et deux filles –, il y avait la vieille Martha. Elle se tenait au côté d'une adolescente de seize ou dix-sept ans. La jeune fille était enceinte.

Jenny se débarrassa de son lance-flamme et alla retrouver la seule fillette aux boucles auburn. Elle s'agenouilla auprès d'elle et la prit dans ses bras. Aussitôt, ses yeux se gonflèrent de larmes.

— Maman…

— Ne t'inquiète pas, ma chérie. Je suis venue te chercher.

Malgré les circonstances, Sam trouva la scène touchante. Il avait toujours eu de l'affection pour les enfants. Il aperçut la vieille Martha. Elle venait de passer la tête dans le couloir, où se trouvait le corps du docteur.

— Paix à son âme, murmura-t-elle en faisant un signe de croix. Puisse-t-il enfin trouver le repos.

— Nous allons les mettre à l'abri, annonça Jenny en se relevant. Nous reviendrons les chercher un peu plus tard, quand nous aurons récupéré la camionnette… Amy, tu penses pouvoir nous suivre ?

La jeune fille enceinte répondit par l'affirmative. Sam en conclut donc qu'ils allaient se trimballer avec toute la clique, soit trois fois plus de chances de se faire repérer.

Ils plièrent bagage et sortirent de l'auberge par la porte de derrière. Jenny fit jouer la culasse de son fusil. Après avoir jeté un regard à la ronde, ils traversèrent la chaussée puis s'engouffrèrent dans une ruelle.

— Où est-ce qu'on les emmène ? demanda Sam à Jenny.

— Dans la maison qui a brûlé. L'entrée de la cave est toujours accessible. C'est là-bas que j'ai trouvé la pépite d'or et la photo que je vous ai montrées. C'est le dernier endroit où Jeffrey Marlowe ira fouiner.

— Et ensuite ? Ne me dites pas que vous avez l'intention de tous les emmener ?

— Je ne sais pas. Je n'ai pas encore décidé. Mais c'est ce qu'ils espèrent en tout cas. Aucun d'eux n'a envie de rester là, croyez-moi.

Elle ralentit le pas.

— Sam, je voulais vous remercier pour tout à l'heure. Sans vous…

— Ça va. Vous me remercierez quand nous aurons fichu le camp d'ici. Pour le moment, je crois que nous avons encore quelques détails à régler.

Ils bifurquèrent à l'angle d'une habitation et s'engagèrent dans une ruelle plus étroite. La vieille Martha ralentissait leur progression. Sam croisait aussi les doigts pour que l'un des enfants ne se mette pas à crier. Mais ils se tinrent tranquilles. Ils n'étaient plus qu'à quelques minutes de leur destination lorsqu'ils entendirent un bruit de moteur.

Jenny donna l'ordre au groupe de s'arrêter puis se déplaça pour jeter un œil à l'angle de la rue… Le Nissan fit son apparition, tous feux éteints, à une vitesse qui ne devait guère excéder les quinze miles à l'heure.

— Je crois que ce sont vos tueurs, murmura-t-elle. Ils sont entrés au village.

Sam sentit de l'acidité lui remonter dans l'estomac.

— Où vont-ils ?

— Je ne sais pas. Ils doivent vous chercher. Continuons, ça ne sert à rien de…

Sur leur droite, une silhouette venait de sortir de la brume. Le visage dissimulé dans l'ombre d'une capuche, elle portait un long vêtement qui tombait jusqu'à ses pieds. Le brouillard lui donnait une apparence irréelle, spectrale. Sam n'en était pas convaincu, mais il lui sembla que Jenny connaissait le mystérieux individu.

Il espérait juste qu'il ne soit pas leur ennemi.

38

Le Nissan roulait au pas. Le regard braqué vers l'extérieur, Miguel Beaufort jouait de nouveau avec sa chevalière en or. Il scrutait les environs, le profil de son visage se découpant sur la clarté du dehors, la courbe de son nez rappelant plus que jamais le bec d'un rapace.

Le bourg était silencieux. Sans les traces de pneus qui sillonnaient l'avenue principale, on aurait pu le croire abandonné depuis des siècles. Une architecture qui semblait surgir du passé. Des fenêtres barricadées par des planches, l'absence de véhicules dans les rues… Et aucune trace de Johnson.

Le Nissan remonta lentement l'avenue principale et arriva devant la plus grande intersection du village, où le Barbarian faisait l'angle. Il hésita un instant puis bifurqua vers l'est, en direction de l'auberge.

Le brouillard ne tarda pas à l'envelopper.

Au coin de la rue, le panneau d'un volet cognait contre une façade.

39

— Qui est-ce ? demanda Sam. Vous le connaissez ?

Jenny ne dit rien. Elle continuait d'observer l'individu avec méfiance, comme si elle avait toujours des doutes sur son identité.

— Tom ? fit la jeune fille qui les accompagnait. Tom, c'est toi ?

La silhouette eut un hochement de tête. Puis elle plaça un doigt dans l'ombre de sa capuche, devant ses lèvres, et les invita à la suivre. Elle disparut à l'angle d'une maison.

— C'est Tom Gullinger, indiqua Jenny. Venez, je crois qu'il veut nous aider.

Bonne nouvelle. S'il existait une personne susceptible de leur prêter main-forte, dans ce patelin, Sam n'allait pas se faire prier. Il partit en tête du groupe et franchit l'angle à son tour. La silhouette les attendait un peu plus loin, en haut d'une volée de marches qui menait jusqu'à ce qui semblait être une cave. Une faible lumière en émanait.

— Dépêchons-nous, dit Tom Gullinger. Nous n'avons pas beaucoup de temps.

Jenny s'était approchée de Sam.

— Attendez, souffla-t-elle. Je n'ai pas envie de tomber dans un piège.

— Il n'y a aucun piège, leur assura Tom Gullinger. J'étais avec Wood et Jesse ce soir-là…

Puis il ajouta : « La Grande Ourse permet de trouver la Polaire. »

Ce fut suffisant pour convaincre Jenny.

La pièce dans laquelle ils entrèrent tenait plus d'un sous-sol que d'une cave. Des empilements de caisses occupaient le lieu. Ça sentait l'humidité et la moisissure. Bas de plafond, l'endroit leur permettait toutefois de rester debout. Au fond, deux autres silhouettes les attendaient. Debout elles aussi, elles étaient plongées dans la pénombre, éloignées du cercle lumineux que dispensait une petite lampe à pétrole.

Sam s'écarta de l'entrée et laissa passer la vieille Martha, Amy et les trois enfants. Tom Gullinger referma la porte. Il abaissa sa capuche sur ses épaules : la vingtaine, joli garçon, cheveux blonds et ébouriffés. Mâchoire carrée. Son regard traduisait quelque chose d'assez confiant, songea Sam. Une expression qui lui donnait presque un air d'illuminé.

— Je vous ai vus entrer dans l'auberge, leur confia le jeune homme. Dès qu'on a constaté la panne de courant, on a tout de suite compris qu'il se passait quelque chose. Et on ne s'est pas trompés !

Ses yeux semblaient brûler d'une passion dévorante.

— J'ai pensé que vous ne m'en voudriez pas, intervint la vieille Martha en s'avançant au centre du groupe. C'est moi qui ai prévenu Tom et les autres. Ça m'a paru être une bonne solution. Pour nous tous.

Il y eut un silence. Tom écarta un bras et la jeune fille enceinte alla se blottir contre lui. Elle posa la tête sur sa poitrine. Amy était beaucoup plus petite que Tom.

En regardant sur sa droite, Sam aperçut une rangée de bouteilles alignées contre un mur. Remplies d'un liquide transparent, elles étaient fermées par un bouchon hermétique et un chiffon torsadé dépassait de leur goulot… Une jolie panoplie de cocktails explosifs.

— Qu'est-ce que vous voulez faire ? demanda Jenny. Pourquoi nous avoir conduits ici ? Vous voulez partir avec nous ?

Tom Gullinger baissa la tête. La lueur qui perçait dans son regard sembla s'estomper.

— Non, nous avons décidé de rester. Nous autres, nous sommes nés à Murton Caves. C'est notre village… Wood m'a dit que c'était toi qui avais le lance-flammes. Tu l'as toujours ?

Jenny secoua la tête.

— Non, il n'y a plus de lance-flammes à l'heure qu'il est. J'ai dû l'abandonner à l'auberge. L'une des bonbonnes était percée. Il aurait été réparable mais… je ne tenais pas à m'encombrer. Et puis nous n'avions pas le temps ni les moyens de le réparer.

Le garçon baissa les yeux. La nouvelle parut le contrarier.

— Tant pis… Cela n'a pas d'importance. Si nous nous débrouillons bien, nous devrions être capables de les attaquer sur deux fronts. Nous avons décidé que l'un d'entre nous irait mettre le feu à la réserve, pour les attirer. Ensuite, nous allumerons un second feu à l'une des extrémités du village. La maison de Jim nous a paru une cible appropriée. Avec une parfaite synchronisation, nous pourrons les désorganiser. Et après l'incendie du mois dernier, ils prendront les choses au sérieux.

Jenny eut soudain peur de comprendre.

— Tom… Qu'est-ce que tu racontes ? Qu'est-ce que vous…

— Nous allons vous aider, affirma le garçon. Cette nuit verra la fin de Jeffrey Marlowe et de ses hommes. Ou plutôt, des créatures qu'ils sont devenus. Crois-moi, nous sommes déterminés. Il n'y a rien qui puisse nous retenir. Le sang a déjà assez coulé à Murton Caves. La montagne réclame son dû, elle demande à être rassasiée. Ce sont les rêves qui me l'ont dit !

À cet instant, Sam eut la très nette conviction que Tom Gullinger était complètement cinglé. Qu'est-ce qu'il s'imaginait ? Qu'ils allaient se lancer dans une guerre contre Marlowe et les cinq autres ? Il espérait que non. Tout comme il croisait les doigts pour que Jenny ne lui ait pas menti encore une fois. Il voulait bien jouer les bons samaritains, mais plutôt demain qu'aujourd'hui, quand il se trouverait à cent lieues de Murton Caves.

Heureusement, Jenny ne tarda pas à le rassurer :

— Tom, tu n'y es pas. Je n'ai aucune intention de me débarrasser de Jeffrey Marlowe et de ses hommes. Ce que je veux, c'est partir de Murton Caves. Je veux emmener ma fille loin d'ici. Qu'est-ce que tu croyais ? Que nous allions…

Le garçon parut désarçonné. L'attitude d'un type qui, dans un éclair de lucidité, vient de comprendre que ses espoirs sont en train de s'envoler.

— Pourquoi ? intervint l'un de ses compagnons en sortant de la pénombre. (Il était assez enveloppé, mais aussi jeune que Tom.) C'est en unissant nos forces qu'on y arrivera. On sait comment les tuer maintenant. Alors collaborons, et nous libérerons Murton Caves de la terreur qu'ils font régner !

Sam aperçut le poing de l'individu se refermer quand il prononça ces mots, signe que son émotion était très grande. Pour le reste, en dépit de leurs intentions on ne peut plus charitables, il se disait que ce microscopique groupe de résistants n'avait pas l'air de mesurer l'importance de la chose. Il doutait qu'un barda rempli de bouteilles d'alcool suffise à anéantir Marlowe et ses cinq… bestioles.

Le visage de Tom se fit plus grave :

— Tu as vu ce qu'ils ont fait à ma sœur, n'est-ce pas ? Ils l'ont forcée à avoir un enfant, à coucher avec Jim. Tu cherches à sauver ta peau, je le comprends. Mais c'est tout ce qui t'importe ? Tu n'as pas envie d'honorer la mémoire de Wood ? Celle de Jesse ? Ce pour quoi ils se sont battus ?

Jenny hésitait.

— Je suis désolée, Tom. Mais cette guerre n'est pas la mienne. Pourquoi ne pas venir avec nous ? Je ne vais tout de même pas risquer de tout compromettre, juste au moment où nous…

La vieille Martha intervint :

— Allons, mes enfants, calmons-nous. On dirait un serpent qui se mord la queue. Nos objectifs ont beau diverger, ils n'en restent pas moins liés. Que vous le vouliez ou non, ce sont M. Marlowe et ses hommes qui sont au cœur de tout ça. Nous devrions en parler à tête reposée, mais le temps presse. Alors Tom et les autres feront ce qu'ils ont à faire. Quant à vous, vous irez chercher la camionnette, comme ce qui était prévu. Nous verrons ensuite comment les choses évoluent.

— Donnez-nous au moins l'un de vos fusils, demanda l'inconnu qui se trouvait aux côtés de Tom Gullinger et de sa sœur. Avec quelques cartouches. Mais si vous pouviez profiter de votre trajet pour allumer le second feu, nous vous en serions vivement reconnaissants.

Jenny échangea un court regard avec Sam.

— Écoutez, il n'y a pas que Marlowe et ses hommes au village. Il y a aussi des tueurs. On vient de les apercevoir. Ce que vous comptez faire est beaucoup trop dangereux. Il vaut mieux agir avec discrétion. Si on commence à mettre le village à feu et à sang…

— Eh bien si c'est ce que tu penses c'est ici que nos chemins se séparent, décréta Tom Gullinger. Mais ce n'est pas ce que Wood m'avait dit. Il m'avait laissé entendre que tu ne reculerais devant rien, que t'avais pas froid aux yeux… Apparemment il s'est trompé. Ce n'est pas grave. On se débrouillera comme on peut.

Jenny se tourna vers Sam.

— Sam. Votre fusil, donnez-le-lui.

Il se surprit à hésiter. Lui qui avait d'abord rechigné à se munir d'une arme… Il fit néanmoins glisser la sangle de son épaule et tendit le fusil à l'intéressé. Jenny retira des cartouches de sa ceinture qu'elle déposa une à une sur la caisse, près de la lampe à pétrole.

— C'est tout ce qu'on peut vous donner, assura-t-elle. Je suis désolée, mais c'est la vie de ma fille qui est en jeu.

— C'est là où tu te trompes, fit Tom Gullinger. Ce n'est pas *que* la vie de ta fille…

40

James Splatwood, étendu dans une ruelle.

Après s'être enfui de l'auberge, il n'avait réussi à parcourir qu'une cinquantaine de mètres avant de s'effondrer dans la neige puis de perdre connaissance. À présent, il reprenait peu à peu ses esprits et commençait à mesurer l'étendue du cauchemar dans lequel il se trouvait.

Il fit un effort pour se relever et se cramponna à la paroi d'un bâtiment. Cette salope avait failli le tuer. Son visage, réduit à une croûte sanguinolente, brûlé à un degré terrifiant. Anéanties, ses oreilles ne lui permettaient plus que d'entendre un intense bourdonnement ; la sensation d'avoir la tête plongée sous l'eau, que son cerveau allait imploser à chaque seconde.

Cette salope allait le lui payer.

Il tituba sur quelques mètres et s'arc-bouta contre un mur, la respiration sifflante, un halètement d'asthmatique.

Il vacilla jusqu'à la rue et traversa la chaussée… Le cimetière, Marlowe était au cimetière. Il le trouverait en allant là-bas.

— Ron ! hurla Clarence.

Ronald n'eut pas le temps d'esquiver. Il raidit les muscles de son corps et, pendant un instant, ferma les paupières.

Malgré la vitesse réduite du Patrol, ils heurtèrent James Splatwood de plein fouet et son corps alla rouler jusqu'en haut du pare-brise. Il fut éjecté sur le bas-côté, où il retomba dans un nuage de poudreuse.

Ron arrêta le Nissan à cinq ou six mètres. Tous les trois venaient de tourner la tête vers la lunette arrière.

— Bon sang ! s'exclama Beaufort. Mais qu'est-ce que c'était ?

Son teint était pâle. Pendant la fraction de seconde qui avait suffi au corps de James Splatwood pour passer au-dessus de l'habitacle, il avait eu le temps d'apercevoir son visage. Monstrueux, couvert de cloques et d'un pus répugnant dont une partie maculait maintenant leur pare-brise. Il ressentit un vif frisson de répulsion.

Armés de leur revolver, Ron et Clarence descendirent du véhicule…

Le corps était recroquevillé un peu plus loin, au pied d'un bâtiment. Clarence leva son Magnum pour mettre la cible en joue, prêt à faire feu. Puis, apercevant l'arrière carbonisé du crâne de Splatwood, son frère et lui marquèrent un temps d'arrêt. À la différence de Beaufort, ils n'avaient pas encore vu son visage. À présent c'était différent. Ils avaient tout le loisir de contempler sa chair brûlée à vif, criblée de poches dont la plupart avaient éclaté.

La partie supérieure de son crâne ne laissait voir que de rares touffes de cheveux ensanglantées. Sa tête était l'unique partie de son corps qui avait brûlé, semblait-il. Mais à en juger par son état, il aurait dû passer l'arme à gauche depuis longtemps. Une brûlure d'une telle gravité ne laissait aucune chance d'en réchapper. Mais il vivait. Un son glaireux provenait de ses narines quand il respirait, comme si son nez était obstrué par quelque chose. Des lambeaux de chair dissoute, se représenta Clarence dans une expression de dégoût.

— Qu'est-ce qui lui est arrivé ? fit Ron en s'avançant. Tu as vu l'état de ce type ?

Clarence hocha la tête. À croire que ce patelin perdu au pied de la montagne était le théâtre des pires horreurs du monde.

Poussé par une curiosité malsaine, il voulut s'approcher. Mais Splatwood se décolla du sol au même moment. Ron et Clarence reculèrent.

L'homme se traîna dans la neige sur plusieurs mètres. Il parvint à se remettre sur ses jambes et s'appuya à la barrière d'un porche. Il inclina la nuque. Un craquement d'os se fit entendre. Clarence aurait juré qu'il venait de se remboîter l'une des épaules comme ça, par une simple torsion du cou.

Quand il pivota vers eux, ils virent la lueur jaunâtre qui brillait au fond de son regard…

L'un de ses yeux avait fondu.

— Merde…, fit Ron.

Splatwood avança d'un pas, les mains tendues devant lui comme s'il cherchait à les enlacer. Sa bouche était devenue gigantesque, dévoilant deux rangées de dents trop nombreuses. Plusieurs se chevauchaient et sa mâchoire semblait sortir de son visage.

Clarence ouvrit le feu, lui-même surpris de la terreur qui venait de le saisir.

Une balle au milieu du front, James Splatwood s'effondra. Sa cervelle n'explosa pas. Le Magnum ne laissa qu'une faible marque, à peine plus visible qu'une brûlure de cigarette.

Ron et Clarence étaient pétrifiés d'effroi.

— Qu'est-ce que vous faites ? lança Beaufort en passant la tête par l'ouverture de sa portière. On a un appel, ici !

Ron et Clarence échangèrent un regard. Puis ils regagnèrent le Nissan.

Quand Clarence eut récupéré le talkie-walkie, un bruit de statique s'échappa de l'appareil.

Ainsi qu'une voix.

Celle de Samuel Johnson.

41

— Qu'est-ce que vous allez faire ? demanda Sam. Vous hésitez à les aider ?

Ils se trouvaient assis sur l'une des caisses, non loin d'Amy et des deux autres enfants… Blottie dans les bras de sa mère, la tête posée sur sa poitrine, Mélina suçait son pouce. Une position qui avait permis à Sam d'observer le bandage qu'elle portait à l'un des doigts, qu'il n'avait pas remarqué avant. Un doigt plus court que la normale à propos duquel il ne posa aucune question. Il avait bien assez d'imagination.

Concernant Tom Gullinger et ses deux acolytes, ils avaient gagné une pièce adjacente. La vieille Martha s'était empressée d'aller les rejoindre, priant Sam et Jenny de bien vouloir l'attendre. Ensuite, ils pourraient se mettre en route.

Jenny secoua la tête.

— Non, c'est trop risqué. Ce n'est pas de cette manière que… Qu'est-ce que c'est que ce bruit ?

C'était un son de parasites étouffés, d'interférences. Tous deux pensèrent à la même chose.

Sam sortit le talkie-walkie qui se trouvait dans la poche de son manteau et se demanda comment l'éteindre. La voix de Clarence s'échappa soudain du haut-parleur : « … orcément quelque part ! »

— Donnez-moi ça, fit Jenny.

Elle lui ôta l'appareil des mains et le brisa d'un coup de talon. Sam considéra un instant le boîtier et l'amas de fils qui en sortaient… Ils furent interrompus par l'arrivée de la vieille Martha.

— C'est bien, dit-elle en allant les retrouver. J'ai pu leur parler. Il ne faut pas leur en vouloir, ce ne sont que des gosses. Et puis ils ont perdu tellement de personnes chères ces derniers temps. Enfin, si vous êtes d'accord, ils m'ont permis de rester ici avec les enfants. Les petits seront bien plus en sécurité, avec moi, pendant que vous finissez ce que vous avez à faire. Vous ne croyez pas ?

Jenny demeurait silencieuse. Comme sa fille, elle semblait perdue dans ses pensées. Mélina, cependant, ne tarda pas à lever les yeux vers sa mère :

— Maman, tu vas encore repartir ?

— Ça ne sera pas long. Mais quand je reviendrai te chercher, je t'emmènerai loin d'ici. Dans un endroit où nous serons en sécurité.

— Comme à Cleveland ?

— Comme à Cleveland.

À nouveau, des larmes lui embuèrent les yeux. Elle dut réprimer un sanglot et serra Mélina très fort contre elle.

— Je t'aime, ma chérie. Je t'aime de tout mon cœur.

— Je t'aime aussi, maman.

Quand ils eurent récupéré leurs affaires, la vieille Martha les raccompagna jusqu'à la porte d'entrée.

— Je peux vous poser une question ? demanda Sam à Jenny.

— Allez-y.

— Pour le feu, comment saviez-vous que c'était le seul moyen de les tuer ?

— C'est depuis la mort de Phil Lobster. L'incendie était une sorte de test. Après ça, Wood et Jesse en étaient persuadés. C'est la grand-mère de Wood qui leur a mis la puce à l'oreille.

Comprenant qu'elle faisait allusion à la vieille Martha, il se tourna vers celle-ci.

— Je m'en suis aperçue le jour où M. Splatwood s'est brûlé avec une bougie, déclara la vieille. Il l'avait renversée et elle avait roulé tout droit sur la table. La cire était encore bouillante lorsqu'il a tenté de la ramasser. Et croyez-moi si vous voulez, monsieur Johnson, mais un enfant n'aurait jamais poussé un hurlement aussi terrifiant que celui que j'ai entendu. Aujourd'hui encore, M. Splatwood porte la marque que cette brûlure lui a laissée sous son gant, à l'abri des regards. C'est comme ça que je l'ai su. Parce qu'avant cet incident, on n'a jamais pensé pouvoir les tuer. Il y a pourtant des gens qui ont essayé, dans le passé, comme mon mari. Mais personne n'y est jamais parvenu. Alors j'ai repensé à la légende. Parce que la légende précise bien que pour tuer un Wendigo, il faut faire fondre son cœur. C'est la seule chance que l'on a.

Un cœur de glace, pensa Sam en se remémorant le corps de Peter Brown.

La vieille Martha eut un sourire en coin.

— M. Marlowe et les autres pensent que je suis folle, dit-elle avec malice. Mais ils devraient se méfier des vieilles dames. Les vieilles personnes remarquent toujours des détails que personne d'autre ne voit. Et si vous voulez mon avis, monsieur Johnson, c'est bien la preuve que l'âge n'a pas que des inconvénients…

Elle s'interrompit, le temps de chercher dans l'une des poches de sa robe. Elle en sortit un petit objet que Sam reconnut aussitôt. Il s'agissait d'un attrape-rêves, un talisman indien identique à celui qu'il avait décroché du mur de sa chambre. Celui-ci était beaucoup plus petit.

— Prenez-le, fit la vieille. Il vous protégera. Aussi longtemps que vous croirez en son pouvoir.

Elle déposa l'attrape-rêves dans le creux de sa main et lui

referma les doigts autour. Cette fois, Sam ne laissa pas cette vague de superstition l'envahir. Et même s'il n'était pas sûr de croire en toutes ces choses, il le fit glisser dans la poche de son manteau.

— Faites-en bon usage. Pour le reste, l'Esprit de la Montagne est avec nous. Il est revenu me visiter ces derniers temps, pendant mon sommeil. Et si l'on en croit ce qu'il m'a dit, le règne des Wendigos est sur le point de s'achever. Cela se passe ici et maintenant. Mais pour cela, monsieur Johnson, encore faut-il lui laisser l'opportunité de venir vous aider… Alors, le laisserez-vous vous venir en aide ?

Sam avala sa salive. Il ne comprenait pas le sens de ces paroles, mais il finit par acquiescer.

— Alors il vous aidera, conclut la vieille. Il entendra votre appel et il viendra vous aider.

Il y eut un silence.

— Merci, murmura Jenny. Merci pour tout. Si tout se passe bien, nous serons de retour dans moins d'une heure.

Elle posa sa main sur la poignée de la porte et voulut ouvrir.

— Je sais ce que tu penses. Mais je sais aussi que tu te trompes. Tu ne portes pas l'enfant de mon petit-fils. À mon grand regret. C'est nerveux ce que tu as. Tout simplement nerveux. Tu me fais confiance, n'est-ce pas ?

Jenny parut troublée. Elle voulut répondre quelque chose mais n'en eut pas l'occasion. Tom Gullinger s'avançait déjà à leur rencontre.

— Je suis désolé pour tout à l'heure, fit le garçon. Je me suis emporté. Ce que je t'ai dit, je ne le pensais pas. C'est juste que…

— Je sais, fit Jenny. Ne t'inquiète pas, je ne t'en veux pas.

Un demi-sourire illumina le visage du garçon.

— Merci pour Amy. Merci de l'avoir sortie de là. Je voulais aussi vous souhaiter bonne chance. À tous les deux. En espérant que nous aurons l'occasion de nous revoir. Ce que je souhaite de tout mon cœur.

Jenny le serra affectueusement dans ses bras.

— Bien sûr, Tom. Bien sûr que nous aurons l'occasion de nous revoir. Qu'est-ce que tu crois ?

— Bonne chance, dit-il.

— À vous aussi.

*

Quand ils eurent quitté le bâtiment, ils bifurquèrent vers le nord-ouest en direction de la maison du vieux Chuck et de la montagne.

C'était la dernière ligne droite à négocier.

Le vent ne tarda pas à effacer leur silhouette, soulevant un nuage de neige sur leur passage…

Il était un peu moins de 21 heures à Murton Caves, et les ennuis ne faisaient que commencer.

42

Le haut-parleur n'émettait plus qu'une série de grésillements. Clarence observa l'appareil et bascula l'interrupteur pour couper la communication. Il le posa sur le capot du véhicule.

— C'était Johnson, grogna Beaufort. Je l'ai reconnu ! Venez, il ne doit pas se trouver bien loin !

Le patron avait repris des couleurs. Il était en état d'agitation et semblait avoir beaucoup de mal à retrouver son calme.

Clarence fronça les sourcils. Il se demandait pourquoi Johnson était équipé d'un talkie-walkie, sans compter qu'il communiquait directement avec celui de ces types.

Ils étaient sur le point d'embarquer quand un ronflement de moteur se fit entendre. Ils pivotèrent en direction de la rue puis Clarence indiqua à son frère et à Beaufort un renfoncement. Il courut rejoindre un autre abri, situé de l'autre côté de la chaussée.

Au bout de quelques secondes, une forme grisâtre émergea du brouillard…

Le Chevrolet de Robert Nash.

V

CONTRETEMPS

« Bientôt se lèvera un soleil qui ne nous verra plus ici, et notre poussière et nos os seront mêlés à ces prairies. Je vois, comme dans une vision, mourir la lueur de nos grands feux et les cendres devenir blanches et froides. Je ne vois plus s'élever les spires de fumée au-dessus de nos tentes. Je n'entends plus le chant des femmes préparant le repas. Les antilopes ont fui ; les terres des bisons sont vides. On n'entend plus que les plaintes des coyotes. »

Chef Plenty-Coup,
(Message d'adieux, 1909.)

43

Dans le cimetière de Murton Caves, les ombres s'étiraient.

Jeffrey Marlowe sortit du local souterrain puis referma le panneau de la trappe. Il enfonça la touche d'appel de son talkie-walkie, se demandant pourquoi Nash et Bauer ne répondaient pas. Même chose pour Splatwood et le docteur.

Son allumette passant rapidement d'un coin de sa bouche à l'autre, il laissa dériver son regard vers les traces de pas qu'il avait aperçues un peu plus tôt, à son arrivée. Sur le moment, pensant qu'il s'agissait de celles de Jim, il n'y avait pas prêté attention, préférant descendre au local souterrain pour essayer de remettre en marche la génératrice.

Mais maintenant qu'il les voyait d'un peu plus près… Il s'approcha encore et distingua les traces de deux personnes.

Rapide coup d'œil vers la clôture. Il constata que le système de secours avait bien été branché. Puis, prenant la direction de son Dodge, il régla la fréquence de l'émetteur sur celle de Charles Mac Farrell.

— Ouais, fit le vieux Chuck entre deux grésillements. Qu'est-ce qui se passe ?

— Tout va bien ? demanda Marlowe. J'arrive pas à

contacter Nash. James et le docteur ne répondent pas non plus. Je suis au cimetière. Impossible de remettre en marche la génératrice. Quelqu'un est venu, il y a des traces de pas.

— Pardi ! lâcha le vieux sur un ton d'évidence. C'est un coup de cette salope. Ce sera pourtant pas faute de vous avoir prévenus ! Je t'avais bien dit qu'elle était mêlée à cet incendie. Y a plus qu'à espérer qu'elle nous a rien préparé de moche. Je croyais que tu devais lui faire passer l'envie de jouer avec le feu. C'est pas ce que t'as fait ?

Marlowe marqua une hésitation. Dans l'obscurité, ses yeux s'étaient mis à briller.

— Bien sûr que c'est ce que j'ai fait. Mais elle a pas l'air d'avoir pris nos avertissements au sérieux. À part elle, je ne vois pas qui aurait pu venir. Elle est sans doute avec l'étranger de ce midi. Il était pas rentré aux dernières nouvelles.

— On aurait dû s'en débarrasser dès le début, grogna le vieux. En même temps que son mari. Si on a des emmerdes à cause d'elle, c'est qu'on l'aura cherché.

Marlowe déverrouilla l'habitacle. Il monta dans le Dodge et s'installa aux commandes.

— Je me disais que tu pourrais effectuer une ronde au village avec ta camionnette. On n'est jamais trop prudent.

— Si ça peut te rassurer. Mais je te préviens, si je les trouve à vadrouiller dans le secteur, je m'en vais te les expédier vite fait bien fait. Que ce soit cet étranger comme cette pute. On a déjà pris assez de risques. Et j'ai tout sauf envie de finir carbonisé comme un vieux pneu !

— Tu sais bien qu'elle est toujours en âge d'avoir des enfants, répliqua Marlowe. Si on pouvait avoir quelques naissances de plus…

— Si c'est ça qui te fait souci, on trouvera une autre solution. Pour ma part, je suis convaincu que tout ça n'y changera rien. Quand donc est-ce que tu vas te décider à comprendre ? On est condamnés nous autres. Qu'est-ce qu'il te faut ? Tu veux qu'on attende que cette salope foute le feu à notre maison ? Qu'elle nous zigouille l'un après l'autre ?

Marlowe fixait le reflet de ses yeux dans le pare-brise. De l'autre côté du cimetière, la montagne se dressait, blanche et spectrale.

— On reparlera de ça plus tard. Pour le moment je file à l'auberge. J'ai un mauvais pressentiment.

Durant quelques secondes, il repensa aux rêves, où l'Esprit de la Montagne était revenu le hanter, comme une fois, une dizaine d'années auparavant. À l'époque, ces rêves étaient apparus peu de temps avant qu'on essaie de les liquider. C'était une nuit chargée d'électricité où une pluie diluvienne s'était abattue sur la région. Sauf qu'à ce moment-là, personne ne savait *ce* qu'ils étaient.

Mais les temps avaient changé. Aujourd'hui, il y avait un risque potentiel. La mort de Phil Lobster était un premier pas, la preuve que certains connaissaient la légende, qu'ils avaient percé leur secret à jour.

Il examina une dernière fois l'écran de son talkie-walkie et le déposa au-dessus du tableau de bord.

Puis il prit la direction de l'auberge.

44

Après avoir traversé le village, Sam et Jenny avaient rejoint le ravinement qui bordait la montagne. Ils avaient suivi la dépression pendant près de deux cents mètres. L'itinéraire leur avait ainsi permis de contourner la propriété du vieux Chuck, de réduire les risques d'être repérés.

Maintenant, ils pénétraient dans le champ d'épaves.

Dos courbé et jambes fléchies, ils se faufilèrent entre les carcasses de véhicules pour aller se poster derrière une vieille Buick à la peinture écaillée et mangée par la rouille. L'auto avait été dépouillée de son capot, de son bloc moteur et de ses quatre roues.

D'un signe du menton, Jenny indiqua à Sam la masse sombre du hangar.

— Il va falloir passer par au-dessus, déclara-t-elle. Sans la manivelle du vieux Chuck, il nous est impossible d'entrer par-devant. Mais une fois à l'intérieur, je pourrai vous ouvrir.

D'ici, la seule fenêtre que Sam pouvait voir se trouvait en pignon, à une hauteur bien trop élevée pour qu'ils puissent l'atteindre. Du coup, il se demanda ce que Jenny entendait par « passer par au-dessus ».

— Qu'est-ce que vous voulez faire ? Vous voulez entrer par cette fenêtre ?

— Non, elle est trop haute, vous voyez bien. Je faisais allusion au toit. Il y a une ouverture sur l'une des pentes. D'après Wood, autrefois le hangar était muni d'une cheminée. Elle a été condamnée par des planches. Avec le pied-de-biche que j'ai dans mon sac, je pourrai les enlever.

Ils quittèrent leur position et gagnèrent le hangar. Sam regardait autour de lui. Il ne voyait toujours pas comment Jenny comptait s'y prendre. Ce n'est qu'après avoir contourné le bâtiment qu'il obtint un élément de réponse : à l'arrière, un grand arbre décharné s'élevait un peu plus haut que le niveau du toit. Les branches avaient été élaguées en bas du tronc où il ne restait que des moignons. Mais à près de trois mètres au-dessus du sol, les premières ramifications s'élançaient. Cependant, en admettant que Jenny puisse escalader cet arbre jusqu'en haut, il lui semblait difficile d'atteindre la toiture. La distance entre les deux était pour lui trop importante.

— Vous allez me faire la courte échelle, fit Jenny en posant son fusil contre la paroi du hangar.

— Ne me dites pas que vous voulez sauter ?

— Vous voyez une autre solution ?

Pour faciliter son ascension, Jenny glissa les jambes de son pantalon dans ses chaussettes. Elle semblait déterminée à tenter l'escalade.

— Vous allez vous rompre le cou. Vous êtes sûre qu'il n'y a pas un autre moyen ?

— Si, sans doute. Mais pour l'instant, c'est le seul que je vois. Une fois que je serai entrée, laissez-moi une dizaine de minutes. En attendant, surveillez les environs. Et si vous voyez ou entendez quoi que ce soit d'anormal, prévenez-moi.

La perspective de monter la garde seul ne l'enchantait pas. Le vieux Chuck possédait sans doute une mâchoire aussi monstrueuse que James Splatwood, aussi tranchante. Et en cas de pépin, ce n'étaient pas les cartouches qui garnissaient la chambre de son fusil qui le tireraient d'affaire.

Il se sentait aussi rassuré que s'il était armé d'un pistolet à eau.

Jenny s'appuya au tronc puis passa un bras autour du cou de Sam. Après avoir posé son pied dans le creux de ses mains, elle prit une impulsion, s'aidant de ses jambes pour parvenir à se hisser. Une fois qu'elle eut atteint le sommet de la branche, elle poussa un grognement de satisfaction.

Sam la regarda prendre de la hauteur. Si Jenny ratait son coup, la chute risquait de faire très mal. Et il n'avait aucune envie de la ramasser à la petite cuillère, ni de devoir grimper là-haut à sa place.

— Faites attention, dit-il. Je n'aimerais pas que vous…

Le pied de Jenny glissa sur l'écorce gelée. Sam serra les dents. Elle se rattrapa in extremis, et par précaution s'arrêta le temps de reprendre son calme. Puis elle se remit à monter. Au bout de quelques minutes, elle dépassa le niveau de la pente, où le toit commençait à s'élever, puis s'immobilisa. Continuer lui semblait trop risqué. Les branches supérieures ne seraient pas assez solides pour supporter son poids. Elle regarda droit devant elle et considéra la distance qui la séparait de la toiture. C'était faisable. La hauteur compenserait son manque d'élan.

— Surtout ne vous loupez pas, fit Sam. Ou vous allez vous briser les vertèbres.

— Merci, répondit Jenny. J'apprécie vos encouragements !

Elle prit une bouffée d'air et progressa de quelques centimètres de plus. Cette fois, difficile de faire mieux. Soit elle réussissait, soit elle tombait.

Elle avança son pied d'appel et jaugea une dernière fois l'écart avec le toit…

— C'est de la folie, murmura Sam. Vous devriez…

Il la vit s'élancer au-dessus du vide.

Contrairement à son attente, elle atteignit le toit du hangar. De son côté, Jenny se rendit compte qu'elle avait surestimé la distance. En revanche, il y avait une chose qu'elle avait sous-évaluée : la neige, qui avait transformé la toiture en patinoire.

Alors qu'elle avait déjà accepté l'idée de terminer sa descente plusieurs mètres plus bas – elle dévalait la pente sur le ventre, bras tendus en essayant de trouver une prise à laquelle se raccrocher –, elle s'aperçut qu'elle perdait de la vitesse. Le toit, bien que recouvert de neige, n'était pas assez incliné pour l'entraîner jusqu'au bord.

À la suite d'une grande peur, et d'une glissade incontrôlée, elle finit donc par s'arrêter, les yeux écarquillés et les mollets suspendus au-dessus du vide. Sa dégringolade avait fait remonter ses vêtements à la hauteur de la poitrine, jusqu'à son soutien-gorge, accumulant de la neige contre son ventre et contribuant à freiner sa chute.

En contrebas, Sam était resté pétrifié. Même si Jenny venait de s'immobiliser, il s'attendait à la voir tomber d'une seconde à l'autre et s'écrabouiller à ses pieds.

Il la vit se hisser sur le toit, où elle disparut.

— Ça va ? demanda-t-il.

— C'est bon, le plus dur est fait ! Toujours rien de votre côté ?

Il en avait oublié de surveiller les environs.

— Heu… Je ne crois pas. Pas pour l'instant. Dépêchez-vous !

Il récupéra le fusil que Jenny avait laissé contre la paroi et inspecta la chambre. Deux cartouches. Il ne fut pas rassuré pour autant. Il marcha jusqu'à l'angle du hangar et jeta un coup d'œil au loin, du côté de la maison. Tout semblait calme… Mais en observant la neige un peu plus attentivement, il aperçut des traces de pas, qui ne semblaient pas correspondre à celles qu'ils avaient laissées derrière eux en arrivant.

Une succession de bruits attira soudain son attention. Par réflexe, il cala la crosse du fusil contre son épaule. Les sons provenaient en réalité du toit : Jenny avait commencé à arracher les planches qui calfeutraient l'accès à l'ancienne cheminée.

Il reprit son sang-froid. Avant de faire demi-tour, il tenait à vérifier cette histoire de pas…

Au moment où il dépassait l'angle du bâtiment, un fusil fut braqué dans sa direction, le canon à quelques centimètres de sa tempe.

— Bouge pas, ordonna une voix. Pose ton arme !

Sam avala sa salive. Il n'avait pas besoin qu'on lui fasse un dessin pour deviner sur qui il venait de tomber.

L'instant d'après, le vieux Chuck émergeait de la pénombre.

45

Tom Gullinger glissa une nouvelle bouteille d'alcool dans sa besace. Il en avait déjà calé quelques autres à l'aide de vieux chiffons. La mine grave, il resta un moment songeur, le regard lointain. Puis il s'adressa à ses deux compagnons, Paul Williams et Hank Suderman :

— Je crois qu'on a tout. Nous allons devoir y aller. Mais si toutefois… Je veux dire, si l'un d'entre vous…

Les deux autres secouèrent la tête. Hank s'avança, une fourche à la main.

— Non. Nous aussi nous sommes déterminés. Nous ne pouvons plus reculer. C'est ce soir ou jamais. À partir de maintenant, nous sommes tous les trois. Quoi qu'il arrive.

Tom acquiesça. Il refermait sa besace quand, au fond de la pièce, la porte s'ouvrit.

— Tom ?

Amy venait d'apparaître. Elle hésita quelques secondes avant de s'approcher de son frère.

— Tom, où est-ce que tu vas ?

Le garçon reporta son attention sur le sac, dont il vérifia les attaches.

— Tu le sais, Amy. On ne peut plus continuer comme ça. Si personne ne fait rien, ça ne s'arrêtera jamais. Et les uns après les autres, nous disparaîtrons. Ce n'est pas ce que tu souhaites, n'est-ce pas ?

Amy baissa la tête. Hank Suderman et Paul Williams échangèrent un regard, avant de baisser les yeux à leur tour.

— Je t'aime, petite sœur, déclara Tom.

Il s'avança près d'elle, lui caressa le menton. Son index remonta aux commissures de ses lèvres. Il voulait se souvenir de chaque détail, de chacun de ses traits, savourer les derniers instants passés en sa présence, incertain quant au destin qui l'attendait.

— Je vais revenir, dit-il. Ne t'inquiète pas… Je vais revenir. Pour toi.

D'un mouvement de tête, il indiqua à ses compagnons que le moment était venu et tous trois sortirent de la pièce. Ils traversèrent le sous-sol en silence… La vieille Martha était restée auprès des deux enfants en bas âge et de Mélina.

Avant qu'ils ne disparaissent dans l'air glacial, la septuagénaire leur adressa un dernier regard qui en disait beaucoup. C'était une expression d'amour, de respect et d'espoir, qui leur serra le cœur à tous les trois.

Puis la porte se referma sur eux et un profond silence s'installa.

Au fond du sous-sol, Amy essuya une larme qui venait de rouler sur sa joue.

46

— Pose ton arme, répéta le vieux.

Sam déposa le fusil à canon scié dans la neige, tout près de ses pieds, et plaça ses mains derrière la nuque, dans une position qui n'était pas sans rappeler celle d'un condamné à mort.

Le vieux Chuck se baissa pour récupérer son fusil.

— Tiens, tiens, dit-il en se relevant. (Il continuait de le tenir en joue.) On dirait bien qu'il est à nous. C'est sans doute celui de notre ami Lobster, qui a été volé le soir de l'incendie. Je me demande bien comment il est arrivé en ta possession… Et moi qui pensais te tuer tout de suite. Mais tu vas peut-être nous être utile finalement. C'est cette salope qui te l'a donné, pas vrai ?

Sam s'abstint de répondre. Le ton du vieux Chuck laissait deviner la fourberie de son caractère. L'homme appuya l'extrémité de son canon entre ses omoplates et il fut contraint d'avancer. Ils prirent le chemin qui menait à la porte du hangar.

— Pour tout te dire, je me préparais justement à monter au village, reprit le vieux. Mais on dirait bien que tu vas m'éviter cette peine. Je suis même prêt à parier que t'es pas venu tout seul.

Ils arrivèrent devant l'entrée et Charles Mac Farrell fit

tomber une manivelle aux pieds de Sam. Il lui demanda d'aller manœuvrer le système de déverrouillage des portes, pendant qu'au moyen de son talkie-walkie il tentait de joindre Marlowe. Sans succès.

— Alors ? dit-il en relevant les yeux. C'est pour aujourd'hui ou pour demain ? Y a un cran à trouver.

Sam transpirait. Il n'arrivait pas à faire glisser la manivelle dans l'encoche. Au bout d'une énième tentative, toutefois, il réussit. Il commença à tourner et, de l'autre côté de la porte, les verrous se mirent en branle.

— C'est bon, lança le vieux Chuck quand il eut estimé que la manœuvre avait duré suffisamment longtemps. Tu devrais pouvoir ouvrir maintenant.

Ils pénétrèrent dans le hangar…

À l'intérieur, le silence. Un rapide coup d'œil alentour et Sam aperçut sa vieille Ford à l'endroit même où Jeffrey Marlowe et lui l'avaient laissée. Était-ce dans une autre vie ? Peut-être bien. Le capot était relevé, le moteur gisait à quelques centimètres de ses roues. Elle n'allait plus l'emmener très loin à présent, et malgré les doutes qu'il avait d'abord nourris sur la question, la Mustang finirait sa course ici, à Murton Caves.

Aucune trace de Jenny…

— Où tu te caches, salope ? lança le vieux. J'ai ton petit copain en joue, et si tu te montres pas dans les cinq minutes, je crois que tu seras bonne pour venir ramasser ses tripes !

Sam leva la tête. Il examina la charpente. Au-delà, la voûte étoilée du ciel. On pouvait même distinguer la voie lactée. Les planches qui condamnaient l'accès à l'ancienne cheminée avaient été arrachées. Jenny était là, quelque part. Quant à savoir où…

Le silence se prolongea.

— Ça sert à rien de te cacher, reprit le vieux. Je sais que t'es là. Et les secondes s'envolent ! Autant te dire que vous êtes fichus tous les deux, aussi sûr que deux et deux font quatre !

Un bruit résonna soudain et tous deux regardèrent vers la droite. Sam vit la camionnette recouverte de sa bâche. Il n'en était qu'à une dizaine de mètres, songea-t-il. À une dizaine de mètres, mais à des années-lumière de pouvoir monter à bord et de tourner la clé de contact.

Il évalua l'ombre du vieux... Il lui semblait qu'il ne regardait pas dans sa direction, sans doute trop occupé à scruter les alentours dans l'espoir d'y apercevoir Jenny.

Il devait agir. Et vite.

— Je vais compter jusqu'à dix, menaça le vieux. Si à dix...

Sam n'entendit pas la fin de sa phrase. Il pinça les lèvres, réduisant celles-ci à leur plus faible expression, conscient de la sueur qui ruisselait le long de sa tempe, puis il exécuta un rapide demi-tour. Ensuite, tout alla très vite.

Refermant sa main sur le fusil, il parvint à modifier l'orientation du canon. Le coup partit aussitôt. Il exerça une traction sur le fusil et se retrouva en possession de l'arme, mais cela le surprit tellement qu'il n'eut même pas le réflexe de l'utiliser. Le vieux Chuck fut plus rapide que lui : il l'empoigna par le col du manteau, le souleva de plusieurs centimètres et le projeta de toutes ses forces au pied de la Ford, le fusil allant tournoyer plusieurs mètres plus loin, disparaissant dans les ténèbres du hangar.

D'un bond prodigieux, le vieil homme s'élança jusqu'à lui.

Sam n'eut pas le temps d'esquiver. Il parvint à saisir un pot de peinture qui se trouvait non loin de là puis frappa en aveugle. Le récipient heurta le visage du vieux au moment où il allait se pencher au-dessus de lui. Le choc fut tel qu'il crut lui avoir fracturé la mâchoire... Si ce n'est que ce n'était pas le coup qu'il venait de lui asséner qui était responsable de la déformation qui s'opérait sur son visage.

Devant lui, le vieux Chuck n'avait plus grand-chose

d'humain. D'étranges distorsions s'étaient mises à jouer sous sa peau, comme si des dizaines de larves grouillaient en cherchant à percer son épiderme. Il le vit ouvrir la bouche. Ses lèvres se retroussèrent sur son visage, dévoilant deux rangées de dents monstrueuses.

Il y eut alors deux déflagrations.

Le vieux Chuck fit plusieurs pas en arrière. Il s'effondra en deux temps : d'abord sur les rotules, puis face contre terre. À l'endroit où sa tête aurait dû se trouver, un amas de tissus arrachés. Un puissant jet noirâtre sortait en trombe de sa carotide.

Sam se traîna sur le sol. Il heurta le pare-chocs de la Ford.

— Ça va ? demanda Jenny en sortant de la pénombre. J'ai bien cru que vous ne réagiriez jamais. Vous n'êtes pas blessé ?

Elle lui tendit la main et Sam la prit par réflexe. Il alla s'appuyer contre l'établi, avec la sensation d'avoir du coton plein la tête.

— C'est la deuxième fois que je vous sauve la vie, remarqua Jenny. On peut dire que vous avez de la chance : Jim Hammersmith était un enfant de chœur comparé au vieux Chuck.

Sam trouva ça étrange qu'on lui parle de Jim, encore plus à ce moment-là. Il en avait presque oublié l'existence.

— Venez. Je crois que le moment est venu de dire adieu à Murton Caves.

Et il était bien d'accord avec elle.

Ils gagnèrent le fond du hangar puis, d'un même mouvement, firent basculer la bâche qui recouvrait la camionnette. Il s'agissait d'un van de couleur grise de la même marque que la Ford de Sam, modèle Econoline. L'engin avait été modifié et monté en tout-terrain, équipé de roues d'un diamètre impressionnant pour ce genre de véhicule. Ses chromes clinquaient et sa peinture rutilait à la lumière de la lampe que Jenny venait d'allumer. Par contre, quand elle s'approcha pour ouvrir la portière, Sam se dit que tout n'était pas encore gagné.

— Quoi ? Ne me dites pas que vous n'avez pas les clés ?

— Je croyais que ce serait ouvert, fit Jenny. D'après Wood et Jesse, le vieux Chuck conserve toujours un double des clés à l'intérieur. Sous le tapis de sol.

Il la dévisagea, incapable de se faire à l'idée qu'ils n'allaient peut-être pas pouvoir la mettre en route. Puis il essaya d'ouvrir à son tour et remarqua les loquets de sécurité. Position fermée. Il récupéra le fusil et, d'un coup de crosse, fit voler la vitre en éclats. Il n'y avait aucun tapis de sol.

— On dirait que Wood et Jesse se sont plantés. Il va falloir la démarrer sans les clés.

— Vous savez faire ?

— Non, mais ça doit pas être bien difficile…

À force de l'avoir vu faire au cinéma et à la télévision, Sam en était arrivé à penser que tout le monde, ou presque, était capable d'effectuer une telle manipulation. À bien y réfléchir, maintenant qu'il se trouvait au pied du mur, il n'en était plus du tout certain.

— Écoutez, fit Jenny. C'est le seul véhicule que nous ayons à notre disposition, alors ne comptez pas sur moi pour vous aider à bousiller le dispositif de démarrage. Si on démonte le neiman et qu'on ne parvient pas à le remonter…

— Alors quoi, qu'est-ce que vous proposez ?

— Je… Je n'en sais rien.

Ils regardèrent autour d'eux. À la vue du capharnaüm environnant, il restait à espérer que les clés étaient accrochées quelque part, bien en évidence, sinon les trouver ne serait pas une mince affaire.

Jenny se mordilla la lèvre.

— Dans la maison, dit-elle. Le vieux Chuck les garde sûrement à l'intérieur. Il faut aller fouiller là-bas, Sam. Avec un peu de chance…

Lui était loin de souscrire à cette idée.

— Mais ça va nous prendre des heures. Pourquoi ne pas essayer de la démarrer avec les fils, tout simplement ?

— Hors de question. Réfléchissez : on n'accroche pas ses clés n'importe où. Elles devraient être faciles à trouver. Ça vaut au moins le coup d'essayer, vous ne croyez pas ?

Il resta dubitatif. Voir leur objectif s'éloigner ainsi alors qu'ils étaient si proches du but annihilait sa volonté. À croire que tout cela ne finirait jamais.

Avant de sortir, ils furent saisis de la même crainte.

— On ne peut pas le laisser comme ça, dit Sam. Il va sans doute…

Jenny acquiesça.

— Là. Enfermons-le là-dedans.

Au fond, le grand congélateur que Sam avait déjà aperçu. Ils décidèrent de traîner le corps jusqu'à lui. Des morceaux de cartilage craquaient sous les semelles de leurs chaussures. Enfin, quand ils furent arrivés à proximité de l'appareil, ils remarquèrent l'une de ses faces badigeonnée de sang. Une empreinte de main, elle aussi ensanglantée.

— Ouvrez-le, fit Jenny. Moi je ne pourrai pas.

Elle lâcha la partie du corps qu'elle soutenait et une flaque se répandit entre leurs pieds. Sam ignorait ce que contenait le congélateur mais il avait déjà sa petite idée. Si Hap Willington et son fils avaient disparu de la circulation, à l'heure qu'il était, ils devaient bien se trouver quelque part. Et sans doute pas en train de s'amuser au fond des bois.

— D'accord, dit-il. Alors mettons-le ailleurs. Moi aussi, j'en ai assez vu pour ce soir.

D'un commun accord, ils décidèrent de l'enfermer à l'arrière de la Mustang. Par chance, les clés étaient restées sur le contact.

Après avoir hissé le corps du vieux, Sam referma le coffre. Du sang avait coulé sur leurs chaussures et sur le bas de leurs pantalons pendant l'opération.

Il verrouilla la serrure et glissa les clés au fond de sa poche.

— Vous les gardez ? demanda Jenny.

— Quoi ?

— Vos clés.

— Comme souvenir, répondit-il.

Ensuite, ils s'élancèrent vers la maison.

47

Jeffrey Marlowe était arrivé devant l'auberge. S'il n'avait pas répondu à l'appel de Charles Mac Farrell un peu plus tôt, c'est parce qu'il avait oublié son talkie-walkie à bord du Dodge, au-dessus du tableau de bord. Maintenant, il observait la fenêtre aux carreaux brisés par laquelle James Splatwood s'était enfui.

Le front soucieux, son allumette au coin des lèvres, il baissa les yeux et vérifia le chargeur de son arme. Puis il entra… Il se tint un moment sur le seuil, immobile, la porte grande ouverte derrière lui.

Il fut alors convaincu qu'il arrivait trop tard.

Il se précipita vers l'escalier et monta les marches quatre à quatre.

48

Dans l'avenue principale de Murton Caves, le vent soufflait. Il balayait la neige, la repoussait au pied des habitations où elle s'amassait en congères.

Adossé à l'un des murs, dissimulé dans l'ombre d'une ruelle, Clarence Manchester retardait le moment de passer à l'action. Après avoir intercepté le message de Johnson sur le talkie-walkie, il avait cru pouvoir se lancer à sa recherche. Mais son plan s'était vu contrarié par l'arrivée inopinée du pick-up terre de Sienne qui aurait dû se trouver au sommet de la colline.

Sur le moment, il avait pensé qu'il ne s'agissait pas du même, mais en apercevant le projecteur brisé, fixé à la rampe, ses soupçons avaient été levés. Il n'avait encore pu voir personne car le véhicule était trop loin. Et les passagers avaient préféré rester à l'intérieur. La voiture était stationnée depuis une dizaine de minutes, tous feux éteints, et des spirales de brouillard s'enroulaient autour de sa cabine, traçant de grandes arabesques fantomatiques. Le moteur tournait encore.

De l'autre côté de la rue, dans un renfoncement semblable au sien, Ron et Beaufort attendaient un signal de sa part. Clarence se disait qu'ils ne pourraient pas rester cachés éternellement. Il allait falloir sortir à un moment ou à un autre, et peut-être déclencher les hostilités.

Au moment où la portière s'ouvrit du côté passager, sa main se crispa sur la crosse de son Magnum .44.

Jon Bauer descendit le premier. Armé de son fusil à pompe, il observa les environs puis fixa son regard sur le Nissan. Nash sortit à son tour. Il se posta dans l'entrebâillement de sa portière, lui aussi armé.

— Je vais te couvrir, dit-il à Jon. Ces étrangers sont certainement tout près. Il faut rester sur nos gardes.

Jon Bauer acquiesça. Il se dirigea vers le corps de James Splatwood, toujours recroquevillé dans la neige. Pendant son avancée, il pivota une ou deux fois sur ses talons, cherchant à savoir si on les observait. Quand il fut arrivé à proximité, il eut un mouvement de répulsion.

— Quoi ? voulut savoir Nash. Qu'est-ce qu'il a ? Il est mort ?

Bauer secoua la tête. Il faisait des gestes compliqués. Ne parvenant pas à les interpréter, Nash décida de se rapprocher.

— Bon Dieu, Jon, dit-il en apercevant le crâne brûlé de James Splatwood. Et tu dis qu'il respire ?

À quelques mètres de là, Clarence avait du mal à en croire ses yeux. Ces types auraient dû être morts. Il n'avait pas pu les rater. Il se souvenait très bien du sang noir qui s'était écoulé de leur poitrine, des fragments d'os et des morceaux de cervelle répandus sur le tableau de bord et sur les sièges.

Il devait y avoir une explication. Il y avait *toujours* une explication.

Il se tourna vers son frère. De l'autre côté de la rue, Ron lui renvoya un signe, preuve qu'il avait compris le message et se tenait prêt à intervenir.

Ils firent sauter le cran de sûreté de leur revolver.

Quand ils sortirent à découvert, Clarence fut le premier à ouvrir le feu.

49

Sam et Jenny fouillaient la maison du vieux Chuck depuis maintenant plusieurs minutes, et ils n'avaient toujours aucune idée de l'endroit où ses clés de camionnette pouvaient se trouver. Jenny s'était agenouillée devant une étagère et venait de retourner une partie du tapis recouvrant le plancher.

— Qu'est-ce que vous faites ? Vous cherchez les clés par terre ?

— Non. Regardez, là, il y a des marques sur le sol.

Il s'approcha. En bas du meuble, le plancher était éraflé. Les marques laissaient supposer qu'on y avait déplacé quelque chose de très lourd et pas qu'une seule fois. Ça ne pouvait pas être l'étagère. Elle lui paraissait beaucoup trop légère.

— Éclairez-moi s'il vous plaît. Je vais essayer de la pousser.

Jenny lui confia sa lampe et elle essaya de trouver une prise satisfaisante. Les rayonnages étaient surchargés de vieux livres de mécanique à la couverture défraîchie et elle avait du mal à faire bouger quoi que ce soit.

— Vous devriez retirer les livres, suggéra Sam. Ce serait sans doute…

Il n'eut pas le temps de terminer sa phrase que l'étagère vacillait déjà. D'un bond, Jenny recula, pendant que le meuble s'écroulait en déversant son contenu sur le sol. Derrière lui, une porte dérobée. Un gros cadenas en fer en verrouillait l'entrée.

Jenny prit son fusil et fit voler en éclats la serrure ainsi qu'une bonne partie de la porte. L'accès s'ouvrait sur une petite remise assez étroite, toute en longueur… Ils se faufilèrent par l'ouverture et jetèrent un œil à l'intérieur.

Au fond, de vieilles caisses en bois avaient été entreposées. Jenny prit la lampe des mains de Sam et fouilla la pénombre. Elle fit lentement dériver le faisceau sur la paroi. À cet endroit, une vieille photographie encadrée et jaunie par les années, similaire à celle que Jenny avait récupérée dans la maison qui avait brûlé. Celle-ci était entière.

Aux côtés de Jeffrey Marlowe et du vieux Chuck, près de Phil Lobster, le septième homme mort dans l'incendie, ils reconnurent James Splatwood, Robert Nash, Peter Brown et Jon Bauer. Mais derrière eux, surtout, il y avait cet empilement de briques blanchâtres qui étincelaient sous les rayons du soleil.

Sam regarda les caisses. Ses mains étaient soudain devenues moites.

— J'ai comme l'impression qu'on ne va pas repartir les mains vides, dit Jenny. Je ne sais pas ce que vous en pensez, mais ça m'étonnerait beaucoup que ces caisses contiennent des cannettes de bière…

Ils s'approchèrent. Il flottait ici une odeur particulière, mélange de rance et de bois pourri. Sam s'agenouilla devant l'une des caisses et prit une profonde inspiration. À la demande de Jenny, il fit basculer le couvercle.

Les secondes qui suivirent se déroulèrent un peu comme dans un rêve. Un songe éveillé dans lequel Sam n'était pas sûr d'avoir sa place. Il savait pourtant que si l'occasion lui était donnée, il se rappellerait chaque détail, du battement de ses cils et de son pouls, régulier ; du souffle de sa respiration, plus lente et plus calme que jamais. Ses yeux s'étaient agrandis en découvrant les alignements de briques ambrées qui chatoyaient à la lumière de la lampe que Jenny tenait au-dessus de son épaule. Pour lui, tout cela ne pouvait être réel. Il était en train de rêver, ou alors, c'est son cerveau qui déraillait.

— Pour combien est-ce qu'il y en a ? demanda-t-il.

Jenny mit un certain temps pour lui répondre.

— Assez pour nous deux… Enfin je crois. Je dirais même assez pour plusieurs vies.

Il avança une main fébrile. L'or était froid. Il souleva un lingot et l'observa à la lumière. À sa surface, trois lettres gravées : CMF, suivies d'un numéro à huit chiffres.

— Ces inscriptions, dit-il. Je les ai déjà vues quelque part…

Et il se rappela où :

— Dans le hangar du vieux Chuck. C'est là-bas que je les ai vues. Il y avait tout un amas de pièces métalliques près du vieux four.

Les moules. Ceux que Marlowe et les siens avaient utilisés pour fondre l'or. Tout ça lui parut soudain d'une clarté évidente.

Jenny se pencha sur son épaule.

— Ce sont les initiales du vieux Chuck : CMF, Charles Mac Farrell. Quant au numéro, il doit s'agir d'une date.

Bien sûr…

— Le 13 mars 1878, lut-il après coup.

— La même année que sur la photo.

Ils se tournèrent vers le cadre…

— C'est impensable, murmura Sam. Où ont-ils pu trouver tout cet or ? Vous pensez vraiment qu'il provient de la montagne ?

— Je n'en sais rien. Mais ce n'est pas le moment de nous poser la question. Nous avons d'autres chats à fouetter. Il nous reste à trouver les clés de la camionnette. Sans elles…

— Bon sang ! Les clés… Je crois savoir où elles sont !

— Comment ça vous croyez savoir où elles sont ?

— Réfléchissez : le vieux Chuck était sur le point de monter au village lorsqu'il m'est tombé dessus. Ce qui signifie…

— … qu'il avait sans doute les clés sur lui. Dans l'une de ses poches. Vous avez raison. C'est idiot, moi non plus je n'y avais pas pensé.

Ils se levèrent, non sans jeter un long regard aux caisses.

— Et ça, qu'est-ce qu'on en fait ? demanda Sam.

— Quoi, vous avez envie de les laisser là ?

— Non, mais de là à les transporter jusqu'au hangar…

— Prenons-en chacun une, proposa Jenny. Nous les tirerons devant la maison. Si les clés sont dans la salopette du vieux Chuck, il sera aisé de rapprocher la camionnette puis de les charger. On pourra peut-être même en prendre une ou deux de plus. Qu'est-ce que vous en dites ?

— J'en dis que c'est de loin la meilleure idée que j'ai jamais entendue !

50

À Murton Caves, tout le monde avait entendu le début de la fusillade. Jeffrey Marlowe se trouvait encore à l'auberge lorsque les premiers coups de feu avaient retenti.

Les habitants, pour le peu qu'il en restait, furent amenés à craindre le pire. Ces coups de feu leur rappelèrent un certain mois de juin, une dizaine d'années auparavant. Beaucoup se mirent à prier, ne sachant qu'espérer. Car l'espoir était devenu synonyme de défaite, de châtiment. On savait qu'un étranger était arrivé à Murton Caves, comme on savait que l'incendie du mois dernier avait été orchestré par une poignée d'individus. Mais personne n'avait envie de se retrouver mêlé à des règlements de comptes, ou de prendre des risques qui n'auraient pour conséquence qu'un avenir désastreux. La plupart n'aspiraient qu'à une chose : vivre leur vie sans faire de vagues, aussi longtemps que possible. Peut-être même se montrer coopératif au cas où l'on viendrait les interroger, espérant qu'une énième victime retarderait de beaucoup leur dernière heure.

Peu eurent le courage de regarder par les persiennes de leurs volets. Mais quelques-uns virent passer les silhouettes de Tom Gullinger, Hank Suderman et Paul Williams, sans toutefois parvenir à les identifier. D'autres remarquèrent le Dodge de Jeffrey Marlowe garé devant l'auberge. Ils aperçurent l'homme au Stetson quitter le bâtiment puis regagner son véhicule. Avant de démarrer en trombe, en direction du village.

Enfin, les plus téméraires assistèrent à la fusillade, surpris de sentir poindre en eux le désir de s'échapper. De se révolter. Ces derniers ne prièrent pas pour que soit retardé le moment de leur mort, mais pour que ces événements inattendus les délivrent une bonne fois pour toutes de ce mal qui rongeait leur existence depuis trop longtemps.

Depuis toujours.

À Murton Caves, de nouveaux coups de feu fendirent la nuit.

51

Alors que des balles sifflaient au-dessus de sa tête, Robert Nash courut se mettre à l'abri derrière le pick-up, où il se renversa dans la neige. Puis il se déplaça à quatre pattes pour aller s'adosser à la remorque. Il resta un moment à couvert, le temps de reprendre haleine. Jon Bauer était resté en arrière. Surpris par l'apparition de Ron, il avait été touché à la cuisse et s'était effondré. Il avait ensuite abandonné son fusil puis était parvenu à se faufiler jusqu'à une ruelle, où il avait disparu.

Clarence et son frère cessèrent le feu pour recharger leur arme. Ils se demandaient encore comment ces deux types pouvaient être en vie.

Profitant du court moment d'accalmie, Nash risqua un œil par-dessus le garde-boue, en direction de la rue. Il ne savait pas où était passé Jon mais il n'allait pas laisser s'échapper ces étrangers. Le meilleur moyen de les retenir était d'endommager leur véhicule. Il longea donc le flanc du Chevrolet, grimpa à bord et s'installa au volant. Il tourna la clé de contact. D'une main fiévreuse, il alluma la rangée de projecteurs.

La puissance de la rampe illumina l'avenue principale. Ron et Clarence réagirent. Ils levèrent leur arme et vidèrent leur chargeur au travers du pare-brise. Des étincelles jaillirent de toutes parts, l'une des balles parvenant même à pulvériser un second projecteur, situé à l'opposé de celui qui avait déjà été brisé.

Le Chevrolet ralentit, effectua un léger crochet pour éviter le corps de James Splatwood puis reprit sa course effrénée. Clarence posa un genou à terre pour ajuster la visée. Nash reçut une balle au milieu de la poitrine. Il essaya de donner un coup de volant. Impossible. Le véhicule dévia de sa trajectoire, frôla l'arrière du Nissan puis s'en alla piquer du côté des bâtiments, où il s'enfonça sous un porche en provoquant son effondrement. Il finit sa course contre un mur, où il s'encastra de plein fouet.

Clarence se redressa. Il épousseta la neige qui s'était collée à son pantalon.

— Salopard ! s'écria Beaufort en sortant de la ruelle où il était resté caché. S'il croit s'en tirer, c'est mal me connaître !

Il ouvrit le coffre du Nissan et s'empara de l'Uzi. Il arrosa copieusement le véhicule, criblant de balles la carrosserie et les bâtiments alentour. Une image qui ne fut pas sans lui rappeler ces vieux films de gangsters des années 1930. Grisé par le sentiment de puissance qui venait de l'envahir, il renvoya la sauce, son bras frémissant à chacune des vibrations. Les balles transpercèrent la tôle, atteignirent le corps de Robert Nash… ainsi que le réservoir d'essence.

Il suffit d'une étincelle pour mettre le feu aux poudres.

La déflagration illumina l'artère principale de Murton Caves et souleva le pick-up à plus d'un mètre au-dessus du sol, vomissant sa haute colonne de feu et pulvérisant les vitres avoisinantes. Robert Nash s'enflamma, le cœur réduit en cendres par la chaleur et la violence de l'explosion. Le véhicule retomba dans un fracas de tôle froissée, une épaisse fumée noire l'enveloppa, tourbillonnant jusqu'aux ténèbres du ciel.

Ron et Clarence redressèrent la tête.

— En voilà toujours un de moins ! exulta Beaufort. Ça m'étonnerait qu'il se relève après ça !

Dans le pick-up, Robert Nash se tenait recroquevillé sur son volant. Sa peau calcinée avait pris l'allure d'une croûte sanguinolente. Des bulles se formaient à sa surface, éclataient, comme percées par des aiguilles invisibles. Sa mâchoire béante laissait entrevoir une dent en or et ses yeux n'étaient plus que deux cratères inexpressifs.

Miguel Beaufort se détourna de la scène.

— Allons trouver Johnson, dit-il, la voix superposée au crépitement des flammes. Et Dieu sait que le sort que je lui réserve n'est rien à côté de cette mise en bouche !

Mais comme il approchait du Nissan, il aperçut James Splatwood se relever.

Aussitôt, il ouvrit le feu.

Les bottes de James Splatwood glissèrent sur la neige mais il parvint à reprendre son équilibre, évitant les rafales de mitrailleuse qui passaient au-dessus de sa tête. Il disparut au coin de la rue, sous le regard médusé de Miguel Beaufort.

Il venait d'arriver à court de munitions.

— Saloperie, enragea-t-il. Rattrapons-le ! Il nous mènera peut-être à Johnson !

Il se munit de deux nouveaux chargeurs puis monta à l'arrière du Nissan.

Le 4×4 démarra sur les chapeaux de roue.

Tandis que le véhicule s'éloignait, une silhouette ne tarda pas à sortir d'une ruelle. C'était Jon Bauer, qui avait momentanément échappé à la fusillade. Il se traîna jusqu'à son fusil, le ramassa, puis leva les yeux vers le Chevrolet.

Celui-ci était toujours en proie aux flammes.

52

Dans le sous-sol, un silence oppressant venait de retomber. Mélina s'était approchée de la vieille Martha. Elle enserrait les jambes de la septuagénaire, la tête posée sur ses genoux, tremblant de tout son corps. Un peu plus loin, dans la pénombre, Amy venait de jeter un manteau trop grand pour elle sur ses épaules. Elle était tiraillée entre diverses émotions. Les coups de feu qu'elle avait entendus, l'explosion… C'était peut-être son frère, Tom, qu'elle ne reverrait jamais.

Elle baissa les yeux et constata que ses ongles avaient laissé de grandes marques rougeâtres sur ses bras. De l'autre côté de la pièce, Mélina murmura :

— J'ai peur…

— Tu n'as rien à craindre, mon enfant, assura la vieille en la regardant avec affection. Tu es en sécurité, ici, avec moi. Ta maman va revenir. Tu n'as pas à t'inquiéter.

Martha releva la tête et aperçut Amy qui s'était rapprochée de la porte d'entrée.

— Amy, où est-ce que tu vas ?

La jeune fille la regarda. Son visage montrait un grand trouble. On pouvait y lire toute la détresse du monde.

Sans dire un mot, elle déverrouilla la porte et sortit.

53

Sam et Jenny venaient de s'arrêter dans l'entrée du hangar. Ils avaient entendu le bruit de l'explosion pendant qu'ils étaient dans la cour, en train de sortir les caisses d'or. À présent, sans savoir ce qui s'était réellement produit au village, ils tenaient à vérifier l'hypothèse de Sam selon laquelle les clés de la camionnette se trouvaient peut-être dans la salopette du vieux Chuck.

— Je vais vous couvrir, dit Jenny. Je suis plus à l'aise que vous avec un fusil. Vous n'aurez qu'à chercher au fond de ses poches. Je le tiendrai en joue.

Sam opina. Il s'avança vers la Ford et, d'un rapide regard, constata avec soulagement que la serrure du coffre était intacte. Il avait eu un doute pendant un moment. Il ouvrit et, en apercevant le corps du vieux, il ne put réprimer un mouvement de recul. Du sang avait coulé sur son linge et ses affaires de toilette.

— À vous de jouer, fit Jenny. Faites vite !

Il tâta la première poche. Sous ses doigts, le corps était glacial. Son sang aussi. Il passa d'une poche à l'autre en s'efforçant de bien tâter au fond de chacune d'elles. Mais la nervosité qu'il éprouvait, l'urgence de la situation rendaient ses mouvements maladroits, imprécis. Il ne parvenait pas à se rappeler lesquelles il avait déjà inspectées.

— Alors ? s'impatienta Jenny. Vous trouvez ?

Rien. Il avait l'impression que la salopette du vieux Chuck était vide. Était-il possible qu'il se soit trompé ? Tandis qu'il allait retirer la main d'une poche qu'il ne se souvenait pas d'avoir examinée, ses doigts effleurèrent soudain quelque chose. Le cliquetis d'un trousseau de clés se fit entendre.

— Je… Je crois que je les ai !

Il sortit deux clés reliées à un pendentif. L'objet était pourvu d'une image publicitaire sous plastique représentant une pin-up coiffée d'un chapeau de cow-boy. *Touch the magic*, vantait le slogan. Et en relisant le message pour la seconde fois, Sam se dit que la magie se trouvait précisément au bout de ses doigts.

Il referma le capot et voulut verrouiller le coffre. Mais par maladresse, il brisa la clé de la Mustang dans la serrure.

— Merde, lâcha Jenny. Venez, ne nous attardons pas !

54

— Là ! s'exclama Beaufort.

Ronald écrasa la pédale de frein. En bordure des habitations, à une cinquantaine de mètres, James Splatwood venait de s'arrêter. Il se tenait dos courbé, les mains sur ses cuisses, et essayait de reprendre son souffle. Quand il vit surgir les phares du Nissan, il fit un effort pour se redresser. Il réussit à s'éclipser dans une ruelle, pendant que Ron venait se ranger près du passage. La faible largeur du boyau ne permettait pas de s'y engager en 4×4.

— Ron, appela Clarence en ouvrant sa portière. Tu restes là. Et tu surveilles la voiture !

Il descendit avec Beaufort et tous deux se ruèrent à la poursuite de Splatwood. Mais une fois arrivés dans la ruelle, ils ne trouvèrent aucune trace de l'homme.

— Bon sang ! jura Beaufort en regardant autour de lui. Mais où est-ce qu'il a pu passer ?

Ils s'avancèrent, la main rivée à la crosse de leur arme, prêts à faire face à toute éventualité. Ils enjambèrent un amas de neige que le vent avait repoussé contre un mur puis passèrent à la hauteur d'une seconde ruelle. Mais là non plus, aucune trace de l'homme.

— Il n'a tout de même pas pu se volatiliser, grommela

Beaufort en montrant une grimace de contrariété. À moins qu'il ne soit entré…

Il ne formula pas la fin de sa phrase. Les traces de pas qui s'arrêtaient devant l'une des parois venaient de lui faire lever les yeux vers le ciel.

À la lueur de la lune, James Splatwood s'était mis à grimper le long d'une paroi verticale. Enfin, il se *déplaçait*, car il le faisait avec une surprenante agilité, comme si les extrémités de ses mains et de ses bottes étaient pourvues de crampons facilitant son ascension.

Il s'était remis à neiger, quelques flocons.

— Grands dieux ! s'exclama Beaufort. Mais qu'est-ce que c'est que cette… *chose* ?

Il voulut lever son Uzi mais James Splatwood avait déjà disparu sur le toit du bâtiment.

Un martèlement de pas attira soudain leur attention.

Au fond de la seconde allée, ils virent passer un groupe de trois silhouettes.

Aussitôt, Beaufort fit signe à Clarence de les suivre.

55

La carcasse du Chevrolet était toujours en flammes quand Jeffrey Marlowe s'en approcha. À quelques pas, Jon Bauer était assis en tailleur dans la neige. Le visage fermé, il se tenait les pieds, le bassin agité d'un mouvement nerveux et spasmodique. Marlowe s'avança vers lui et posa une main sur son épaule.

— T'inquiète pas, Jon. Ça va aller. T'as juste à m'expliquer ce qui s'est passé. Mais je te jure que ces salopards ne s'en tireront pas. On va les avoir, tu peux me faire confiance.

L'individu au bec-de-lièvre agrippa la main de Marlowe et la pressa fort dans la sienne. En dépit de sa mine ravagée qui exprimait une grande douleur, il n'y avait aucune larme au coin de ses yeux. S'il y en avait eu, elles auraient gelé avant même de rouler sur ses joues.

Il allait lui falloir du temps pour expliquer à Marlowe ce qui s'était produit, mais malgré son incapacité à s'exprimer, Jon savait que Marlowe comprendrait. Il comprenait toujours lorsqu'il essayait de lui dire quelque chose. Quant à la douleur qui lui nouait en ce moment le bas de l'estomac, il n'en avait pas ressenti de semblable depuis longtemps. Il ignorait si c'était la disparition de Robert Nash qui en était la cause, et peut-être qu'au fond ce n'était pas tout à fait le cas. Peut-être que la vraie raison de tout cela, c'était de se rendre compte qu'il possédait encore quelque chose d'humain, enfoui au fond de son être. Des sentiments qu'il avait presque oubliés, qui venaient de lui rappeler ce qu'il avait été un jour, avant d'arriver à Murton Caves.

Il ferma les paupières et sentit un flocon se poser sur sa joue. Il le chassa d'un revers de la main.

En cet instant, Jon Bauer fut convaincu d'avoir essuyé une véritable larme.

56

Lorsque le premier bruit se fit entendre, Sam et Jenny se préparaient à embarquer. Ils s'arrêtèrent près de la camionnette et échangèrent un regard inquiet. Jenny braqua le faisceau de sa lampe en direction de la Ford. En dehors du coffre de la Mustang qui venait de s'ouvrir (ils avaient surpris son mouvement en train de s'achever), ils eurent le temps de voir surgir une ombre. Jenny tenta d'ouvrir sa portière. Elle se rappela qu'elle était verrouillée de l'intérieur.

— Sam, ouvrez-moi ! Ce n'est pas le moment de traîner !

Il fit un pas de côté. Il distinguait à présent une succession de petits craquements qui provenaient de la charpente. Pendant une fraction de seconde, il identifia même la silhouette du vieux Chuck. Il se tenait accroché à l'une des poutres et se déplaçait la tête en bas. Enfin c'était ce qu'il lui semblait, car il n'aurait jamais dû avoir de tête…

— Sam ! cria Jenny.

Cette fois, sa voix le fit réagir. Il monta dans l'habitacle et tendit la main pour lui déverrouiller la portière. Jenny s'installa à ses côtés.

— Vous êtes sûr de pouvoir conduire ?

Elle avait presque hurlé pour lui poser la question…

Il n'eut pas l'opportunité de répondre. Une forme noire s'abattit soudain sur leur capot en faisant trembler les suspensions du véhicule. Le vieux Chuck. Sa tête avait *repoussé*. Il se pencha en avant et les dévisagea de ses yeux injectés de sang. Au moment où il approcha son visage du pare-brise, Sam put voir la taille imposante de sa mâchoire. Des dents qui garnissaient non pas l'intérieur, mais l'*extérieur* de la bouche.

— Sam, votre portière !

Il jeta sa main sur la poignée et faillit la rater. Il l'agrippa, la claqua de toutes ses forces. Le poing du vieux Chuck s'écrasa contre le pare-brise, l'étoilant à différents endroits. Une toile d'araignée emprisonnée dans la glace. L'homme vomit un filet de bave noirâtre et referma le poing, prêt à le projeter une seconde fois contre la vitre.

— Sam ! Qu'est-ce que vous attendez ? Démarrez, bon sang !

Il tenta d'introduire la clé dans le démarreur et se demanda s'il s'agissait bien de la bonne. Il tremblait tellement qu'elle s'échappa d'entre ses mains. Jenny retira sa ceinture et se munit de son fusil de chasse.

— Ramassez ces clés ! Ramassez ces putains de clés et mettez le contact !

Elle sauta du véhicule. Après avoir calé la crosse du fusil contre son épaule, elle ajusta la silhouette du vieux Chuck et appuya sur la détente. L'homme fut soulevé dans les airs. Il retomba sur le capot avant de glisser sur le sol, où il s'effondra dans un bain de sang.

— Alors, fit Jenny en remontant à bord, c'est pour aujourd'hui ou pour demain ? Parce que des « demains », il risque de ne pas y en avoir beaucoup !

Sam venait de retrouver les clés. Il ne prit pas la peine de répondre, il avait besoin de concentration. Il introduisit les clés dans le neiman et mit le contact, non sans une certaine appréhension. Mais la camionnette démarra au quart de tour. Dès qu'il entendit vrombir le moteur, il le fit ronfler plusieurs fois, de peur de l'entendre caler. Sur le tableau de bord, il vérifia la jauge d'essence. Elle était pleine. Plus rien ne s'opposait à leur départ.

À l'avant, les deux mains du vieux Chuck se refermèrent sur le capot. Ses ongles noirs laissèrent de profondes rayures sur la carrosserie.

Considérant cela comme un dernier ultimatum – et tandis que Jenny était occupée à regarnir la chambre de son fusil –, Sam fit reculer la camionnette dont l'arrière alla heurter une série de barils. L'un d'eux se renversa en répandant son contenu sur le sol. De l'essence. Il le comprit aux effluves qui en émanaient.

Il se tourna vers Jenny.

— Bon sang. Ne me dites pas que…

Elle venait d'enfoncer l'allume-cigares.

— FONCEZ !

Les phares illuminèrent l'intérieur du hangar. Direction la sortie. Le vieux Chuck disparut sous leur pare-chocs et ils sentirent les roues lui passer sur le corps. Sam braqua vers la gauche. Il évita de justesse un poteau de soutènement et faillit percuter le vieux four en pierre. Une bonne partie des moules en fonte se renversa sur leur passage. Puis il bifurqua, accrocha l'établi qui se retourna contre le flanc du véhicule et dès qu'il fut persuadé de se trouver dans l'axe de la sortie, il accéléra, pied au plancher.

L'instant suivant, l'allume-cigares fut éjecté de sa cavité.

Derrière eux, la silhouette de Charles Mac Farrell se redressa. L'homme vacilla quelques instants, fit craquer ses cervicales. Il prit alors conscience de l'odeur et du liquide qui continuait à se déverser…

Lorsque l'allume-cigares roula entre ses pieds, il n'eut pas le temps d'écarquiller les yeux.

Le hangar vola en éclats.

57

Tom Gullinger, Hank Suderman et Paul Williams arrêtèrent leur course. Ils approchaient de la réserve, prêts à y mettre le feu, quand ils entendirent l'explosion en provenance de la propriété du vieux Chuck. Dans le lointain, une lueur embrasait le ciel.

Hank Suderman avala sa salive.

— Bon sang, dit-il. Vous croyez qu'ils ont réussi ?

Immobiles, ils scrutèrent un moment le haut des bâtiments. La dépression que formait la vallée leur renvoyait l'écho de l'explosion. Une odeur de cendres se mêlait à l'air ambiant, aux flocons portés par le vent.

Ils aperçurent une silhouette bondir entre les toits de deux bâtiments et se replièrent dans l'ombre.

James Splatwood se réceptionna avec une parfaite agilité. Recroquevillé au bord du toit, il regardait maintenant sa main gantée. Robert Nash était mort. Peter Brown aussi. Quant au vieux Chuck, qui sait ce qui avait pu se produire…

La rage qu'il avait d'abord ressentie à l'égard de Jenny s'était désormais muée en peur. Et il pressentait que son existence était sur le point de s'achever, elle aussi, se demandant si ce n'était pas ce qu'il y avait de plus souhaitable. Passer la fin de ses jours ainsi, les oreilles détruites et la respiration sifflante, était pour lui inenvisageable.

Il retira son gant et examina la marque que lui avait laissée la brûlure de la bougie. L'incident s'était déroulé il y a plusieurs mois, et avait permis à la vieille Martha, mais Splatwood l'ignorait, de comprendre que le feu était le seul moyen de les tuer. En regardant cette main, il se demanda si son visage prendrait la même apparence, au cas où la chance lui serait donnée de cicatriser.

Il se redressa et sa haute stature fut baignée par le pâle rayonnement de la lune. En contrebas, il ne remarqua pas le groupe de trois silhouettes qui venait de sortir de la pénombre…

Il se laissa tomber dans la ruelle, à cinq ou six mètres de Tom et des autres, ne fléchissant que brièvement les jambes à son atterrissage, de quoi amortir sa chute de plus de six mètres de hauteur. Quand il se retourna, il n'eut pas le temps d'esquiver l'attaque de Hank Suderman.

Splatwood reçut les dents puissantes de la fourche au milieu de l'estomac. Il se plia en deux et recula sur plusieurs mètres, aussi surpris que déstabilisé par l'assaut. Ses mains cherchèrent un instant devant lui, tentant d'agripper le garçon à l'autre extrémité du manche. Un flux noirâtre sortit de sa bouche. Hank Suderman donna une nouvelle pression sur l'outil et fit pénétrer les dents plus profondément dans sa chair. Splatwood fut plaqué contre la paroi. Il expulsa un nouveau flot de liquide qui alla maculer ses vêtements et la neige. Dans sa confusion, il prit à peine conscience de la première bouteille d'alcool au chiffon enflammé qui vint se briser contre son crâne.

— Et ça c'est pour Amy ! cria Tom Gullinger.

Le second projectile éclata contre sa poitrine et Splatwood réalisa : il avait déjà commencé à prendre feu.

Pris de panique, il se débattit comme un beau diable. Parvenant à repousser Hank Suderman jusqu'au mur opposé, il le fit lâcher prise. Hank tomba à la renverse, les deux fesses dans la neige, manquant de se faire éborgner par le manche de l'outil qui venait de lui glisser des doigts. Celui-ci heurta la paroi à quelques centimètres de son œil puis ripa sur le côté, tout près de ses cheveux. James Splatwood tituba. Il s'effondra sur le flanc et essaya une dernière fois de retirer la fourche plantée dans ses entrailles.

— Paul ! s'écria Tom Gullinger. Tire, bon sang ! Mais tire ! Qu'est-ce que tu attends ?

Paul Williams épaula son fusil. Il appuya sur la détente et le coup partit. Splatwood fut cloué au sol, son sang éclaboussant les murs alentour.

Le corps dévoré par les flammes qui continuaient de s'étendre, il s'immobilisa et les trois garçons s'écartèrent. Ils virent alors le véritable visage de James Splatwood : un ours aux traits terrifiants, à la mâchoire déchiquetée. Puis ses organes se ratatinèrent entre ses côtes et sa poitrine s'affaissa. Quelques secondes après, il avait déjà repris forme humaine.

— Bon sang, fit Tom Gullinger. On l'a fait… Sacré bon Dieu, on l'a fait !

Mais leur victoire fut de courte durée. Ils furent interrompus par un son étouffé qui provenait de derrière eux. Paul Williams réprima un cri de douleur et s'effondra en lâchant son fusil, la jambe perforée d'une balle de calibre 44.

Au moment où il tendait la main pour s'emparer de son arme, Miguel Beaufort sortit de la pénombre. Il braqua son Uzi sur lui.

— Vas-y. Si c'est ce que tu veux, vas-y. Prends ce satané fusil ! Mais je te jure que si tu le prends, tu n'auras même plus à te préoccuper de la balle que tu viens de recevoir dans la jambe !

Tous trois s'immobilisèrent. Clarence apparut. Il s'avança vers Tom et lui posa le canon encore tiède de son Magnum sur le front. Il le força à se mettre à genoux, les mains posées derrière la tête. Un profond silence venait de s'installer.

— Il y a un étranger qui est arrivé ce midi, fit Beaufort en s'adressant à Paul Williams et à Hank Suderman. Vous avez trois secondes pour nous dire où il est. Au-delà, votre petit copain risque de ne pas passer la nuit !

— Attendez ! cria soudain une voix. Attendez ! Ne tirez pas !

Attirée par le bruit, Amy sortit d'une ruelle adjacente. Elle vint s'écrouler auprès de son frère et passa les bras autour de son cou, le visage noyé de larmes.

— Amy, murmura Tom. Non.

Mais Amy ne l'écoutait pas.

— Il y a une maison au nord du village, dit-elle entre deux sanglots. Il est là-bas. C'est de là que provient l'explosion qu'on vient d'entendre. Mais mon frère, par pitié… ne le tuez pas… il est ma seule famille…

Clarence évalua le regard de Beaufort.

— Allons-y, ordonna celui-ci. On a déjà assez perdu de temps !

58

Sam arrêta la camionnette à une cinquantaine de mètres de la maison, les yeux rivés sur les flammes qui léchaient les contours du hangar. Désormais, le vieux Chuck ne leur causerait plus d'ennuis. Derrière eux, les caisses qu'ils avaient laissées dans la cour chatoyaient à la lumière des flammes.

— Dépêchons-nous, fit Jenny. Il faut encore aller chercher ma fille.

Ils lancèrent un regard vers le village et se demandèrent où en étaient les choses de ce côté-là. Puis ils reculèrent jusqu'aux caisses et descendirent du véhicule, laissant tourner le moteur.

— Je vous laisse charger celles-ci, lança Jenny en s'éloignant. Je vais essayer d'en récupérer une ou deux autres à l'intérieur.

Sam se tourna vers elle. Il n'en voyait pas l'utilité.

— Vous croyez vraiment que c'est nécessaire ?

— Ça ne prendra qu'une minute !

Il la regarda disparaître dans la maison puis ouvrit l'arrière de la camionnette. Il lui serait impossible de soulever les caisses seul. Il décida donc de jeter les lingots par poignées, comme s'il s'agissait de vulgaires gravats. Jenny réapparut avant même qu'il ait fini de vider la première.

— Qu'est-ce que vous faites ? demanda-t-elle. Pourquoi les retirez-vous ?

— Comment faire ? Ces saloperies pèsent une tonne.

— À deux, on devrait pouvoir y arriver.

Ils y arrivèrent. Lorsque leur tâche fut terminée, ils regardèrent en direction du village.

— C'est bien calme, observa Jenny.

Sam était d'accord, et il se demandait surtout pourquoi la violence de l'explosion n'avait encore attiré personne.

Ils montèrent dans la camionnette et prirent le chemin qui permettait de sortir de la propriété du vieux Chuck…

Ron et Clarence les aperçurent à ce moment-là.

59

Quand Sam et Jenny virent surgir le Nissan, ils surent tout de suite à qui ils avaient affaire. Ils n'eurent pas besoin de le faire remarquer à voix haute. Déjà, une première rafale d'Uzi crépita dans le fond de la nuit, manquant de transpercer l'un de leurs pneus.

— Mauvais timing ! fit Jenny.

Oui, et Sam songea surtout qu'elle n'aurait jamais dû aller chercher ces deux caisses en plus.

Il donna un brusque coup de volant et coupa ainsi la route au Patrol. La Ford Econoline arracha le piquet d'une vieille clôture en bois qui bordait le sentier et s'enfonça à travers champs. Ils passèrent sur une butte, perdirent l'adhérence quelques secondes et retombèrent sur la piste qui longeait la montagne. Ils firent un sacré bond sur leur siège à l'atterrissage.

Jenny accrocha sa ceinture. Un rapide coup d'œil dans le rétroviseur et Sam constata que le Nissan s'était lancé à leur poursuite.

— Qu'est-ce qu'on fait ? demanda-t-il.

— Comment ça, qu'est-ce qu'on fait ? Accélérez, bon sang !

À trois cents mètres de là, Jeffrey Marlowe arrêta le Dodge en travers de la chaussée. Il se dirigea vers l'arrière, déverrouilla une trappe encastrée dans le châssis, près de la remorque, et en tira un M16 à culasse rotative.

— Va te poster plus loin, dit-il à Jon qui venait de descendre du véhicule.

Jon Bauer tourna les talons. Il courut jusqu'à la clôture qui bordait la dépression et se coucha à plat ventre dans la neige, le canon de son fusil braqué dans l'alignement de la route.

Ils n'eurent pas à attendre bien longtemps avant d'entendre rugir les deux moteurs.

Marlowe prit appui sur le capot et ajusta la visée. Il ne voyait pas encore les véhicules, mais ils approchaient. Ils arrivaient même à une allure stupéfiante.

Le Patrol se rapprochait de la camionnette. À l'issue d'une puissante accélération, il parvint à se glisser à sa hauteur et les deux véhicules restèrent un bon moment au coude à coude. À travers la vitre, Sam et Jenny aperçurent le visage de Clarence et celui de Beaufort. Ce dernier venait d'engager un nouveau chargeur dans son Uzi.

Ils baissèrent la tête. Une rafale de balles transperça une partie de l'habitacle et la Ford Econoline se déporta sur la gauche, repoussant brutalement le Nissan contre la clôture électrifiée. Une volée d'étincelles jaillit et Ron dut ralentir.

Sam en profita pour ramener la camionnette parallèle à la route.

Bon sang, il n'avait sans doute jamais autant transpiré. Et il ne voyait pas comment les semer !

L'Uzi et le Magnum crachèrent une nouvelle salve de balles. Sam et Jenny durent à nouveau se baisser. Pendant quelques secondes, les deux véhicules s'écartèrent, avant de revenir de front, leurs carrosseries s'entrechoquant en projetant de nouvelles gerbes d'étincelles.

Sam roulait beaucoup trop vite pour songer ne serait-ce qu'un seul instant à bifurquer du côté du village…

En relevant la tête, il aperçut le Dodge de Marlowe, stationné au milieu de la chaussée.

— Sam ! cria Jenny.

Une pétarade s'ensuivit. Des coups de feu plus sourds que ceux qui avaient retenti jusque-là. Ils provenaient du fusil-mitrailleur de Jeffrey Marlowe.

Les balles lézardèrent leur pare-brise et Sam n'eut d'autre choix que de donner un nouveau coup de volant. Réflexe beaucoup trop brutal, qui les entraîna droit dans le décor ; ils emportèrent le Nissan avec eux.

Les deux véhicules mordirent sur le bas-côté et traversèrent la clôture en arrachant une partie du grillage. À nouveau, des étincelles fusèrent. Sam perdit le contrôle du véhicule. La camionnette alla percuter un remblai de neige qui recouvrait un rocher ou un tronc et fut éjectée du sol. Elle s'écrasa dans un froissement de tôle et se renversa le long de la pente, où elle effectua plusieurs tonneaux.

Pas très loin, le Nissan s'encastra dans un arbre, qui fut déraciné à l'impact.

Lorsque la camionnette s'immobilisa, Sam eut conscience de voir le décor s'assombrir… Le paysage, la montagne, tout devenait de plus en plus noir…

Ce fut sa dernière sensation…

Ensuite, il perdit connaissance.

VI

SAM

« Toi qui t'ouvres sur le chemin de réalisation, écoute ce que dit le tambour : il est rond comme la Terre et comme les cycles de vie ; il est rond comme les cercles de parole. Il est rond de la forme du Soleil et de la pleine Lune ; il a la forme du cœur des fleurs. »

Le Chant du Tambour,
Auteur inconnu

60

Un bruit de tôle froissée.
Des grincements sinistres…
Une gamme complète de craquements métalliques…

Ces sons semblaient toujours présents dans l'habitacle lorsque Sam commença à reprendre connaissance. Il se sentait dans le cirage. Les notes qui résonnaient au fond de sa tête lui faisaient penser à la cacophonie d'un orchestre d'automates. À Tinman, le gars rouillé et en fer-blanc du Magicien d'Oz, sans qu'il soit fichu de se rappeler où il avait vu le film pour la dernière fois, ni en quelle année…

Puis, soudain, ces questions lui parurent insignifiantes…

Pendant un bon moment, il lui fut impossible de savoir ce qu'il faisait là. Combien de temps il était resté inconscient. Il ne savait même pas où il était. La seule chose dont il se souvenait, c'était de ce choc inouï. Avant il n'y avait rien. C'était LE trou noir.

Le choc. C'était forcément le choc…
Oui…

Mais *quel* choc ?

Dans la seconde qui suivit, la minute peut-être, il s'aperçut qu'il avait du mal à respirer. Puis il découvrit que cette première impression n'était pas tout à fait juste. Il respirait. Le souci était qu'un poids énorme lui compressait la poitrine, l'écrabouillait, comme un gigantesque étau qui viendrait se refermer sur sa cage thoracique…

La ceinture de sécurité.

D'une main fiévreuse, il chercha autour de son bassin. Il parvint à la détacher, mais cela ne changea en rien la sensation d'écrasement qu'il éprouvait.

À ses côtés, il distingua la chevelure de Jenny.

Tout lui revint.

Saisi d'une peur soudaine, il baissa les yeux et examina sa poitrine, terrorisé d'y voir quelque chose d'encastré. Le volant par exemple, ou un morceau de ferraille. Mais il ne vit rien de tel. Il ne semblait pas être blessé.

Déjà, sa poitrine lui faisait moins mal.

— Jenny, appela-t-il doucement. Jenny, vous m'entendez ?

Il se pencha vers elle et étudia son visage. Ses paupières étaient closes. Elle avait perdu connaissance elle aussi. Mais elle respirait. Aucune blessure apparente. Ils avaient eu de la chance tous les deux. Mais à présent il fallait songer à sortir d'ici.

L'une des premières choses qu'il fit quand il eut recouvré l'essentiel de ses facultés mentales et motrices fut de tourner la clé de contact. Inutile. Après sa série de tonneaux, même si elle était retombée sur ses quatre roues, la camionnette refusait de démarrer. Ils se trouvaient au milieu de la dépression, à une cinquantaine de mètres de la montagne.

Il regarda vers la gauche et remarqua le Nissan un peu plus haut dans la pente, le nez encastré dans un arbre.

Auprès de lui, une silhouette venait de s'extirper du côté passager.

Clarence Manchester avait le genou en sang. Le pantalon déchiré le long de sa jambe, comme l'avait rêvé Sam à l'auberge de la vieille Martha, excepté que sa blessure n'avait rien d'une morsure, il boita un instant et alla s'appuyer contre le Nissan. Il manqua de s'étaler dans la neige.

Dans l'axe de son regard, la camionnette. Elle se trouvait en bas du dénivelé.

Il se rendit compte qu'il avait perdu son arme… Il ne se souvenait plus de ce que c'était… Ah oui, son Magnum.

Il tâtonna au fond de ses poches – comme s'il s'attendait à y trouver son revolver – et découvrit la grenade qu'il avait récupérée dans le coffre du Nissan, peu de temps avant de couper à travers la forêt. Il y dénicha aussi la torche électrique de Ron, deux accessoires qui pour le moment ne lui étaient pas d'une grande utilité.

Il se demandait ce que faisaient son frère et Beaufort. Ils étaient peut-être restés coincés à l'intérieur. Il pivota vers l'habitacle et remarqua le pare-brise couvert de sang. Ron se tenait dans une étrange position, les jambes tordues et le buste recroquevillé vers l'avant. Son visage était posé sur le volant, orienté dans la direction opposée.

— Ron, appela-t-il en passant la tête par l'ouverture de sa portière. Ron, tu m'entends ?

Il avança une main pour lui toucher l'épaule. Le bras de son frère retomba lourdement, aussi inerte que celui d'une poupée. À la nouvelle friction qu'il lui administra, le corps glissa contre la portière conducteur…

Clarence eut un mouvement de recul. Il se cogna l'arrière de la tête au montant de l'habitacle.

Il n'y avait aucun mot pour décrire l'horreur qui se trouvait devant ses yeux. La face de Ron était anéantie, ratatinée et retournée vers l'intérieur de son crâne. Un visage qui n'en était plus vraiment un. L'œuvre d'un sculpteur dérangé, confectionnée de lambeaux de chair et de fragments d'os brisés. Sur le volant, une partie de sa mâchoire était restée en un tas informe.

Pris de nausée, Clarence recula et il faillit une nouvelle fois s'étaler dans la neige. Il porta un poing devant sa bouche et se mordit les doigts pour ne pas hurler.

— Jenny, appela de nouveau Sam. Jenny, vous m'entendez ?

Elle cligna une ou deux fois des paupières. Elle semblait débuter son lent retour à la réalité.

— Sam…, articula-t-elle.

Sa voix était faible. On aurait dit qu'elle provenait d'un monde lointain, souterrain.

— Est-ce que ça va ? Vous pouvez bouger ?

— Je… Qu'est-ce qui s'est passé ? Où sommes-nous ?

— Pas encore au paradis, je le crains. On vient d'avoir un accident.

Il regarda par-dessus son épaule. Pour le moment, Clarence se tenait toujours près du Nissan, dos tourné à eux. Mais les secondes qui passaient lui donnaient l'impression qu'un nouveau compte à rebours venait de s'enclencher.

— On ne peut pas rester là, dit-il. Les tueurs sont tout près. Ceux qui sont à mes trousses, vous vous souvenez ? La camionnette ne démarre plus. Il faut trouver une autre solution.

Mais au fond de lui, il n'y croyait pas beaucoup. C'était peut-être sans espoir. L'or, leur évasion, tout ça n'était qu'un lointain souvenir. Ils venaient de bousiller leur unique chance de partir d'ici. Il le savait. Et maintenant, il avait du mal à entrevoir une issue.

Sortir. La première chose, c'était de sortir.

Plus par réflexe qu'animée d'une réelle volonté, Jenny parvint à agripper la poignée de sa portière et essaya de l'ouvrir. Mais le choc avait bloqué le système d'ouverture. Sam essaya à son tour, sans y parvenir.

— On va devoir passer par le pare-brise, déclara-t-il. Vous pensez pouvoir y arriver ?

C'était selon lui le seul moyen. Sortir du côté conducteur lui semblait trop risqué. Clarence pourrait les voir.

Jenny défit sa ceinture de sécurité. Il allait falloir jouer serré.

La ceinture de Ron, en revanche, et conformément à sa fâcheuse habitude, n'était pas attachée. Clarence s'en était rendu compte à l'instant où il s'était approché de sa dépouille, où il avait vu ce sang qui maculait le tableau de bord, qui avait giclé sur le volant, sur la vitre.

— Cla… Clarence, fit une voix. Ai… Aide-moi ! Ma jambe. Elle est coincée !

Derrière les sièges – celui de Ronald était tordu et replié comme un soufflet d'accordéon –, le visage de Beaufort apparut. Du sang avait coulé le long de sa tempe. Malgré ses doléances, Clarence garda le silence. Il se tenait planté près de son frère, une main rivée dans l'ouverture de sa portière et l'autre posée sur l'appuie-tête du côté passager. Il ne tremblait pas, mais au fond de lui, une terrible colère bouillonnait.

L'estomac vrillé par la douleur, il serra les dents très fort, ferma les paupières. Tout était arrivé par la faute de Johnson. C'était à cause de lui si son frère était mort. Il allait le lui payer… Il allait le lui payer cher.

Il rouvrit les yeux et remarqua son .44 Magnum à moitié dissimulé sous l'un des sièges. Il s'en empara et ressortit la tête de l'habitacle. Il avait l'impression qu'autour de lui tout se voilait. Sa vision subissait l'effet d'une émotion trop vive, devenue incontrôlable, et pendant quelques secondes il fut frappé d'un vertige.

Il amorça sa descente vers la Ford.

Des larmes lui embuaient les yeux. Le paysage ressemblait

à un lavis grotesque et tremblotant que l'on aurait exposé à la violence des intempéries. Mais ces larmes n'étaient pas la conséquence de la douleur qu'il ressentait. C'étaient les nerfs qui prenaient le dessus. Le désespoir, l'injustice. Une rage indescriptible battait à l'intérieur de ses veines et le conduisait vers sa nouvelle destinée, le cœur habité par un insatiable désir de vengeance.

Il trébucha et s'interrompit au cours de sa marche. Dans la neige, une brique de métal étincelait à la lueur de la lune. De l'or. C'était un lingot d'or qu'il voyait là. Il y en avait même plusieurs. Ils provenaient tous de l'arrière de la Ford Econoline.

Il perçut un froissement de tôle et redressa la tête. Une silhouette était en train de s'extirper de l'avant de la camionnette. Elle se trouvait sur le capot. Une silhouette qui ne laissait pas de place au doute.

— Johnson ! s'écria-t-il en brandissant son revolver.

Il pressa sur la détente et vida son chargeur sur la Ford, dans une série de détonations qu'il percevait à peine, l'esprit toujours en proie

(*son visage, son terrible visage…*)

à l'image de son frère.

Sam se mit à couvert juste à temps. Il atterrit à plat ventre dans la neige et roula sur quelques mètres, tandis que les balles rebondissaient contre la carrosserie, la transperçait de part en part, faisant pleuvoir des étincelles au-dessus de lui.

Il plongea la tête sous ses coudes, puis, lorsque les tirs cessèrent, il leva les yeux.

Jenny avait disparu.

Elle avait été touchée. Elle avait été touchée, et elle était peut-être…

Mais Jenny n'était pas morte. Dès que les premiers coups de feu avaient retenti, elle avait réussi à se faufiler par-dessus les sièges et à atteindre l'arrière de la camionnette, où se trouvaient encore quelques caisses qui ne s'étaient pas renversées lors du choc.

Elle ramassa son fusil et vérifia qu'il était bien chargé. Puis elle s'approcha de l'ouverture... Elle aperçut la silhouette de Clarence. Il était occupé...

à recharger son barillet... Ses mains tremblaient. La mort de son frère. C'était ça qui le mettait dans cet état.

Il reprit sa marche et tira plusieurs balles, espérant de nouveau toucher Johnson. Il arrivait à la hauteur du pare-brise quand Jenny surgit derrière lui, de l'arrière de la Ford. À cette distance, avec le canon de son fusil braqué dans sa direction, Clarence n'avait pas la moindre chance.

— Stop ! s'écria-t-elle. Un pas de plus et je tire. Je ne plaisante pas. Lâchez votre arme !

L'homme de Beaufort s'immobilisa. Il se tenait de trois quarts par rapport à elle. Difficile de faire feu. Il se ferait sans doute trouer la peau avant même d'avoir exécuté son demi-tour.

— C'est toi, salope, qui vas lâcher ton arme !

À la voix qui venait de s'élever, le visage de Clarence se durcit. C'était celle de Miguel Beaufort. Il avait fini par s'extirper du véhicule et s'était muni de son Uzi. Il était appuyé contre la carrosserie du Nissan, l'une de ses jambes refusant de le soutenir.

— Ce joujou a une cadence de neuf cents coups par minute, précisa-t-il à l'attention de Jenny. Alors si j'étais toi, je me tiendrais à carreau ! C'est Johnson qu'on veut. Lui et lui seul !

Clarence retint son souffle. Si Beaufort se décidait à actionner la détente, il les transformerait tous les deux en passoire. Il était impossible de viser avec une arme pareille. Soit on arrosait tout, soit on n'arrosait rien. Et ce retournement de situation ne lui était pas vraiment favorable.

— Où est-ce que tu te caches, Johnson ? lança Beaufort

en parcourant du regard l'étendue située derrière la camionnette. T'as pissé dans ton froc que tu n'oses pas te montrer ?

Sam ferma les yeux. Il était toujours en planque derrière la Ford, repensant à ces derniers mois de cavale, à la mort du gosse. En entendant la réplique de Beaufort, il se dit que c'est lui qui avait raison. Il n'était qu'un lâche. Pis. En ce moment, Jenny risquait sa vie pour lui.

Il fallait se rendre à l'évidence. Le temps était venu d'assumer ses erreurs. De prendre ses responsabilités. Il en avait assez de jouer au chat et à la souris, et il n'allait pas laisser Jenny se faire descendre à sa place. Au diable Kadihiri, au diable l'or. Ses rêves de sable blanc et de mer turquoise ne le sauveraient pas. Si l'heure des règlements de comptes avait enfin sonné, il affronterait la mort en face. Ne pas mourir en héros ne signifiait pas mourir en lâche. C'était peut-être ça, au fond, le vrai courage. La bravoure ne demandait aucune démonstration héroïque. Il suffisait de vaincre sa peur, celle qui était nécessaire aux étapes mêmes de notre progression, et il venait de le comprendre.

Pour que la vie lui appartienne, il devait cesser de la fuir, l'affronter et s'affranchir de son passé. Sans quoi, l'avenir ne lui sourirait jamais.

61

De l'autre côté de la Ford, Jenny fatiguait. Le poids du fusil lui faisait mal au bras et elle ne voyait toujours pas comment la situation allait tourner à leur avantage – si c'était possible. Elle tenait en joue l'un des tueurs, mais le second type, celui qui se trouvait dans son dos, semblait déterminé à lui faire passer l'envie de jouer les dures. Quelle sotte elle avait été. Elle aurait dû y regarder à deux fois avant de sortir de la camionnette. À présent, il lui fallait gagner du temps, quelques secondes, le maximum qu'elle pouvait. Et surtout, trouver une solution.

— Si vous voulez tous nous tuer, dit-elle enfin, c'est-à-dire moi et votre petit copain, eh bien allez-y. Je n'ai aucun moyen de vous en empêcher. Mais sachez tout de même que je n'ai plus grand-chose à perdre !

Ce qui n'était pas tout à fait vrai, car il restait Mélina. Mélina, qu'elle avait laissée en compagnie de la vieille Martha, et qu'elle ne reverrait peut-être jamais.

Cette pensée ne l'aida pas à se concentrer.

Beaufort joignit les deux mains à son Uzi. Il déployait de gros efforts pour parvenir à se contrôler. Lui non plus n'ignorait pas qu'il risquait de toucher Clarence s'il ouvrait le feu. Et au vu des circonstances, il aurait sans doute encore besoin de son aide, ne serait-ce que pour ficher le camp d'ici.

Il regarda en direction de la pente qu'ils avaient dévalée et aperçut la route, à près de cent mètres de là. Il se demanda si le véhicule qui leur avait barré le chemin était encore là-haut, quelque part. Puis il reporta son attention sur le Nissan. S'il arrivait à mettre la main sur le revolver de Ron, cela changerait la donne.

— Je t'ai dit de lâcher ton arme ! répéta-t-il. Ma patience a des limites !

Jenny tergiversa. Elle avait épuisé son stock d'idées, sans qu'aucune solution ne se présente à elle. Désormais, son bras tremblait de plus en plus. Et elle n'était pas loin de se choper une crampe. Une vraie.

Dans la seconde qui suivit, Sam se redressa, les mains levées au-dessus de la tête…

Les cheveux balayés par la brise qui soufflait au pied de la montagne, il n'accorda pas un regard à Jenny. La seule personne qu'il fixait, c'était Clarence. Dans ses yeux, il pouvait voir l'orage. Les éclairs de la haine. Il sut alors avec certitude que l'homme de Beaufort n'avait qu'une idée en tête : le faire passer de vie à trépas.

— Laissez-la partir, exigea-t-il. Elle n'a rien à voir là-dedans ! C'est moi que vous voulez, vous n'avez aucune raison de la tuer !

— Oh, oh ! gloussa Beaufort. On dirait bien que Johnson a fini par s'acheter une paire de couilles ! Tu te crois en mesure de négocier ? Allons, avance ! Et montre-moi tes mains, tout en douceur !

Sam secoua la tête.

— Non. Pas tant qu'elle ne sera pas partie. Je me rends. Mais en échange, vous devez la laisser filer. C'est ça ou rien.

Jenny l'observa. Elle essayait de déterminer si ces paroles

étaient le fruit d'un plan quelconque, une ruse qui leur permettrait de reprendre la situation en main. Mais elle s'aperçut que Sam ne plaisantait pas. Il n'y avait aucun plan là-dessous. Il était tout ce qu'il y a de sincère.

— Et qu'est-ce que tu vas faire si on refuse ? lança Beaufort. Tu n'as pas l'ombre d'une chance, Johnson ! Tu es fini ! Et tu ne vaux pas plus que ton père, un alcoolique et un raté !

Clarence s'éclaircit la voix. Il tenait son revolver le long de sa jambe, le canon pointé vers le sol. En l'absence de ce fusil braqué dans son dos, il ne lui aurait fallu qu'une petite seconde pour pulvériser le crâne de Johnson. Mais il savait aussi que cette solution ne le satisferait pas. Elle ne ferait qu'accroître sa douleur, lui laisserait un goût de cendre dans la bouche. Ce qu'il désirait, c'était pouvoir disposer de Johnson à sa guise. Lui faire regretter ce qu'il avait fait à son frère. L'entendre hurler, le voir le supplier. Mais pas une simple balle. Ce serait beaucoup trop facile.

— Très bien, dit-il à l'issue d'une courte réflexion. C'est un marché honnête. La demoiselle s'en va et nous on récupère Johnson. Que demande le peuple ?

Sam attendit la réaction de Beaufort, qui se contenta de détourner les yeux. Il reporta aussitôt son regard sur Jenny.

— Partez, dit-il. J'ai fait ce que j'ai pu. Maintenant, c'est à vous de faire le reste.

Il la vit se mordiller la lèvre. De nouveau, il la trouva jolie à la pâleur de la lune. Il regrettait presque de ne pas l'avoir rencontrée un peu plus tôt, dans d'autres circonstances, avant que son père ne quitte le devant de la scène et que Dan ne se fasse réduire la cervelle en bouillie… Des regrets. Combien en aurait-il encore avant d'exhaler son dernier soupir ?

Jenny n'en raffermit pas moins sa prise autour de l'arme.

— Très bien, dit-elle. Alors je vais tirer. Si c'est vraiment ce que vous voulez, je vais tirer !

— Jenny, protesta Sam. Non.

Clarence intervint :

— Je vais vous dire ce qui va se passer : vous allez peut-être tirer la première, et si c'est le cas je vous conseille de ne pas me rater. Parce que moi je ne vous louperai pas. Et ensuite ? Eh bien les rafales de l'Uzi viendront nous transpercer tous les deux. On tombera raides morts dans la neige, et votre petit copain avec nous. Alors si c'est ce que vous voulez, en avant la musique ! Je n'en ai rien à foutre. La seule chose que je veux, c'est… Cet enfoiré vient de tuer mon frère, bordel de Dieu !

Sam regarda le 4×4. Il était bien trop loin pour distinguer le corps de Ron dans l'habitacle. Mais si Ronald était mort, ça signifiait que Clarence allait lui en faire baver. Il fera durer le plaisir. Assez pour qu'il n'ait qu'une idée en tête : la mort, au point de la désirer. La seule à être capable de mettre un terme à la souffrance qu'il lui ferait endurer.

Pourtant, rien ne se produisit tel que Clarence l'avait prédit. Et Sam le comprit à l'instant où il vit surgir une ombre derrière le Nissan.

62

Il y eut un premier hurlement. Dans un éclair, l'Uzi cracha une rafale de balles en l'air. Un son puissant d'arrachement, des jets d'hémoglobine. Une série d'organes alla éclabousser le sol et Miguel Beaufort s'écroula dans la neige, avec au milieu de la poitrine un trou aussi gros qu'un obus.

Quand la silhouette de Jon Bauer se redressa, tenant dans la main ce qui ressemblait à un cœur humain, Jenny n'hésita pas une seule seconde à changer de cible. Elle aligna l'individu – la créature plutôt – et tira ses deux cartouches l'une après l'autre. La première atteignit la portière du 4×4, la seconde répandit ses plombs dans la neige, manquant une nouvelle fois sa cible.

Bauer venait de se baisser. Il rappelait une panthère sur le point de bondir sur sa proie.

Clarence ne mit pas longtemps à réagir, lui non plus. Au lieu d'ouvrir le feu sur Sam ou sur Jenny, car ce n'était plus la priorité, il se tourna vers la créature et bloqua sa respiration pour viser.

Jon Bauer ne ressemblait plus à un être humain. On aurait plutôt dit… Eh bien Sam ne savait pas très bien quoi, et ce n'était pas le moment d'y réfléchir. Il se précipita le long de la carrosserie et saisit Jenny par le bras, avant de la tirer dans sa direction.

— Vite ! cria-t-il. Par ici !

Sa voix fut couverte par les déflagrations du Magnum. Il entraîna Jenny vers la montagne et ils dévalèrent la pente qui permettait de rejoindre le fond de la dépression.

À aucun moment il ne lui vint à l'esprit que ce n'était peut-être pas le meilleur chemin à prendre. Mais pour l'instant, il fallait fuir. Jenny perdit les deux cartouches qu'elle tenait dans sa main et se laissa guider. Quand elle lança un regard par-dessus son épaule, ce fut pour apercevoir Jon Bauer.

Il venait de se jeter sur Clarence.

Les deux hommes roulèrent dans la neige, soulevant des nuages de poudreuse autour d'eux. Pendant une fraction de seconde, Clarence croisa le regard jaune et glacial de la créature qui se trouvait penchée au-dessus de lui. Puis ce furent ses dents qu'il vit, car Jon Bauer venait d'ouvrir la bouche, faisant jaillir ses maxillaires. Sa mâchoire lui recouvrait le visage.

Clarence tourna la tête. Il esquiva un long filet de bave qui lui aurait coulé droit dans l'œil et entendit saliver près de son oreille. Les ongles de la créature s'enfoncèrent dans sa chair. Malgré sa carrure bien inférieure à la sienne, ce type possédait une force colossale.

Il parvint à dégager l'un de ses bras et tâtonna sur sa gauche. Il réussit à empoigner quelque chose, un lingot d'or, et frappa Bauer à la tempe. Plusieurs fois, jusqu'à ce que la créature recule et qu'il arrive à libérer sa seconde main, munie de son revolver.

Il vida son chargeur. Un sang glacial lui pissa sur les doigts. Il fit basculer le corps et resta un moment immobile, le souffle court, en appui sur ses coudes.

Sacré bon Dieu. Il n'avait encore jamais rien vu de tel.

Se traînant à quatre pattes, il tenta de se redresser puis

chancela sur quelques mètres. Il se sentait désorienté. Il découvrit que Sam et Jenny en avaient profité pour lui fausser compagnie.

Il se dirigea vers le Nissan. Son genou lui faisait moins mal mais il boitait toujours. Après s'être accroupi près de Beaufort, il échangea son Magnum contre l'Uzi et fouilla le corps. Il y trouva ce qu'il cherchait : un second chargeur.

Johnson allait payer. Il n'allait pas le laisser s'échapper.

Il s'abstint de lancer un dernier regard à son frère. Mais lorsqu'il passa à proximité du corps de Jon Bauer, il s'aperçut que celui-ci vivait encore. Il venait de se retourner sur le flanc.

— Saloperie, murmura Clarence.

Mais il n'irait pas loin.

Il enjamba la créature et se tint un moment au-dessus d'elle, se demandant ce qu'étaient ces types. Puis il sortit la grenade de sa poche, la dégoupilla et l'enfonça d'un coup de talon entre les dents de Jon Bauer.

Derrière lui, alors qu'il s'éloignait déjà vers la montagne, l'explosion s'éleva dans un tonnerre de feu, découpant un bref instant sa silhouette sur les flammes.

Les morceaux de Jon Bauer furent éparpillés aux quatre vents, disloquant son cœur à tout jamais…

Lorsque Jeffrey Marlowe arriva, moins de deux minutes plus tard, il découvrit une bonne partie de son abdomen en train de brûler dans la neige…

Il se tourna vers la montagne.

L'heure de l'ultime confrontation venait de sonner.

VII

LA TOMBE

« Quand je regarde maintenant vers le passé
du sommet de mon vieil âge, je peux encore
voir les femmes et les enfants étendus, massacrés,
les corps jonchant le sol du ravin. »

Black Elk – Chef Sioux,
Survivant du massacre de Wounded Knee

63

Sam trébucha. Il entraîna Jenny avec lui et tous deux dégringolèrent dans la neige, dévalant la pente en roulant sur eux-mêmes jusqu'en bas du ravinement. Ils atterrirent sur une fine croûte de glace sous laquelle circulait un maigre filet d'eau et celle-ci se rompit sous leur poids. La source était peu profonde, mais elle leur trempa les pieds et le pantalon.

Sam se redressa, agrippa de nouveau Jenny par la main et la tira en avant.

— Attendez ! s'écria-t-elle. Mon fusil ! J'ai laissé tomber mon fusil !

Il leva les yeux vers le sommet de la butte. L'arme était trop loin. Elle se trouvait à une vingtaine de mètres plus haut.

— Pas le temps. Il faut continuer !

Comme pour confirmer ses propos, une rafale de balles siffla au-dessus de leur tête. Ils enjambèrent le ruisseau et gagnèrent la montagne. Derrière eux, à moins d'une centaine de mètres, Clarence Manchester amorçait lui aussi sa descente vers le fond de la ravine, le poing soudé à la poignée de son Uzi.

Le début de l'ascension fut aisé. La pente était douce et un ancien chemin montait en oblique, zigzaguant entre d'innombrables pans de roche qui émergeaient çà et là, telles des pointes de silex gigantesques. Sam se demandait s'ils n'allaient pas se retrouver bientôt bloqués. Au-delà des neiges qui recouvraient le massif, le piton rocheux qui s'élançait ensuite était abrupt. Il serait sans doute impossible de continuer par là.

Il se souvint de ce que Jenny lui avait dit :

« Martha prétend que cette montagne est hantée. Il y aurait tout un réseau de cavernes à l'intérieur. Des galeries profondes, sans fin. Elle dit aussi qu'elles renfermeraient de vieilles tombes indiennes. »

Une nouvelle série de balles retentit. D'instinct, ils rentrèrent la tête dans les épaules.

— Vite, souffla Jenny. Par là !

Elle prit les devants et ils grimpèrent davantage. La pente devenait plus raide. Sam sentait les muscles de ses mollets et de ses cuisses se contracter sous l'effort.

En bas, les bâtiments de Murton Caves s'étendaient au milieu du brouillard. La brume semblait se lever. À moins que cette impression ne soit due à la hauteur à laquelle ils se trouvaient. La neige avait repris sa longue descente vertigineuse. Sur leur droite, l'explosion qui avait disloqué le hangar du vieux Chuck laissait entrevoir une faible lueur dans la nuit. Comme un phare, songea Sam. Une lueur qui matérialisait l'espoir qu'ils avaient eu de s'échapper d'ici.

— Je peux savoir où vous nous emmenez ? Qu'est-ce qu'on va faire une fois qu'on sera là-haut ?

— Je n'en sais rien, admit Jenny, haletante.

Ils prirent sur la gauche et atteignirent un repli de la montagne. Ils ressentaient la nécessité d'accélérer, mais le dénivelé du terrain rendait la chose impossible. Dorénavant, ils devaient progresser en s'aidant des mains. Au bout de quelques mètres, ils repérèrent un renfoncement. Une entrée de grotte, entre deux fragments de roche.

— Une nécropole, hein ? lança Sam en essayant de trouver le courage d'y pénétrer. Bordel de merde !

Ils s'engouffrèrent dans le tunnel et durent baisser la tête. Le plafond était bas, il était impossible de se tenir debout. Sam fut surpris par la chaleur qui y régnait. Le vent en moins, le froid leur était beaucoup plus supportable.

Ils avancèrent à tâtons et Jenny s'immobilisa.

— Qu'est-ce que vous faites ? Je ne suis pas sûr que ce soit le moment de nous arrêter !

— On n'y voit rien. Laissez-moi au moins le temps de…

Elle alluma la torche électrique et la braqua droit devant eux. Le faisceau n'éclairait que sur quelques mètres. Ensuite, c'étaient les ténèbres. Profondes et silencieuses.

Ils reprirent leur marche, vérifiant de temps à autre que Clarence ne se trouvait pas juste derrière eux.

Une dizaine de mètres plus loin, ils débouchèrent sur une caverne assez spacieuse aux formes incurvées. Le peu de lumière ne leur permettait pas de savoir si celle-ci avait été taillée par la main de l'homme, mais Sam pensait qu'elle résultait d'un phénomène naturel. Le temps l'avait sans doute façonnée au cours des siècles.

En haut du dôme, le vent s'engouffrait par un goulet. Ils pouvaient entendre son sifflement.

À la lueur de la lampe, ils découvrirent de vieilles peintures murales. Qui sait depuis combien de temps elles se trouvaient là ? Leur représentation et leur style particulier ne laissaient aucune place au doute : il s'agissait d'anciennes peintures indiennes. Elles décrivaient une sorte de culte religieux. Une cérémonie funéraire. Sam apposa sa main sur celle de Jenny et la guida pour que le faisceau aille éclairer une autre partie de la paroi.

À cet endroit, une illustration grossière représentait la silhouette d'un animal. Ou ce qui *ressemblait* à un animal. La forme était noire, massive et anthropomorphique. Deux points jaunes symbolisaient les yeux. Sam trouva que cette peinture correspondait assez bien à l'idée qu'il se faisait de Big Foot… Si ce n'est qu'il s'agissait sans doute d'autre chose. De quoi remplir une nouvelle fiche et de la faire figurer dans l'encyclopédie des mammifères.

La créature était peinte au milieu de deux rangées de sapins. Stylisés eux aussi, ils permettaient de se rendre compte de l'importance de sa taille. Gigantesque. Les arbres lui arrivaient au niveau de la poitrine.

En plongeant la main dans son manteau, Sam sentit ses doigts effleurer l'attrape-rêves que lui avait remis la vieille Martha. Un talisman indien capable de les protéger.

À condition de croire en son pouvoir…

Il prit alors conscience qu'il savait ce que représentait cette peinture. Ou en tout cas, il le supposait.

Ce dessin personnifiait l'Esprit de la Montagne. L'entité chargée de veiller sur les anciens tombeaux indiens, ceux qui d'après la vieille Martha se trouvaient dans la montagne. Lien présumé entre le monde des morts et celui des vivants.

Un frisson le parcourut.

Subitement, Jenny masqua le faisceau de sa lampe contre sa paume. Ils venaient d'entendre du bruit, derrière eux. Il n'était pas impossible que Clarence ait déjà trouvé l'entrée du tunnel.

Elle prit Sam par le bras et lui montra une galerie qui s'ouvrait sur leur droite.

Ils se glissèrent par le boyau.

Clarence apparut quelques secondes plus tard, équipé de la lampe torche qu'il avait ôtée des mains de son frère, peu de temps avant qu'ils ne trouvent l'accès de Murton Caves… Il s'immobilisa et observa les lieux.

Lui aussi vit les peintures rupestres qui ornaient les murs de la caverne. Comme il remarqua l'étrange silhouette qui se dressait au milieu de deux rangées de sapins. Créature colossale qui faisait en effet penser à Big Foot, ou à ce primate dont les légendes népalaises faisaient état, à plus de douze mille kilomètres de là. Mais à aucun moment il ne se dit qu'il venait de pénétrer dans un ancien sanctuaire indien, ni que les rafales de son Uzi pourraient réveiller une force inconnue et endormie depuis des siècles. La seule chose qui importait, c'était Johnson. Lui et lui seul.

Il pivota et repéra le passage qui s'ouvrait sur sa droite. Il s'y engouffra.

Dans son esprit flottait encore l'image de son frère. Son visage défoncé par le volant et le tableau de bord du 4×4.

64

Sam et Jenny poursuivaient leur progression. Le souterrain qui descendait en pente douce dans les profondeurs de la montagne les conduisit au seuil d'une seconde caverne plus vaste que la précédente. Il y avait quelque chose en son centre, et ils crurent tout d'abord avoir affaire à la silhouette d'un animal ou à celle d'un homme. En réalité, il s'agissait d'un vieux totem en pierre.

Le totem s'élevait à trois ou quatre mètres au-dessus du sol. Il était assemblé de diverses têtes sculptées et empilées les unes sur les autres. Des têtes de loups. La plupart étaient d'apparence rassurante, mais d'autres montraient une expression effrayante. Sur le sol, un grand cercle délimité par des cailloux entourait le tout. Cet endroit semblait être un ultime avertissement. Contre quoi, ni Sam ni Jenny n'avaient envie de le savoir.

— Ce doit être l'entrée du sanctuaire, fit Jenny. Celui dont m'a parlé la vieille Martha…

La grotte était munie de six ou sept accès. Au-delà du totem, ils remarquèrent une dernière ouverture, plus grande que les autres. Elle était surplombée de deux nouvelles têtes taillées dans la roche, à caractère humain cette fois. La première se trouvait au-dessus d'un buste assez sommaire où l'on reconnaissait le galbe d'une poitrine féminine. La seconde représentait un crâne juché sur un corps d'homme. La symbolique qui s'en dégageait était claire : la vie et la mort.

— D'après ce que je sais, dit Jenny, c'est ainsi que les Indiens considéraient la vie. Elle s'inscrivait pour eux dans le grand cycle de l'Univers, où il n'y a ni début ni fin, tout n'étant qu'un éternel recommencement. Ils voyaient l'instant comme un point qui se déplace à la circonférence d'un cercle. Pour eux, tout fonctionnait de cette manière. Le jour et la nuit par exemple, la circonvolution des astres autour du soleil, le cycle des saisons… En ce qui concerne le loup, il paraîtrait qu'il est l'animal sur lequel leur peuple avait basé son mode de vie. Car le loup a lui aussi été chassé des terres où il vivait. On a tenté de l'exterminer. On le croyait dangereux, on ne le comprenait pas. Mais dans le cas des Indiens, c'est différent. Leur génocide a été programmé en toute connaissance de cause. Il fallait anéantir leur liberté, leur identité, leur culture. Même les enfants étaient soustraits à leurs parents pour les soumettre à notre éducation et à nos lois… L'endoctrinement. N'est-ce pas là le meilleur moyen qu'a notre démocratie de contrôler nos vies ?

— Sans doute, approuva Sam. Je me suis d'ailleurs souvent demandé qui écrivait nos manuels scolaires… Qui vous a appris ça ? La vieille Martha ?

— Non. C'est Wood. Mais je suppose que Martha n'y est pas étrangère.

Elle voulut ajouter quelque chose mais des coups de feu éclatèrent, défigurant une partie du totem à quelques centimètres de leur tête.

Ils s'élancèrent vers le fond de la grotte, tandis que l'Uzi crachait une nouvelle salve de balles, soulevant la poussière et faisant sauter des fragments de roche sur leurs talons.

— Vite ! fit Jenny. Par ici !

Sam n'eut pas le temps de voir où elle l'entraînait. Ils prirent le premier passage sur leur droite et s'enfoncèrent dans un long boyau étroit qui serpentait entre deux parois verticales. Le faisceau de la lampe de Jenny ne cessait d'effectuer de rapides allers-retours, faisant valser les ombres autour d'eux. Sam s'aperçut que le souterrain était truffé d'ouvertures, aussi bien sur leur droite que sur leur gauche. Ils bifurquèrent une première fois et, un peu plus loin, une nouvelle galerie s'offrit à eux. Ils s'y précipitèrent. Ce n'est qu'après plusieurs dizaines de mètres qu'ils s'arrêtèrent. Ils étaient tous les deux à bout de souffle, et bien entendu, n'avaient plus aucune idée de l'endroit où ils se trouvaient.

Ils s'adossèrent à la paroi pour reprendre leur souffle, une main posée en bas de leur abdomen. Sam avait un point de côté. En observant les différentes issues qui se présentaient à eux, il se dit que cette montagne avait tout d'un labyrinthe.

— J'ai comme l'impression que ça ne va pas être facile de sortir d'ici, dit-il. Il y a des dizaines et des dizaines d'ouvertures.

Aussitôt, sa voix se répercuta au milieu des galeries, comme si plusieurs Samuel Johnson avaient prononcé les mêmes mots avec un léger décalage, chacun positionné à un endroit différent. La résonance se prolongea, se mélangea à des bruits de pas. Quelqu'un qui courait. Clarence, sans aucun doute. Le martèlement semblait provenir de nulle part et de partout à la fois.

Alors ils comprirent…

Par un hasard extraordinaire, la nature avait fait de ces tunnels une véritable chambre d'écho, de sorte que les sons se propageaient dans l'ensemble du réseau souterrain sans qu'il soit possible d'en localiser la provenance. Ce phénomène de réverbération pouvait tourner à leur avantage, mais il pouvait aussi leur jouer des tours. Clarence pouvait surgir à tout instant. De n'importe quel côté.

Au bout de longues secondes, les pas cessèrent.

— Je sais que tu es là, Johnson ! Je sais que tu es là, et tu ne l'emporteras pas au paradis !

Comme celle de Sam, la voix de Clarence fut sujette à une manifestation acoustique de même ampleur. En écoutant à nouveau le phénomène se répéter, Sam se demanda si cette caisse de résonance ne pouvait pas expliquer, du moins en partie, le bruit de tambour qui émanait parfois de la montagne. Pourquoi pas après tout ? Il était prêt à croire n'importe quoi au point où il en était.

— Venez, chuchota Jenny. Déplaçons-nous en silence. Il faut essayer de trouver la sortie.

Ils s'éloignèrent vers le fond de la galerie. Ici, une courte volée de marches descendait sur leur droite. Taillée par la main de l'homme, cela ne faisait aucun doute. Seulement, aucun d'eux ne se rappelait l'avoir vue.

— On n'est pas passés de ce côté, fit remarquer Sam. Je m'en souviendrais s'il y avait eu des marches. On se serait certainement cassé la figure.

Jenny acquiesça. Ils changèrent de direction. Autour d'eux, les pas de Clarence n'avaient toujours pas repris. Ou alors il se déplaçait lui aussi en silence.

Ils débouchèrent sur un nouveau tunnel, aussi étroit que le précédent. Mais là encore, c'était la première fois qu'ils s'y aventuraient… Quoique... C'est quand la lumière de Jenny glissa sur la paroi que Sam en eut la certitude. À la vue du groupe de phalanges qui luisaient sur sa gauche, il ne put réprimer un sentiment d'effroi. Il montra à Jenny ce qu'il venait de voir.

La vieille Martha ne s'était pas trompée, la montagne recélait bien des tombes indiennes. De chaque côté du souterrain, des entailles pratiquées dans la roche contenaient des dizaines de squelettes.

— Bon sang, murmura-t-il. Nous voilà paumés au milieu de tous ces morts !

Il regrettait de s'être lancé dans ces catacombes… Mais il se souvenait aussi que la salle au totem disposait de plusieurs ouvertures. Il n'était pas impossible qu'elles communiquent.

Un bruit les fit se retourner et Jenny eut le réflexe de ne pas braquer le faisceau de sa lampe dans cette direction. Malgré le phénomène d'écho qui en résulta, une fois encore, il leur sembla que le son, s'il s'agissait bien de Clarence, était un peu plus proche qu'auparavant. Ce qui n'était pas très bon signe.

— Continuons, dit-elle. On n'a pas le choix. Il serait dangereux de faire demi-tour.

Sam était de son avis. À contrecœur, mais il était de son avis. Ils auraient peut-être dû essayer de récupérer son fusil en fin de compte. Cela leur aurait sans doute évité d'avoir à s'égarer dans ces cavernes.

Cernés par les entassements de squelettes qui devaient se trouver là depuis des temps immémoriaux, ils poursuivirent leur marche. Le nombre de galeries ne cessait d'augmenter. Les caves qui trouaient le cœur de la montagne transformaient celle-ci en véritable fourmilière. Un enchevêtrement inextricable de tunnels et d'étroits couloirs. Maintes fois ils hésitèrent sur le chemin à prendre, cela aurait d'ailleurs été beaucoup plus facile s'ils avaient pu continuer droit devant eux, mais la structure complexe des souterrains les obligeait souvent à bifurquer.

Au bout d'un moment, le pied de Sam heurta quelque chose et ils s'immobilisèrent. L'endroit dans lequel ils venaient d'arriver était jonché d'ossements humains.

Jenny promena le faisceau de sa lampe autour d'eux.

Il y avait là une telle quantité d'os qu'il était impossible d'en déterminer le nombre, ni de combien de cadavres ils provenaient. Aucun corps n'était au complet, ils avaient été démembrés, dispersés de part et d'autre, ce qui donna à Sam l'impression d'avoir atterri dans la tanière d'un animal sauvage… Ou plutôt, dans son garde-manger.

Après une longue hésitation, ils s'avancèrent. Pour s'arrêter de nouveau. À trois ou quatre mètres en avant, une grande étendue sombre se dissociait du sol avec une surprenante opacité. Elle occupait toute la largeur du souterrain.

Ils réalisèrent alors qu'ils ne se trouvaient plus à l'intérieur d'un tunnel. La galerie qu'ils avaient suivie s'était considérablement agrandie. Elle était devenu si vaste qu'ils ne pouvaient en discerner les parois ni la voûte qui les surplombait.

Jenny allait s'approcher de la forme noire lorsque Sam la retint par le bras.

— Ne faites pas ça, dit-il.

Il lui avait fallu plusieurs secondes pour comprendre de quoi il s'agissait. Cette masse était en réalité un gouffre. Démesuré, titanesque. Un abîme qui plongeait à la verticale sans qu'il soit possible d'en connaître la profondeur. Non seulement il semblait ne pas avoir de fond, mais le bord opposé était lui aussi hors de vue. Comme si le monde s'arrêtait là, cédant la place aux ténèbres et au néant.

La frontière entre le monde des morts et celui des vivants.

Un bruit les fit sursauter.

65

— Drôle de balade, hein ? lança une voix depuis l'obscurité. Pas ce qu'il y a de plus romantique, mais pas inintéressante non plus.

Sam et Jenny mirent une bonne seconde avant de réaliser à qui appartenait cette voix. Ils le comprirent à l'instant où ils aperçurent une paire d'yeux briller dans la pénombre, bien avant que la silhouette de Jeffrey Marlowe n'apparaisse.

L'homme au Stetson n'avait pas eu besoin de lampe pour arriver jusqu'à eux. En réalité, sa vision était presque aussi bonne dans ces cavernes qu'en plein jour.

Il s'arrêta à cinq ou six mètres, assez proche pour que la torche de Jenny mette en lumière une partie de son visage. Sam remarqua que des ombres jouaient à la surface de sa peau, révélant des rides d'une profondeur anormale. Sa moustache était très noire. Elle donnait l'illusion qu'une grande droite lui sectionnait le visage.

Marlowe baissa les yeux et repoussa du bout de sa botte un tibia qui alla rouler sur le sol… Il y eut un cliquetis d'os.

— C'est ici que tout a commencé, dit-il. À l'endroit même où vous vous tenez. Il y a plus d'un siècle. Cent trente ans et quelques mois. Un temps qui nous a semblé bien plus long qu'il ne l'est.

Du pouce, il releva l'avant de son Stetson. Il les dévisagea tour à tour, un léger rictus au coin des lèvres.

— Vous n'avez sans doute aucune idée de ce qui s'est déroulé dans cette grotte, n'est-ce pas ? À qui appartiennent ces corps et pourquoi leurs os sont dispersés de la sorte ?

Il redressa la tête et embrassa la caverne du regard :

— Ça fait maintenant plusieurs dizaines d'années que je n'étais pas revenu près de ce gouffre. Aucun de nous n'est retourné dans cet endroit depuis longtemps. Il y a des choses dont il vaut mieux ne pas se souvenir. Des expériences douloureuses, bien au-delà de ce que la raison peut supporter. Croyez-moi si vous le voulez, mais l'esprit humain est capable d'envisager n'importe quelle solution quand il s'agit d'échapper à la souffrance et à la mort… Oh oui. N'importe quelle solution.

« Mes hommes et moi, nous sommes arrivés dans la région en octobre 76, continua Marlowe. En mille huit cent soixante-seize pour être exact. À l'époque, nous n'étions qu'une vingtaine de gars, quelques bougres qui s'étaient improvisés chercheurs d'or. Des types qui ressentaient le besoin de donner un sens à leur existence, de transmettre une terre à leurs enfants, peut-être même de se faire un nom. Qui sait ? de laisser leur trace dans l'Histoire… Bon nombre d'entre nous avaient tout sacrifié pour se lancer dans cette aventure. Nous avions abandonné femme et enfants, quitté l'endroit où nous étions nés et où nous vivions depuis toujours. Mais tous, nous espérions revenir un jour au pays avec la richesse et la gloire. Sans nous imaginer un seul instant vers quelle fin tragique notre destin nous conduirait.

Il marqua un temps. Sam regretta de ne pas avoir le fusil que Jenny avait laissé tomber au cours de sa chute. Armés, ils auraient pu saisir n'importe quelle occasion. Ils ne seraient pas parvenus à tuer Marlowe, mais peut-être à lui échapper et à sortir de ces cavernes.

— Vous vous demandez sans doute pourquoi je vous

raconte tout ça, pas vrai ? La raison pour laquelle je ne vous tue pas tout de suite ? Pourquoi je tiens tant à vous expliquer comment ça s'est passé ? (Il expulsa de l'air par les narines.) C'est peut-être bien à la mémoire de mes hommes. À ceux qui sont morts ce soir, brûlés vifs ou détruits par une explosion. Ils auront quitté ce monde sans avoir eu la chance de redevenir ce qu'ils étaient, après avoir souffert tant d'années à espérer la délivrance.

Il avala sa salive. Son visage se fit plus grave, signe qu'un grand trouble l'habitait. Son regard paraissait maintenant rivé vers un point invisible situé bien au-delà de cette caverne. Sur ce mois d'octobre 1876, sur cette petite ville où tout avait commencé. Une période qui ne lui paraissait pas seulement lointaine mais qui semblait n'avoir jamais existé. Comme si ses souvenirs n'étaient que les fragments d'un rêve brisé, le brouillard de son imagination.

Il reprit d'une voix froide :

— Je me souviens encore de cette petite ville, jadis, à quelques dizaines de miles plus au nord. Creeping Falls, c'est comme ça qu'elle s'appelait. Elle n'existe sans doute plus aujourd'hui, c'était une ville de pionniers, probablement morte avant l'heure, avant même d'avoir trouvé son âme. À l'époque, la récente découverte d'un gisement aurifère nous avait conduits dans la région. Mais nous apprîmes que le terrain venait d'être acheté par une poignée d'entrepreneurs. La construction de lignes de chemins de fer était en pleine expansion à ce moment-là, et la zone devait se voir dotée de nouveaux rails. Découragés, nous fîmes alors étape à Creeping Falls. On ne devait y passer qu'une nuit, avant de poursuivre nos recherches vers le sud. Mais ce soir-là, nous fîmes la rencontre de Jeremy Murton, l'homme qui allait bouleverser notre existence, et qui allait être à l'origine de notre terrible aventure...

« Je me rappelle encore des notes que le piano jouait, de l'atmosphère enfumée du bar et du whisky qui coulait à flots. Les clients se massaient autour du comptoir et les rires fusaient. C'était un soir de fête. La plupart étaient venus passer du bon temps, se changer les idées… Au cours de cette soirée, j'eus l'occasion d'entendre la conversation, ou le monologue devrais-je dire, de Jeremy Murton. C'était un petit individu nerveux et tassé sur lui-même, aux yeux de fouine, qui ne cessait de gesticuler et de crier plus fort que les autres. Les gens semblaient ne lui accorder aucune attention, mais pour ma part, je l'écoutais avec intérêt. Ce soir-là, Murton se vantait de savoir où trouver de l'or. Il disait que si un jour il possédait assez d'argent pour monter sa propre expédition et partir exploiter le filon, il deviendrait immensément riche. Assez pour revenir acheter la ville entière et chasser tous ceux qui lui avaient manqué de respect jusque-là.

« On ne mit pas longtemps à s'en apercevoir, mais personne ne prenait plus ses propos au sérieux depuis belle lurette à Creeping Falls. Murton s'attirait les plaisanteries des uns et le persiflage des autres. D'après les quelques renseignements que je parvins à obtenir, il avait perdu sa femme et sa fille pendant une épidémie de choléra, l'année précédente. Depuis, il était devenu alcoolique. Les gens disaient qu'il se consolait en inventant des histoires, des fables ; que sans elles, il n'aurait jamais pu survivre au deuil de sa famille…

« Quoi qu'il en soit, Murton en avait dit assez long pour éveiller notre curiosité. Il passait pour un affabulateur de la pire espèce, mais mes compagnons et moi désirions en apprendre davantage. Voir si les détails de son histoire pouvaient se tenir… Je me présentai donc à lui un peu plus tard dans la soirée, dès que je le vis sortir du bar. Je ne tenais pas à l'interroger devant tout le monde. Je me suis toujours méfié des oreilles indiscrètes. Et puis de nous voir discuter aurait pu amener certaines personnes à reconsidérer l'opinion qu'elles avaient de lui.

« Comme je me l'étais imaginé, lorsque je l'interpellai, Murton refusa d'abord de m'entendre. À ses yeux je n'étais qu'un étranger, un gars de passage. Mais quand j'ai commencé à lui expliquer que j'étais à la tête d'un groupe de prospecteurs, que nous possédions du matériel et que je pouvais engager une partie de mon argent dans son entreprise, si je la jugeais digne d'intérêt, il a fini par m'écouter. Murton ne roulait pas sur l'or. Il avait perdu son emploi depuis plusieurs mois, et ce n'étaient pas les cuites qu'il prenait à longueur de journée qui allaient l'aider à sortir de sa misère. De notre côté, nous avions quatre chariots, quelques outils et une vingtaine de chevaux. Tout ce que Murton n'avait pas... Au bout du compte, il accepta de parler avec nous et me donna rendez-vous le lendemain matin chez lui, dans une petite bicoque au toit délabré qui jouxtait l'extrémité de la ville.

« L'endroit était crasseux, pouilleux et branlait d'un bord à l'autre. Il y avait des seaux disposés de toutes parts pour recueillir l'eau de pluie qui s'infiltrait par la toiture. Je me souviens que Murton nous fit patienter dans la pièce principale. C'était la maison de sa femme, il l'avait récupérée après sa mort. Seuls trois d'entre nous étaient venus ce matin-là : le Dr Brown, Robert Nash et moi-même. Davantage de monde aurait probablement intimidé Murton.

« Quand il revint, il déroula une carte sur un coin de table, au milieu de fientes d'oiseaux et de gamelles au contenu répugnant couvert de moisissure. À notre grande surprise, la carte indiquait un itinéraire jusqu'à un massif montagneux marqué d'une croix. Nous nous demandions quel crédit accorder à tout ça, mais Murton prétendait qu'un gisement d'or se trouvait là, qu'il était conséquent et qu'il n'avait encore jamais été exploité. Nous nous étions beaucoup interrogés, mes gars et moi, la veille, avant de lui rendre visite. En particulier sur la manière dont nous allions nous y prendre pour vérifier ses dires. Mais l'existence de la carte changeait la donne. C'était même inespéré. Murton avait pris soin d'en déchirer une partie avant de nous la montrer. Il a dit que si on voulait voir l'autre morceau, il fallait d'abord qu'on négocie. Il voulait établir une sorte de contrat, quelque chose de légal qui le mette aux commandes de notre expédition, et qu'en cas de succès il deviendrait l'unique propriétaire du gisement d'or.

« Bien entendu, nous lui fîmes remarquer que les conditions qu'il posait étaient loin d'être satisfaisantes, qu'il ne fallait pas oublier que nous apportions à son entreprise les moyens financiers, humains et techniques de la mener à bien. Et puis mes hommes n'auraient jamais accepté de lui obéir. Alors Murton a réfléchi. Il a fini par me laisser le contrôle des opérations et nous avons dû négocier de pied ferme ce qui reviendrait à chacun de nous au cas où le précieux gisement existerait... Murton ne parut pas tout à fait satisfait de l'accord, bien moins avantageux que ce à quoi il s'attendait. Néanmoins, il accepta. Il devait se trouver coincé. Il venait de rencontrer des gens prêts à investir dans son affaire et ne tenait pas à laisser passer l'occasion. Il nous fallut pas moins de trois jours pour rassembler les provisions et le matériel manquant à notre expédition. Et le matin suivant, nous quittâmes Creeping Falls sans nous retourner, sans même nous douter un seul instant que nous n'aurions plus jamais l'occasion d'y revenir...

Marlowe marqua une pause. Il venait de caler la crosse de son M16 contre sa hanche, l'extrémité du canon levé à hauteur de l'épaule.

Il reprit :

— Murton ne parla pas beaucoup pendant le trajet. Il se montrait distant, se contentant de chevaucher en tête de notre groupe. Il nous guidait. Maintes fois il nous entraîna dans la mauvaise direction. Nous dûmes rebrousser chemin. Nous étions tous fatigués et mes hommes perdaient patience. La carte était difficile à lire, de nombreux repères avaient changé. Et Murton interprétait souvent mal les distances. Il buvait trop. L'alcool n'était pas étranger à ses erreurs et nous avions de plus en plus de mal à le supporter. Nous nous demandions si nous avions fait le bon choix en nous embarquant dans cette aventure, si la chance nous serait donnée de revoir un jour l'argent que nous avions misé. Quant à la carte, nous ne sûmes jamais avec certitude comment Murton l'avait obtenue. Mais il prétendait que son épouse la lui avait donnée.

« Nous arrivâmes au terme de notre voyage au bout de deux jours à cheval. C'était en fin de journée, et je me souviens qu'il pleuvait. Un temps à attraper la mort, le vent était glacial. Nous dûmes cheminer un bon moment à travers la forêt avant d'atteindre le sommet de la colline. Puis, lorsque nous débouchâmes sur la vallée, l'obscurité avait gagné. Nous dressâmes le camp aussitôt, au pied de la montagne. Cette nuit-là, la plupart de mes hommes ne parvinrent pas à fermer l'œil. J'eus moi-même beaucoup de mal à dormir. Nous étions tous possédés par le désir de commencer nos recherches. Nous nous demandions si nous allions devenir riches, si l'or allait changer notre vie. L'incertitude était grande. Et je crois avoir pensé que nos espoirs ne tenaient pas à grand-chose, que nous n'étions qu'une bande d'imbéciles. Des idiots qui s'étaient laissé embobiner par les propos d'un alcoolique, qui avait peut-être lui-même dessiné la carte qui nous avait conduits jusqu'ici.

« Le lendemain, le matin s'éveilla sur une belle journée. La pluie avait cessé et le coin nous sembla plus agréable que la veille. Il n'y avait pas un seul nuage. En procédant à une rapide inspection des lieux, nous découvrîmes les traces d'un ancien campement indien. Quelques trous remplis de cendres et entourés de cailloux, des pointes de lances, des empennages de flèches. Nous n'y prêtâmes que peu d'attention. Le campement semblait avoir été déserté depuis des mois… Alors nous nous lançâmes dans l'exploration de la montagne, le point indiqué d'une croix sur la carte de Jeremy Murton.

« Nous trouvâmes l'accès à la première caverne peu de temps avant midi. Notre excursion nous avait d'abord entraînés trop à l'ouest. Mais le plus important, c'est que Murton n'avait pas menti. Ni sur la présence de l'or, ni sur sa quantité. Les parois scintillaient à la lumière de nos torches ! Et je ne peux même pas vous décrire les émotions qui nous ont traversés. Il y avait là une fortune considérable. Pour extraire autant de minerais il allait nous falloir plusieurs années. Alors nous décidâmes de nous installer dans la vallée, et de commencer l'extraction.

« Comme vous avez pu le voir, poursuivit-il sans quitter des yeux Sam et Jenny, la structure de ces souterrains est complexe. Ces galeries s'étendent sur des distances incroyables, plongent dans les entrailles de la montagne jusqu'à des profondeurs abyssales. Mais nous n'avions pas besoin de nous aventurer très loin pour commencer à extraire l'or. Les premiers jours, nous découvrions des pépites si grosses qu'elles tenaient à peine dans le creux de nos mains. C'était impressionnant ! Le soir, nous organisions des paris, misions sur nos prochaines découvertes. Nous nous abreuvions de whisky et jouissions de notre nouvelle condition. Des festivités qui s'étendaient parfois jusqu'à l'aube. En résumé, tout allait pour le mieux dans le meilleur des mondes… Mais cela n'a pas duré longtemps, car bientôt Jeremy Murton nous a causé des ennuis.

« La fièvre de l'or l'avait gagné. Il commençait à revenir sur ses engagements, réclamant une part du gâteau plus importante que celle qu'il avait déjà négociée. On ne savait pas très bien pourquoi tout ça le tracassait autant, car il y avait assez d'or pour nous tous, mais c'était dans la nature de Murton. Il faisait partie de ces types qui versent dans la sollicitude tant qu'ils n'ont rien, et dès qu'ils mettent la main sur quelque chose, changent leur fusil d'épaule.

« Mes gars et moi, on a discuté un bon moment sur le sujet et plus pour lui donner satisfaction que par réelle estime, on a décidé de baptiser l'endroit Murton Caves. Depuis, ce nom est resté. On a mis en chantier les premières habitations, de simples cabanes au début, mais qui au fil du temps se sont vite développées. Puis nous avons procédé à l'inauguration du village.

« Murton fut satisfait les premiers temps. Il prit même un malin plaisir à arpenter les rues d'un bourg auquel il avait donné son nom. De notre côté, nous nous arrangions pour aller le consulter sur des points insignifiants, le laissant s'imaginer que son avis nous importait. Nous lui fîmes même miroiter la possibilité de l'élire comme chef du village. Mais Murton a fini par ignorer tout ça. Il buvait toujours et ruminait à longueur de journée. Et petit à petit ses vieux démons sont revenus le hanter.

« À ses heures d'ivresse avancée, il déclarait vouloir retourner en ville, soutenant qu'il reviendrait avec des gens de confiance pour nous chasser de ses terres. Car ces terres lui appartenaient, il ne voulait pas en démordre. Selon lui, il était le seul à pouvoir décider de ce qui revenait à chacun d'entre nous, il disait que notre accord passé avait été destiné à le berner. À abuser de sa confiance. Nous lui fîmes tout de même remarquer que, sans notre aide, son expédition n'aurait sans doute jamais abouti. Mais Murton s'en fichait. La seule chose qui l'intéressait, c'était l'or. Il ne supportait pas de devoir partager.

« Alors ce qui devait arriver arriva. Nous lui réglâmes son compte à la nuit tombée. L'un d'entre nous se glissa dans sa tente pendant qu'il dormait et lui trancha la gorge d'un coup de couteau. Sa dépouille fut transportée à l'endroit où se trouve aujourd'hui le cimetière. C'est là-bas qu'on l'enterra.

« Et c'est aussi peu de temps après que les véritables emmerdes ont commencé.

66

Le silence était retombé. La crosse de son M16 toujours en appui contre sa hanche, Jeffrey Marlowe observait Sam et Jenny avec attention. L'allumette qu'il serrait entre ses dents projetait une ombre sur son visage, sorte de longue cicatrice qui lui barrait la joue en biais. Il chercha un instant ses mots, et pendant ce court laps de temps, Sam se demanda ce que Clarence faisait. Marlowe ne savait peut-être pas qu'il était encore en vie.

L'homme au Stetson reprit le cours de son récit :

— Malgré ce qu'on avait cru jusque-là, les Indiens n'avaient jamais déserté ces terres. On s'en aperçut par une matinée de printemps, quand les premiers bourgeons apparurent. Nous nous trouvions en fait sur le territoire d'une tribu navajo. Celle-ci migrait vers le sud pendant l'hiver, mais dès que la belle saison arrivait, elle revenait s'installer ici, au pied de la montagne. Bon nombre d'Indiens avaient déjà été exterminés, à l'époque, ou placés dans des réserves. Mais cette tribu-ci était encore libre. Et nous nous doutions bien que notre présence sur les lieux allait leur poser un problème.

« Ces terres, nous étions prêts à les acheter. À les monnayer au prix fort. Nous savions que l'or n'avait aucune valeur aux yeux des Indiens. Mais eux ne voulaient rien entendre, ils refusaient de vendre. C'était lié à la montagne, voyez-vous ? Parce que c'est un lieu de sépulture. L'endroit où reposent leurs ancêtres. Ils s'étaient mis en tête qu'elle était habitée par un Esprit, une force mystique qui facilitait la traversée entre les deux mondes : celui des vivants et celui des morts. Nous, la seule chose qui nous intéressait, c'était de bénéficier d'un droit de passage. Au moins dans un premier temps. Mais on n'a pas tardé à comprendre qu'on allait devoir se passer de leur accord…

« Ils nous accusèrent d'avoir détruit une partie de leur sanctuaire, d'avoir troublé le repos de leurs ancêtres. On ne s'était pas encore aventurés assez loin dans la montagne, cependant, pour savoir que ces galeries contenaient autant de tombes. Car il y en a des centaines ici. Des milliers peut-être. Et ça vous pouvez me croire. Quand ces salopards d'Indiens ont fini par se rendre compte qu'on ne lâcherait pas le morceau, ils ont tenté de nous chasser. Les choses ont dégénéré à ce moment-là, quand l'un de nos gars a été tué. Un type qui voyageait avec nous depuis des mois, que nous considérions comme un frère. C'est comme ça que tout a commencé. C'étaient eux ou nous. Et nous avons dû nous battre avec acharnement pour défendre nos vies.

Il ponctua son récit d'une nouvelle pause, le temps de déglutir.

— Avec nos armes à feu, reprit-il, nous avions un très net avantage sur les Indiens. Alors quand le massacre a débuté, nombre d'entre eux ont couru se réfugier dans la montagne. J'ignore à quoi ils pensaient, peut-être que l'Esprit qui veillait sur leurs ancêtres allait voler à leur secours, peut-être même nous chasser. En toute sincérité, je n'y croyais pas beaucoup à cette époque, à cette histoire d'Esprit et à tout le reste. Pour moi, tout ça n'était qu'un ramassis de conneries. Des superstitions. Un ensemble de concepts primitifs basés sur leur culture. Mais aujourd'hui, tout est différent. Je n'ai même plus le moindre doute. Ces cavernes renferment bien quelque chose d'impénétrable, que nous autres ne pourrons jamais comprendre. Et pas plus vous que moi.

D'un signe du menton, il désigna l'endroit où ils se trouvaient.

— Encore aujourd'hui, l'ironie du sort nous a conduits jusqu'à eux. Parce que c'est ici qu'on les a tués, à l'endroit même où nous nous tenons. On a perdu la plupart de nos hommes pendant la bataille. On a vu des camarades tomber à nos côtés, égorgés comme des moutons. Les Indiens se battaient avec une telle ardeur que les nôtres se sont vite mis à paniquer. Ils s'en sont pris aux femmes, aux enfants, à leurs vieillards. La tribu entière devait être massacrée. Tout le monde voulait en finir, et comme vous pouvez vous en douter, nous n'avons laissé aucun survivant.

« Quand on s'est rendu compte du sang qui avait été versé, il était déjà trop tard. De la vingtaine que nous étions, sept seulement avaient survécu. Les autres gisaient là, sous nos yeux, dans les dédales de ces grottes. Nous n'avions même pas de quoi leur ériger une sépulture… Mais là n'était pas le problème. Le vrai souci, c'est quand nous avons commencé à prendre conscience du merdier dans lequel nous étions.

« Ces salopards d'Indiens ne nous avaient pas attirés dans ces cavernes par hasard. Ils savaient que ces grottes étaient labyrinthiques, que nos torches ne brûleraient pas éternellement. Peu de temps après le combat, nous nous sommes retrouvés plongés en pleine obscurité, incapables de retrouver notre chemin. Nous étions piégés, égarés au milieu de tous ces morts, de cet or qui faisait scintiller les parois de notre prison. Nous avons erré dans ces galeries pendant des semaines à la recherche d'une issue sans rien avoir à manger. C'est pour cette raison qu'on a dû s'en prendre à ces maudits cadavres, c'était la seule manière que nous avions de rester en vie.

« Alors on a commencé à les manger… Les uns après les autres. Les Indiens comme les nôtres… Ceux qui sont morts pour la même cause que nous.

À ces mots, Sam se sentit blêmir. Il fut soudain glacé. Il venait de comprendre pourquoi les ossements qui se trouvaient à ses pieds avaient été dispersés ainsi. Il avait d'abord cru être arrivé à l'intérieur d'un garde-manger, dans la tanière d'un animal sauvage. Mais il s'agissait des cadavres que Marlowe et ses hommes avaient désossés pour se nourrir. Ils les avaient dévoré pour combattre la faim, pour sortir de ces cavernes et avoir une chance de revoir la lumière du jour. Et, comme le mythe de Wendigo en faisait état, une légende initiée pour empêcher les tribus du Nord de s'entredévorer lorsque la famine venait les frapper au cœur de l'hiver, c'est la raison pour laquelle ils étaient devenus des êtres assoiffés de sang, condamnés à se nourrir de chair humaine pour le restant de leurs jours.

— Je suis bien incapable de vous dire combien de temps nous sommes restés dans ces grottes, reprit Jeffrey Marlowe. Ni quelle quantité de cadavres il nous a fallu dévorer. La seule chose dont je me souviens, c'est que les cauchemars ont commencé peu de temps après que nous soyons sortis à l'air libre. Sans nous douter un seul instant que l'Esprit de la Montagne nous possédait déjà.

« Notre expérience dans ces cavernes nous avait changés. Elle avait fait de nous des êtres sanguinaires, des créatures qui, pour le prix de leur éternité, étaient vouées à dévorer la chair de leurs semblables. Au début, nous ignorions tout cela. Ce sont les rêves que nous faisions qui nous en apprenaient chaque jour davantage. Nous avons découvert que notre cœur s'était éteint, que le froid nous habitait. Nous étions devenus des êtres glacials à l'image des cadavres que nous avions consommés. La seule chose qui pouvait nous permettre de tenir, c'était de continuer à en manger. Le cœur surtout, car c'est en lui que nous trouvons la force et l'énergie nécessaires à notre survie.

« Pourtant, la malédiction de Wendigo ne s'arrêtait pas là. Pour avoir voulu arracher ces terres aux Indiens, c'était à elles que nous appartenions désormais. Il nous était impossible d'en partir, ni même de nous en éloigner. Nous étions condamnés à rester ici, riches de cet or que nous ne pourrions jamais dépenser. Encore aujourd'hui, la montagne ne cesse de nous rappeler à elle. Le tambour qui gronde de ses profondeurs est un lien qui nous enchaîne, qui ne pourra être brisé que lorsque ces terres seront enfin rassasiées, quand elles estimeront que les os entassés dans la fosse du cimetière seront assez nombreux pour nous rendre notre liberté. En tout cas, c'est le seul espoir qui nous a permis de tenir, parce qu'à vrai dire on n'en a jamais été convaincu.

« Pendant les premiers temps, on a dû se contenter de retourner dans la montagne, en quête des cadavres que nous avions laissés au fond des grottes. Il y a quelque chose, ici, qui fait que les corps restent plus ou moins intacts. Ils se détériorent beaucoup moins vite qu'exposés au grand air. Il nous a fallu dresser une carte complète des environs et, pour cela, nous avons tracé des marques sur les parois et sur le sol. Puis nous nous sommes enfoncés dans ces galeries. Sauf que passé un cap, ça ne nous a plus été possible. On n'a jamais su pourquoi, mais la montagne refusait de nous livrer tous ses secrets. On en est même arrivés à penser qu'une partie d'elle-même était vivante, que ces galeries changeaient de position, aussi incroyable que cela puisse paraître.

Jeffrey Marlowe s'interrompit. Tout en prenant conscience de la monstruosité de son récit, Sam se demandait quelle fin tragique les attendait. Leur dévorerait-il le cœur à tous les deux ? Était-ce ici que leur chemin s'arrêtait, au milieu de toutes ces tombes ?

— La suite, elle, est facile à deviner. Tant que nous étions sous l'emprise de la malédiction, nous n'avions d'autre choix que d'essayer de nous en sortir. Alors on a continué à extraire l'or, le village s'est agrandi. Les cadavres nous permettaient de tenir le coup car nous gardions leur chair, devenue bien plus précieuse à nos yeux que tout cet or. Elle était notre planche de salut, le seul moyen que nous avions de rester en vie. Il y a eu des périodes difficiles, c'est certain, et je ne vous le cacherai pas. Des moments où, à plusieurs reprises, on a cru qu'on finirait par s'entretuer, même si on savait très bien que tout ça n'y changerait rien. Quant à la réserve de cadavres, elle baissait continuellement, et il arriverait fatalement un jour où il n'y en aurait plus assez pour nous tous. Il nous fallait réfléchir, et surtout, trouver une solution pour attirer des gens.

« Nous avons donc décidé d'ouvrir le village aux étrangers. On a planté une pancarte le long de la route, ce n'est pas celle qui s'y trouve aujourd'hui, vous pensez, on l'a remplacée bien des fois depuis tout ce temps. Puis on a ouvert le chemin qui conduit au village et déblayé les arbres en haut de la colline. Dégagé la vallée. C'était pas grand-chose, mais au bout d'un moment nos efforts ont fini par payer. Les premiers étrangers sont arrivés, des fermiers pour la plupart, qu'il nous fallait convaincre de rester. Ils étaient notre assurance-vie, la garantie que nous serions à l'abri du besoin. Nous avons donc rédigé de faux actes de vente et leur avons cédé quelques parcelles de nos terres. Le docteur savait faire ça. D'entre nous, c'était celui qui avait le plus d'éducation.

« Dès lors, nous nous sommes débrouillés pour conserver une certaine démographie à Murton Caves. On a eu accès à de nouvelles matières premières et nos habitations se sont développées. Le plus dur a été de cacher aux habitants ce que nous étions devenus. Ça n'a pas toujours fonctionné mais on s'en est plutôt bien sortis dans l'ensemble. Au départ, nous essayions de nous contenter des cadavres liés aux décès naturels, mais ce n'était pas toujours suffisant. Alors de temps à autre, il nous arrivait de choisir quelqu'un du village. De préférence trop vieux pour procréer. Ce n'est que très tard que nous avons décidé de contrôler les naissances et de veiller à l'éducation des enfants. Du moins dans une certaine mesure. C'était une idée du docteur, paix à son âme, et ça nous a beaucoup facilité la tâche. Même si tout ça n'était pas aussi rapide qu'on l'aurait voulu.

« Par chance, il arrivait aussi que des étrangers nous rendent visite à la belle saison. Le coin n'est pas si désagréable, au printemps, quand il n'y a pas toute cette neige. En résumé, nous pensions avoir trouvé notre solution, celle qui nous permettrait de nous en sortir et de redevenir ce que nous étions. D'abandonner Murton Caves et de vivre enfin, de nous laisser aller aux choses simples… Mais c'était sans compter sur la mauvaise herbe, car où qu'on soit, elle finit toujours par pousser.

« Peu à peu, nous nous sommes aperçus que des rumeurs circulaient. Ça n'a jamais été facile de lutter contre les ragots, en particulier dans un village aussi petit que celui-là, pendant autant d'années. Certains habitants ont commencé à nous suspecter. Ils nous soupçonnaient d'être à l'origine de plusieurs cas de disparitions, d'aller déterrer les corps qui se trouvaient au cimetière. Parce qu'on enterrait toujours les morts à cette époque, afin de sauver les apparences. Si bien qu'au bout d'un certain temps, une poignée d'individus a tenté de s'en prendre à nous. C'était il y a dix ans. Le mari de la vieille Martha faisait partie de ceux-là lui aussi, et ses complices étaient en grande partie des étrangers que nous avions laissés en vie, provisoirement. Mais personne ne savait que le feu restait le seul moyen de nous tuer. Jusqu'à il y a un mois, quand le premier d'entre nous est mort dans l'incendie.

Le visage de Jeffrey Marlowe se fit plus grave. Il avala sa salive. Une bave que Sam devina noire et épaisse, comme le sang qui coulait dans ses veines.

— On n'était rien de plus qu'un groupe de chercheurs d'or, dit-il pour conclure. Qu'y avait-il de mal dans le fait d'extraire quelques pépites et d'espérer une vie meilleure ? Si ces maudits Indiens avaient accepté de nous vendre leurs terres, rien de tout cela ne serait arrivé. Murton Caves serait une ville comme une autre et nous serions morts depuis longtemps. En tout cas c'est notre histoire. Elle ne vaut pas plus qu'une autre, c'est sûr, mais elle ne vaut pas moins non plus. On n'a jamais choisi ce qui nous est arrivé, ni d'être maudits pour un crime commis il y a plus d'un siècle. Ce sont ces salopards d'Indiens. C'est à eux que revient la faute. Nous, on a juste essayé de nous en sortir. De sauver notre peau.

Jenny s'était rapprochée de Sam. Elle laissa s'écouler quelques secondes avant de prendre la parole :

— Tu sais ce qui est le plus terrible dans tout ça ? C'est que les crimes dont vous vous êtes rendus responsables ne vous ont même pas aidés à devenir meilleurs. Même après tout ce temps. Tu parles de mauvaise herbe, mais c'est en vous qu'elle a grandi. Tu n'as même pas conscience de ta propre avidité, de ce qui vous a poussés à en arriver là. C'est tellement facile de rejeter la faute sur les autres. En vérité, Jeff, c'est ta nature qui est mauvaise. Depuis le début. Que penserait la femme qui t'a mis au monde si elle apprenait ce que tu es devenu ? La monstruosité qu'elle a engendrée, bien avant que la malédiction de Wendigo ne vienne vous frapper ? Les crimes que vous avez commis depuis lors ne sont rien comparés à ce que vous étiez déjà auparavant. Ils ne sont que l'évolution de votre individualité, de votre faiblesse. Celle de ne jamais avoir voulu devenir des gens meilleurs. Tu es un monstre, Jeffrey Marlowe. Tu es un monstre, et tu l'as toujours été.

— Sale pute ! ne put-il s'empêcher de rétorquer.

À ce moment-là, Sam vit passer un reflet sur son visage. Ou plutôt *dans* son visage. Une sorte de radiographie inversée qui se mouvait en temps réel.

Soudain, le faisceau d'une lampe torche émergea de l'obscurité.

67

Sam eut juste le temps d'entraîner Jenny avec lui. Ils se jetèrent à plat ventre, à quelques pas du gouffre, tandis qu'une rafale de balles crépitait au-dessus de leur tête, transperçant la veste en daim de Jeffrey Marlowe.

L'homme au Stetson s'écroula au côté de son M16, pulvérisant les phalanges d'une main de squelette qui se trouvait encore intacte sous son poids.

Derrière lui, la silhouette de Clarence Manchester apparut, le canon de son Uzi encore fumant.

— JOHNSON ! s'écria-t-il.

Contre toute attente, alors que Sam était déjà en train de se relever, persuadé qu'ils allaient faire les frais d'une seconde salve, il vit Clarence se ruer sur lui. Dans le feu de l'action, l'homme de Beaufort laissa tomber sa lampe torche, qui alla se briser contre une pierre. Jenny éteignit aussitôt la sienne, les plongeant dans l'obscurité.

Sam fut heurté de plein fouet, projeté avec violence puis plaqué au sol. Pendant une fraction de seconde, il repensa à sa mésaventure avec Jim Hammersmith, le producteur de Ghrol. À la différence que Clarence Manchester possédait une force incroyable. Il y eut un bruit de lutte, des sons confus. Des cailloux et des os furent éjectés au-dessus du gouffre et dégringolèrent le long de la paroi, sans que Sam ne les entende toucher le fond. Puis il réussit à échapper à la prise de Clarence et parvint à se redresser.

Jenny ralluma sa lampe.

L'Uzi était près d'elle. L'arme avait dû glisser pendant le combat. Elle se penchait pour la ramasser lorsqu'elle entendit quelqu'un pousser un cri. C'était Clarence. En se relevant, il avait posé le pied à quelques centimètres de l'endroit où s'ouvrait le gouffre.

L'homme de Beaufort ne parvint pas à se rétablir. Les tendons de son genou blessé cédèrent sous son poids et sa jambe refusa de le soutenir, le faisant basculer du côté de l'abîme.

Sam bondit dans sa direction. Il atterrit sur le sol et attrapa sa main avant que celle-ci ne disparaisse. Mais ses doigts glissaient. Ils glissaient de plus en plus…

— Je… Jenny ! appela-t-il. Aidez-moi ! Je n'y arriverai pas sans…

Dans la semi-obscurité, il vit une dernière fois les yeux de Clarence Manchester.

À l'intérieur de sa paume, il ne resta plus que l'épaisseur du gant que Ron avait prêté à son frère.

68

Se relevant enfin, Sam se dit que tout était fini. Son passé ne le rattraperait plus. Miguel Beaufort était mort, et avec lui, le contrat sur lequel il avait mis sa tête à prix.

— Sortons d'ici, fit Jenny après avoir ramassé l'Uzi et le M16 qui se trouvait non loin de là.

Au milieu des ossements, ils virent le corps de Jeffrey Marlowe, toujours inconscient. Mais ils savaient que ce n'était qu'une question de temps. Il reprendrait connaissance, les pourchasserait jusqu'à sa mort.

D'un commun accord, ils décidèrent de le traîner jusqu'au gouffre…

— Ça ne le tuera pas, dit Sam.

— Non, peut-être pas. Mais ça nous fera gagner du temps.

Ils le firent basculer dans les ténèbres.

*

Rejoindre l'entrée de la grotte ne leur prit qu'un instant. Ensuite, ce fut l'incertitude. Deux accès se présentaient à eux : le premier vers la droite et le second sur leur gauche. Pourtant, rien à faire. En dépit de ce choix limité, ni l'un ni l'autre ne se rappelaient lequel ils avaient emprunté pour venir.

Jenny observa les alentours.

— Essayons de ce côté. Je crois me souvenir que nous sommes arrivés par là.

Ils optèrent pour le chemin de droite et débutèrent leur marche. Les premiers mètres furent les moins problématiques : hormis un passage à la voûte à moitié effondrée, inaccessible, le tunnel ne possédait aucune intersection. Mais dès qu'ils eurent rejoint le réseau de souterrains abritant les premiers corps des ancêtres navajos, cela se révéla plus complexe. Une fourmilière ne devait pas disposer de plus d'embranchements. La plupart du temps, ils devaient prendre une direction au hasard, comme s'ils jouaient leur vie à la courte paille. Autant que possible, ils veillèrent à se faufiler dans les boyaux qui remontaient en pente douce, mais au bout d'une dizaine de minutes, ils durent se rendre à l'évidence : ils étaient perdus.

— Retour au point de départ, fit observer Sam. On est en train de tourner en rond.

L'endroit qu'ils venaient d'atteindre lui rappelait quelque chose. Il y avait un rocher, ici, entre deux accès qui s'ouvraient sur leur droite. La forme ressemblait à une fourche primitive qu'il était sûr d'avoir déjà vue.

— Il faut tracer des repères, suggéra Jenny. Avec des marques, ce sera plus facile.

Elle ramassa un caillou et traça un grand I sur la paroi, près de l'ouverture où ils se trouvaient. Il fallait mettre au point un système clair et précis. Elle décréta donc qu'elle ajouterait une barre chaque fois qu'ils repasseraient par le même endroit. S'ils empruntaient un chemin pour la première fois, elle le symboliserait par une croix. Avec un peu de chance, et beaucoup de patience, ils finiraient bien par trouver la sortie.

Ils étaient sur le point de sortir de la grotte quand, pendant une fraction de seconde, Sam nota une baisse d'intensité dans le faisceau de la lampe.

— Vous vous souvenez de la dernière fois où vous avez changé les piles ?

— Elles sont neuves, affirma Jenny. Aucun risque de ce côté-là. Ce doit être un mauvais contact, rien de bien…

À nouveau, la lampe marqua un signe de faiblesse.

— Et l'ampoule ? Elle n'est peut-être pas toute jeune. Si ?

— Ça n'a rien d'impossible, en effet…

Bon sang, si cette lampe venait à leur claquer entre les doigts…

— Alors en route, dit Sam. Inutile de…

À cet instant, un rugissement s'éleva, déchirant les profondeurs de la montagne.

Ils se figèrent et notèrent que la température avait baissé.

— Qu'est-ce que c'était ? Vous avez entendu ?

Question idiote. Non seulement il était convaincu que Jenny avait entendu mais il lui paraissait surtout évident que le grondement qui venait de résonner ne provenait pas de Jeffrey Marlowe.

Ils décidèrent de ne pas s'attarder. Sam entraîna Jenny dans l'un des couloirs de droite et ils parcoururent une cinquantaine de mètres. Un second rugissement retentit, beaucoup plus proche. Il leur semblait aussi que le sol s'était mis à trembler par à-coups, imperceptiblement, comme si quelqu'un – ou *quelque chose* – les suivait. Ils se mirent à courir. Au bout du souterrain, ils débouchèrent sur une caverne de taille moyenne. Sam ralentit. Jenny venait de s'immobiliser.

— Qu'est-ce que vous faites ? Pourquoi vous arrêtez-vous ?

Elle tendit l'index et il regarda dans la direction qu'elle lui montrait. Il y avait de ce côté un unique passage, une ouverture dont les parois se perdaient dans les ténèbres à une hauteur telle qu'il ne pouvait en distinguer la voûte. Il n'y vit rien d'anormal. Toutefois, après quelques secondes, il crut entendre des grattements, comme des bruits d'ongles sur la roche. Ils semblaient provenir d'au-dessus d'eux.

Il voulut récupérer la lampe mais l'ampoule s'éteignit.

Quelque chose marchait dans l'obscurité… Ou rampait.

Il entendit Jenny frapper l'extrémité de sa lampe contre sa paume, et dans la seconde qui suivit, la lumière revint, tremblotante, sa lueur n'évoquant plus que celle d'un vieux stroboscope fatigué.

Sam leva les yeux. Un liquide noirâtre s'écoulait du plafond. Il eut soudain l'impression qu'un morceau de la voûte se détachait du reste et une masse sombre s'abattit près d'eux.

C'était Jeffrey Marlowe. Il frappa Jenny au visage et elle s'écroula sur le sol.

Sam bondit vers l'homme au Stetson. Il lui décocha un coup de poing au visage – coup de poing dont il ne se serait jamais cru capable – mais Marlowe reprit très vite ses esprits. Il l'agrippa par le manteau et le projeta contre la paroi. Sam en eut le souffle coupé et s'effondra à son tour.

Jenny avait perdu connaissance. Il pouvait voir du sang briller sur son front. Elle avait dû se cogner en tombant. Tournant la tête, il repéra alors l'Uzi et le M16.

Un peu plus loin, la lampe continuait son interminable effet stroboscopique.

Il se leva pour foncer vers l'une des armes. Sans l'atteindre, car Marlowe l'intercepta et le fit dévier de sa trajectoire. Sam fut expulsé sur le côté, où sa tête manqua se fracasser contre l'un des murs. Il tenta de se redresser et se souvint de l'Esprit de la Montagne, des paroles de la vieille Martha.

C'était le moment ou jamais.

Devant lui, le dos voûté, Jeffrey Marlowe n'était plus qu'à quatre ou cinq mètres. Ses bras s'étaient allongés et ils possédaient une nouvelle articulation, à mi-chemin entre ses coudes et ses épaules. Ses ongles avaient pris l'allure de griffes démesurées, des lames prêtes à tailler dans la chair.

Sam chercha dans la poche de son manteau et, pendant un instant, il crut l'avoir perdu. Mais l'attrape-rêves était bien là. Il le serra dans sa paume, se demandant comment cet objet pourrait le sauver.

Il suffisait de croire en son pouvoir.

Facile à dire…

Tandis que Jeffrey Marlowe ne se trouvait plus qu'à quelques pas (*il suffit d'y croire, Sam, il suffit simplement d'y…*), il lui sembla percevoir dans la caverne une présence différente de la leur. Celle d'une créature dont il ne pouvait accepter l'existence.

Au cœur du sanctuaire navajo, le tambour se mit à résonner, montant des entrailles de la terre et se répandant dans l'ensemble du réseau souterrain en faisant trembler chaque paroi, chaque rocher. Et plus fort que jamais.

Sam vit la silhouette s'élever dans le dos de Jeffrey Marlowe, forme immense et trapézoïdale au pelage noir, aussi massive qu'une montagne. Il sentit sa respiration se bloquer.

Un rugissement éclata : un grondement de fin du monde. L'homme au Stetson fut soulevé du sol et un flot noir jaillit de ses entrailles… Il fut rapidement pris d'une violente série de convulsions.

Quand la créature le relâcha, Jeffrey Marlowe tomba à terre, telle une marionnette dont on viendrait de sectionner les fils. Au milieu de son thorax, un trou béant à travers lequel Sam reconnut la silhouette qui se tenait derrière lui.

Entre les griffes de la créature, un morceau de glace : le cœur de Jeffrey Marlowe.

Sam rapprocha l'attrape-rêves de sa poitrine et l'étreignit de toutes ses forces.

Les yeux de Marlowe perdirent peu à peu leur éclat, jusqu'à devenir ternes et laiteux… Puis il s'écroula au sol où il retomba en poussière…

Très loin dans les ténèbres, un ultime rugissement retentit : l'Esprit de la Montagne avait déjà disparu, et avec lui, le dernier des Wendigos.

69

— Jenny ? Jenny, vous m'entendez ?

Il s'agenouilla auprès d'elle et hésita quelques secondes. Il lui effleura le menton, les lèvres… Il avait envie de l'embrasser. Il se penchait déjà au-dessus d'elle quand il la vit ouvrir les yeux.

— Sam… que… Pourquoi me regardez-vous… comme ça ?

— Pour rien, dit-il. C'est terminé. Tout est fini. Jeffrey Marlowe ne nous causera plus le moindre ennui.

Du coin des yeux, elle aperçut ce qui restait de l'homme au Stetson. Son chapeau, mais aussi la plupart de ses vêtements, tombés pêle-mêle à l'endroit où son corps s'était désagrégé en touchant le sol. Tout près, la lampe avait cessé son clignotement. Elle avait retrouvé sa puissance, comme si son dysfonctionnement n'avait pas été causé par l'ampoule ou un autre problème électrique. Mais par « autre chose ».

— Je crois que la montagne a repris ses droits, déclara Sam. Nous sommes libres à présent. Libres de partir d'ici.

Il l'aida à se relever et observa la blessure qu'elle portait à la tête.

— Je crois que ça va être à moi de vous soigner cette fois.

— Est-ce que vous l'avez vu ? demanda Jenny. Il existe ? Ce… n'est pas une légende ?

Il répondit d'un signe de tête.

— Identique à la peinture de la première grotte. Mais le plus important, c'est que je sais comment remonter… Enfin je crois. Vous seriez tentée par une petite balade ?

Entre son pouce et son index, un trousseau de clés : celui de Jeffrey Marlowe.

70

Lorsqu'ils émergèrent du tombeau navajo, les premières lueurs de l'aube pointaient déjà au-dessus de Murton Caves. Elles irisaient le ciel d'un gris de cendre en projetant un large éventail d'un jaune très pâle à un rose velouté. Ce n'était qu'une question de minutes avant que le soleil ne perce l'horizon.

De là où ils se tenaient, ils pouvaient voir la fumée qui montait lentement et presque paresseusement du hangar du vieux Chuck. Ça allait être une belle journée, peut-être la plus belle de leur existence.

Dans les rues les plus proches, Sam vit apparaître plusieurs silhouettes. Elles avaient la taille de fourmis à cette distance. Il en dénombra une petite dizaine, mais il était convaincu qu'un phénomène identique se produisait en ce moment même dans les autres endroits du bourg.

Les habitants de Murton Caves avaient eux aussi pris conscience que le cauchemar était enfin terminé. Il n'aurait su dire de quelle manière, mais peut-être l'avaient-ils senti, comme il avait lui-même compris que la montagne les aiderait à sortir de ces tunnels, de cet enfer. Il allait falloir du temps pour que le village se remette de tout ça, de la terreur que Jeffrey Marlowe et ses hommes faisaient régner depuis plus d'un siècle. Et puis les gens finiraient par oublier. C'était en tout cas tout le bien qu'il leur souhaitait. Peut-être même que la quiétude et le calme s'installeraient, que les habitants apprendraient à vivre sans la peur.

Il fut saisi d'une agréable sensation en contemplant le jour qui s'éveillait. Une sensation liée à ce précieux sentiment de liberté qu'il avait cherché toute sa vie, et qu'il venait de trouver au milieu de ces montagnes. Pendant un instant, il vit son avenir se dessiner, simple ligne droite pareille à la bande d'asphalte d'une autoroute.

Il prit la main de Jenny et tous deux entamèrent leur descente. En sentant ses doigts au contact des siens, il n'eut pas envie de la quitter, pas après avoir traversé toutes ces épreuves. En venant ici, Sam avait trouvé plus que la liberté : il avait trouvé un sens à sa vie. Et pour la première fois, il avait l'impression que le monde lui appartenait.

— Comment avez-vous fait ? demanda Jenny au bout d'un moment.

— Pour ?

— Nous sortir de ces cavernes ?

Il haussa les épaules.

— Je ne sais pas… Je suppose que ce n'était pas vraiment moi qui nous guidais…

— Qu'est-ce que vous insinuez ? Que c'était « l'Esprit de la Montagne » ?

Ils échangèrent un regard. Au loin, les silhouettes de Tom Gullinger et de Hank Suderman apparurent. Ils étaient venus à leur rencontre.

— Dieu soit loué ! lança Tom. Vous êtes vivants ! Nous étions tellement inquiets. Quand nous avons entendu l'explosion, quand… Quand ces tueurs se sont lancés à vos trousses !

— Tout va bien, leur assura Jenny. Tout est terminé. Nous sommes libres à présent. *Tout le monde* est libre.

Le garçon demeura muet. Il avait du mal à réaliser ce que Jenny venait de dire. Puis le soleil vint illuminer leurs visages, et peu à peu la petite ville de Murton Caves sortit de la pénombre.

Lentement et paisiblement.

Épilogue

Sam et Jenny avaient fait leurs adieux à Tom Gullinger, à la vieille Martha et aux autres peu de temps après le lever du soleil. À présent, ils filaient droit vers le nord, et les premiers signes de civilisation – de vraie civilisation – apparaissaient.

Sur sa gauche, Sam remarqua la moissonneuse-batteuse qu'il avait vue lors de son premier passage. Elle attendait toujours près de son hangar, patiemment, prisonnière d'un hiver qui semblait ne jamais vouloir se terminer.

À l'arrière, Mélina dormait à poings fermés. Elle était allongée sur l'étroite banquette, les jambes repliées le long de son corps et la bouche entrouverte.

Ils dépassèrent un panneau de signalisation routière et Sam s'étira. Il se sentait fatigué mais il préférait continuer. Ils pourraient toujours s'arrêter un peu plus loin, lorsqu'ils auraient mis assez de distance entre Murton Caves et eux. Peut-être trouveraient-ils un endroit ouvert à cette heure-ci, où ils pourraient prendre un café.

Une vingtaine de minutes plus tôt, ils avaient quitté la voie qui grimpait dans la montagne, et quand il l'avait vue s'éloigner dans son rétroviseur, Sam avait poussé un soupir de soulagement, comme s'il venait de réussir à distancer une meute de chiens affamés lancés à ses trousses.

Ils croisèrent un premier véhicule. Désormais la chaussée était dégagée. À travers les branches des arbres, le soleil leur adressait une succession de clins d'œil, dévoilant une flopée de traces qui maculaient le pare-brise. Il avait besoin d'un sérieux coup de nettoyage. Sam le ferait savonner à la première occasion, pendant qu'il boirait son café par exemple.

Après avoir jeté un regard vers l'arrière, Jenny se tourna de son côté :

— Ça fait longtemps que je ne l'ai pas vue dormir comme ça. Et vous, vous n'avez pas sommeil ?

Il sortit de ses pensées.

— Si… Mais je préfère continuer… Enfin, encore un peu.

Elle sourit, comme il ne l'avait jamais vue sourire.

— On ne craint rien à présent. Nous sommes en sécurité.

— Je sais. C'est juste que… Je n'ai jamais pris autant de plaisir à conduire…

Ils se turent, hypnotisés par le défilement de la ligne médiane.

— Et si vous me parliez un peu de vos projets ? demanda Jenny. Qu'est-ce que vous comptez faire maintenant ?

Bonne question… Il n'avait pas vraiment de projets. Ou peut-être qu'il en avait au moins un. Un rêve qu'il entretenait depuis déjà un certain nombre d'années.

— Est-ce que l'expression « prendre une retraite anticipée » vous dit quelque chose ?

— Oui. Mais il y a un tas d'endroits pour ça. C'est un peu vague ce que vous me dites, non ?

— Tenez-moi le volant.

Il fouilla dans la poche arrière de son pantalon. Le morceau de papier qu'il cherchait était coincé au fond, il dut soulever les fesses pour l'attraper.

Il le tendit à Jenny.

— Qu'est-ce que c'est ?

— Allez-y, dépliez-le.

Elle obéit. Et resta un moment sans réaction.

— Vous avez des goûts de luxe, finit-elle par dire. Cet endroit existe vraiment ?

Il hocha la tête.

— C'est l'une des plus belles îles du monde à ce qu'il paraît. On raconte que le sable y est si fin qu'on ne peut même pas le contenir entre ses mains. Ça s'appelle Kadihiri, et ça se trouve au beau milieu de l'archipel des Togians.

— C'est très beau, admit Jenny. Vous avez de la chance... On ne peut pas dire que Cleveland ressemble exactement à ça.

— Pourquoi ne viendriez-vous pas vous aussi ?

— Vous êtes sérieux ?

— Pourquoi pas ? Après ce qu'on vient de traverser, ça vous ferait sans doute le plus grand bien. Et je suis sûr que Mélina adorerait.

À nouveau, elle sourit.

— Peut-être. Mais pour ce qui est de nous supporter toutes les deux, ce sera sans doute une autre paire de manches.

— Oh, je n'ai aucun problème de ce côté-là, rassurez-vous. Je suis même prêt à supporter n'importe qui. Comme n'importe quoi.

Elle faillit dire quelque chose.

— Alors ?

— Alors... Disons que je vais y réfléchir. Mais ça n'a rien d'impossible. Pourquoi pas...

Quand ils eurent bifurqué sur la première nationale venue, Sam mit le cap sur la ville la plus proche. Il y avait une chose qu'il souhaitait faire avant de quitter la région.

Le fric qui lui restait allait lui permettre de payer une sépulture au gosse, et surtout de vraies funérailles. Daniel Patterson ne s'éteindrait pas dans l'anonymat. Sam se tiendrait une dernière fois près de lui, le temps de lui faire ses adieux et de lui dire combien il avait compté pour lui au cours de ce dernier mois. Ensuite, ils reprendraient leur route et redescendraient vers le sud. Car la vie continuait. Quoi qu'il arrive, en dépit de tous ceux que la mort rappelait à ses côtés.

Et puis qui sait, peut-être le reverrait-il un jour ? Dans une autre vie ?

Les pneus du Dodge mordaient le long de la ligne médiane qui défilait à vive allure. À l'arrière, le vent faisait trembler la lisière de la bâche qui recouvrait une partie du capital dérobé à Charles Mac Farrell. Une fortune dont le montant s'élevait à plusieurs millions de dollars et dont on pouvait apercevoir la couleur ambrée étinceler à la lumière du soleil.

Le jour était déjà bien avancé lorsque le Dodge disparut à l'horizon.

Remerciements

Je tiens d'abord à remercier Gilles, dont les retours, l'expérience, m'ont aidé à porter un nouveau regard sur l'écriture et à progresser. Merci aussi à Erwan, Guinàn et Jean-Marie, les premiers à avoir lu la première version du texte et à m'avoir fait part de leurs commentaires. Je remercie aussi Igmu Ska et El Coyotos qui ont bien voulu répondre à mes questions sur le site arizona-dream.com.

Enfin, merci à mon éditrice et à toute son équipe, qui m'ont donné l'opportunité et la chance de vivre cette aventure.

Les citations amérindiennes sont pour la plupart tirées de *Pieds nus sur la terre sacrée* (textes rassemblés par T.C.McLuhan), paru aux éditions Denoël (1971).

La citation de Black Elk provient de *Black Elk speaks*, texte recueilli par John G.Neihardt et publié en 1932 chez William Morrow & Company.

Enfin, pour la citation du texte d'introduction, elle est extraite du livre de Joseph Campbell *Les mythes à travers les âges*, paru aux éditions Le Jour (1993).

Pour l'éditeur, le principe est d'utiliser des papiers composés de fibres naturelles, renouvelables, recyclables et fabriquées à partir de bois issus de forêts qui adoptent un système d'aménagement durable.

En outre, l'éditeur attend de ses fournisseurs de papier qu'ils s'inscrivent dans une démarche de certification environnementale reconnue.

Composition MCP - *Groupe JOUVE* - 45770 Saran
N° 029473M

Achevé d'imprimer en mars 2010, en France sur Presse Offset par
Maury-Imprimeur - 45330 Malesherbes
N° d'imprimeur : 153997
Édition 01 – Dépôt légal : avril 2010